红蘑菇

王征桦 著

山西出版传媒集团　北岳文艺出版社
·太原·

图书在版编目（CIP）数据

红蘑菇 / 王征桦著 . -- 太原：北岳文艺出版社，2024.9. -- ISBN 978-7-5378-6940-9

Ⅰ.I247.5

中国国家版本馆 CIP 数据核字第 2024285SL4 号

红蘑菇
HONG MOGU

王征桦　◎ 著

出品人
郭文礼

项目统筹
刘文飞

责任编辑
武慧敏

特约编辑
王舒雅

印装监制
郭　勇

出版发行：山西出版传媒集团·北岳文艺出版社
地址：山西省太原市并州南路 57 号　邮编：030012
电话：0351-5628696（发行部）　0351-5628688（总编室）
传真：0351-5628680
经销商：新华书店
印刷装订：四川科德彩色数码科技有限公司
开本：880 mm×1230 mm　1/32
字数：230 千
印张：9.5
版次：2024 年 9 月第 1 版
印次：2024 年 9 月四川第 1 次印刷
书号：ISBN 978-7-5378-6940-9
定价：58.00 元

本书版权为本社独家所有，未经本社同意不得转载、摘编或复制

目录
CONTENTS

旅游指南 / 001

外乡人 / 012

青瓷碎了 / 022

潮湿的南方 / 036

三月桃花劫 / 047

见到美人别说话 / 055

春天是青涩的 / 063

把悲伤交给大海 / 071

诗人和商人 / 082

红蘑菇　/　089

魔方　/　096

底层的微粒　/　114

倾人国　/　137

麻醉师　/　181

肋骨　/　220

貂蝉　/　250

后记　/　296

旅游指南

靠着飞机舷窗边的那个人缓缓地转过头来。在飞机起飞之前,他的脸一直是朝着窗外的。秦坚觉得他的背影和动作很熟悉,因为没有看清脸,才不敢贸然和他打招呼。等到那个人回过头来,秦坚才看清楚了,他是市医院泌尿外科的于医生。于医生不仅是一名医生,还是当地一位大名鼎鼎的诗人。

在飞机的13排,秦坚的女友王晓莉正好坐在两个男人的中间。在旅途中看到于医生,秦坚有点激动,他伸出右手,越过女友王晓莉的胸前,握住于医生的手说:"于医生,这么巧啊,你也去海南旅游?"

在上个周末,秦坚经人介绍,刚刚认识了美女王晓莉,心情大好。这个周末又恰巧是个小长假,秦坚试探着对王晓莉说:"这天气真好,阳光暖洋洋的,不冷不热,又难得有个空闲,要是能出去一趟多好!"

听见秦坚这样说,王晓莉似乎没有丝毫矜持,也表现出饶有兴趣的样子,高兴地说:"要是出去,我打算去海南,去那个地方旅游是我很久之前的愿望了。我想,这时候的海南岛一定很美很美吧,有天涯海角、蓝海碧浪,还有水天相接……"没等王晓莉抒情完,秦坚就抢着说:"那我们到海南去,费用我包了。"

关于旅游，除了团体游和散客游外，还有就是拼团游。秦坚拿着自己和王晓莉的身份证，到一家名叫康辉的旅行社报了一个拼团游。同一城市中的十几个素不相识的人就这样走到一起，拼成了一个旅游团。导游名叫白灵，小巧秀气，腰间拴个话筒，很活泼。第二天，她就带着大家去机场集合，办好了手续，坐上了飞机。秦坚没有想到的是，曾经给他做过手术的于医生竟然也去海南旅游，而且还和他坐在同一排位置上。

　　两个男人的手在王晓莉胸脯前紧握着，弄得王晓莉好不自在。她目不斜视，屏住呼吸，等待着他们松手。可秦坚的热情很高，握住于医生的手就是不放。王晓莉耸了耸身子，大声地干咳了一声，于医生先把手抽了出来。

　　为表示歉意，于医生也伸出手来，将王晓莉的手握了握。于医生说："我叫于风，和秦坚是好朋友。"秦坚笑着说："除了朋友，我还是于医生的病人哩。"王晓莉这才瞄了一眼男友的这个朋友，笔直的鼻梁，迷茫的眼神，脸色有点苍白，但看起来比秦坚要英俊很多。

　　秦坚说："王晓莉，你不知道，于风不但医术是一流的，他的诗歌也是一流的，我为什么崇拜他？就是因为他的才华。去年市里举办了他的诗歌朗诵会，那才叫热烈，不知倾倒了多少诗歌爱好者！还有一件事，就是上次我患了鞘膜积液，就是他主刀给我开的。手术非常成功。"

　　王晓莉问秦坚："什么是鞘膜积液，严重吗？"

　　秦坚愣了一下，他后悔把这件事说出了口。他吞吞吐吐地说："也没有什么，就是在骑单车的时候在车杠上挤了一下，那地方受了伤，积水了。是于风给我做的手术，也就是从那时起，我们就成为好朋友了。"

　　王晓莉是个单纯的女孩，追问道："骑单车？骑单车撞了？

挤一下就受了伤,这么娇气?我也喜欢骑单车,以后我要注意点,免得去找于医生,找医生毕竟不是好事。"

秦坚听了有点不好意思,他想指出王晓莉说得不对,却又说不出话来。于风意味深长地笑了笑,及时转移个话题说:"你女朋友真是个可爱的女孩。这次你们去海南,最想去的是什么地方?"

"当然是'天涯海角'呀,人民币上画着的那个,我慕名已久了。"王晓莉兴奋起来,轻声地哼着曲子,"流浪去找梦想国,梦想世界,在天边也在海角。"王晓莉说这是周华健的歌,名字叫《海角天涯》。王晓莉问于风:"你呢,你最喜欢的是什么地方呢?"

于风笑了笑:"不回答行不?"

"不回答不行。"王晓莉说,"你又不是重要人物,怕飞到了敌国的上空,让人家打下来,有什么值得保密的?"

秦坚有点不好意思,对于风说:"你看,她就是嘴厉害,像刀子一样不饶人。其实她就是刀子嘴,豆腐心。"

王晓莉似乎有点恼怒,说:"谁说我是刀子嘴,豆腐心?秦坚,你认识我才几天,就这么了解我?不对吧,在我的记忆里,我们一共才见面三次吧?"王晓莉连自己也搞不清楚,为什么突然那么强调秦坚只是初次相识的男友,话像是对秦坚说的,实际上是说给于风听的。王晓莉说话时,眼睛不由自主地瞄了一下于风。

秦坚见漂亮的女友莫名其妙地生起气来,竟然一时语塞。

于风宽容地摆摆手:"女孩子嘛,我们要惯着。真男人就是这样炼成的。"他偷偷地瞄了一眼王晓莉的胸脯,随着她的一呼一吸,那地方一起一伏的。再抬眼看了看王晓莉的脸,王晓莉的脸很白净,微微翘着的嘴唇有些调皮,有些性感。于风心里动了一动,像是半天才明白过来一样,有点茫然地说:"对你说也没有关系,我想去的地方离你的'天涯海角'不远,也是三亚的一个著名的旅游景点,叫鹿回头。"

没有听说过这个地方。王晓莉在男士的面前,总喜欢保持着对峙的姿态,而在这种对峙中,她总是处于强势的一方。她心里笑他们嘴笨,所以他们才会在对峙中一直落在下风。王晓莉说:"没听说过有这个地方,连我都不知道,我相信会有很多人不知道它,既然这样,那它还算什么著名的旅游景点?"

于风暧昧地看着王晓莉笑笑,没有了声音。王晓莉忽然问:"你是一个人吗,一个人的旅行?怎么没有带女朋友?"

秦坚看了看周围,示意王晓莉轻声些,他对王晓莉说:"你不知道,于风是诗人,诗人是什么?诗人是喜欢独行的,不像我们,就一大俗人,总爱往热闹的地方跑。有句话叫什么来着,孤独者都是思想者,他们心灵是自由的,行动是自由的。你想想,自由的孤独者,弄个女朋友绊手绊脚的干啥?"

"你是拐弯抹角地说我是你的绊脚石吧。"王晓莉轻蔑地看了秦坚一眼,声音大了好多,"话说回来,就你那点出息,我能和你出来,是我一时糊涂,更是你的造化。"

于风听了轻轻地笑,对秦坚说:"怎么,你说漏嘴了吧,该打!"

很快就到了三亚,整团的旅行者坐车前往景点——天涯海角。车上,导游白灵一个劲地劝大家冲浪,她不停地说:"你们好不容易来三亚一次,不冲个浪对得住这次旅行吗?再说,千里迢迢,你们来到天涯海角,光是卷个裤脚,走走沙滩又有什么意思?冲浪的感觉,也许你一辈子也忘记不了。"

秦坚说:"我们现在也不知道冲浪是怎么回事,多长时间,在什么地方。等我们到了地方再作决定,行吗?"白灵说:"那不行,对了,冲浪的票,我是夹在门票里一起买的。到了天涯海角,你们自由活动,到点的时候,大家在大门口集合。"

秦坚低声地对王晓莉说:"白灵这么卖力地推销冲浪,是因为她从中有一点儿提成,这样想来,导游也不容易。不过,既然来了,我还是想冲个浪,你呢?"

王晓莉说:"我不喜欢这样的活动,我是来这里看'南天一柱'的,不是来冲浪的。要冲,你去冲好了。看你的意思,你是看上那个白灵了,心甘情愿地送钱给她。我可要先对你说好了,你要是掉进海里喂了鲨鱼了,可不能连累我。"

秦坚有点尴尬,打着哈哈道:"于风你看,我这个女朋友,没有别的,就是一张嘴厉害,说起话来不饶人,心地还是好的,她这么说我,是怕我掉进海里了。"又转过头轻轻地说:"晓莉,下次在我的朋友面前,给我留点面子,好不好?"

秦坚说:"于风,这冲浪,你冲不冲?"于风摇了摇头,说:"我不冲。"秦坚好像有点歉意,说:"那我一个人去尝试尝试。你们不去,就在沙滩上玩玩吧。"秦坚招招手,叫导游白灵过来,从钱包里掏出一沓钱,把冲浪的费用交了。

到了"天涯海角",秦坚就跟在白灵的后面,去冲浪了。于风和王晓莉脱下鞋,赤着脚,在松软的沙滩上走着。于风望着秦坚的背影,叹口气说:"你的男友真是个好人啊。"王晓莉说:"好人坏人,用什么可以甄别呢?况且,好人坏人对我来说,又有什么关系呢,女人要的是真正的男人。"于风说:"想不到你也能说出这么深刻的话来。"

看到海了!王晓莉高兴得在沙滩上奔跑起来,像一只小鹿。于风看着王晓莉的样子,眼前闪动出"青春活泼"四个字来。他看到王晓莉爬到一块断崖上,摆了一个很酷的姿势。她的手卷成喇叭状叫喊:"天涯海角,我来了!"王晓莉正喊着,没有提防脚下一滑,从断崖上栽了下来。于风反应很快,上前一把将她接住。王晓莉的脸一红,从于风的怀中挣了下来。过了一会儿,她似乎才回过神来,一改往常的伶牙俐齿,只低低地对于风说了一句:"谢谢你。"就快步跑开了。

在"南天一柱"下,王晓莉不断地让于风给她拍照。于风说:"女人就是喜欢拍照。今天,我倒成了护花使者了,不过我乐意着哩。"于风在想,王晓莉为什么这样热衷于在这个景点,变换着不同的角度拍照,是不是有什么特别的隐喻。于风想到这里,暗自在心里发笑了一阵。

"于风,你傻站着干什么,我们去那边!"王晓莉在喊。现在王晓莉不喊于医生、于诗人了,直接喊了于风的名字。于风没有听到,他在心里笑过一阵后,忽然严肃起来,对着大海若有所思,所以没有回应王晓莉。正在他胡思乱想的时候,他感觉到肩上似乎让人狠狠地揪了一把,痛得他"啊哟"一声。王晓莉有点恼怒地站在面前,冲着他喊:"于风,大诗人,你听见我说的话了吗?"

于风醒过来,在这"天涯海角",美女王晓莉在喊他诗人。他回过头来问:"是你在喊我,是你在叫我诗人?"

"当然喽,只是我不能把一个泌尿外科医生和一个诗人完全联系起来。"王晓莉说,"一个身份是那么的现实,一个身份又是那么的缥缈。不过,在我看来,你既然又是医生又是诗人,那么你就是又能除去肉体痛苦,又能给人精神充实的人。以前我是个很喜欢读诗的人,还写过诗。"

于风顿时觉得这个女孩是自己的知音,因为他在心里一直也就是这么评价自己的。其实,这一次于风到"天涯海角"来,不是为了旅游,而是准备结束生命的。刚才为王晓莉拍出第一张照片后,于风就忽然想到了此行的目的,他暗暗地告诫自己,不能因为这个女孩改变此行的初衷。但是,当他看到这么多的人在这里尽情享受海上风光时,他又放弃了这个想法。于风不想在这个闹市一样的海边结束生命，他觉得这里的海水已经被污染得很严重了。

拉着于风的手，王晓莉来到一个僻静的地方，没有海风，没有川流不息的人流。于风觉得王晓莉的手软软的，握上去有一种舒适的感觉，其实这种感觉在飞机上就有过了，不过这一次于风觉得更真切些。他仰面在沙滩上躺了下来，头枕在一块贝壳密布的礁石上。

王晓莉说："你说的那个鹿回头比这里更美吗？"

于风说："我不知道，我没有去过那里。原先我是不打算去那里的，只是被你问急了，随口说说的。但我也不是平白无故地说瞎话，我是知道关于鹿回头的故事的。实话告诉你吧，我厌倦了生活，这一次，我来这里，是想来这里结束一切的。"

听了于风的话，女孩并不惊讶，她没有说于风在吓唬她，也没有劝于风打消轻生的想法，她没有任何夸张的动作，只是淡淡地说了一句："难怪你是一个人来，而且脸上带有一丝忧伤，原来是这么回事。"

于风说："我见过的死亡够多的了，我厌倦了。奇怪的是，我告诉你这个时，你一点儿也不惊讶，也不劝解。你真是一个与众不同的女孩。"

王晓莉说："那是因为对你这样的决定，我不知道怎么办。"

于风说："那也是，可我也不知为何要把这个秘密告诉你。"

王晓莉笑了："证明你信任我呀，没有什么奇怪的。"她的手伸过来，在于风的额头轻轻地划着。这时候，王晓莉发现他的额头非常光洁，这个单纯任性的女孩感觉自己像圣母一样，心中荡漾着满腔的怜爱。于风睡在沙滩上，如同圣子耶稣。他英俊的脸上透出的苍白和安详，让王晓莉怦然心动。

秦坚的冲浪结束了，他兴致勃勃地找到了王晓莉和于风。海风渐渐地凉了，太阳暗淡下去，它像一个巨大的车轮，快要陷进海里。于风觉得自己也一样，快要陷进去了。不同的是，他快要陷入的是这个女孩——王晓莉手中散发的海一样无边的柔情。

天色很晚了，白灵把大家带进一家酒店里。白灵说："晚餐是自费项目，要喝酒的，要吃海鲜的，全得自己掏钱。"白灵特别提醒说，晚餐用过后，要是不累的话，还可以到酒店前面的沙滩上散散步，点点篝火，吃吃烧烤。秦坚皱眉埋怨道："什么都是自费，那还要你导游干什么？"

于风觉得这一拨人就像一群鸭子，被白灵赶来赶去。安顿好以后，秦坚说："于风，我们去吃晚餐吧。你喜欢吃什么？"

"鸭子。"于风不知道自己为什么脱口而出说要吃鸭子，但既然说出来了，又不好改口。来海边不吃海鲜，却吃鸭子？秦坚有点儿摸不着头脑。鸭子就鸭子吧，秦坚说再来点儿海鲜，还有一瓶酒。

王晓莉不喝酒，她坐在旁边看着两个男人喝。秦坚说："于风，我敬你。"于风说："我不行，喝酒不行。"秦坚说："那你少喝一点儿，我干了。"咕嘟一口，秦坚把杯子里的酒一饮而尽，撕下一片烤鸭来，放在嘴里。

当一瓶酒快喝完时，王晓莉忍不住按住于风的手说："你不能再喝了。"于风抬起眼看着王晓莉，一动不动。王晓莉发现于风的双眼如火一样，在剧烈地燃烧。她把脸别过去，看着秦坚。

秦坚哈哈大笑，说："王晓莉，你搞错了吧？你到底是谁的女朋友啊，为什么这么关心于风啊。"

王晓莉白了一眼秦坚，意识到自己有点失态，脸唰地一下红了。"几泡猫尿就把你灌成这样？我出去了，懒得再看你们。"

海面上漆黑一团，只有几星点船火，若明若暗。沙滩上的人稀稀拉拉，多是拥抱在一起的情侣。他们说话的声音很轻，海浪的声音淹没了人们说话的声音。至于篝火，王晓莉却没有看见，没有人在沙滩上燃起篝火。她唯一看见的是一溜儿烧烤摊摆在临海的大道边，这或多或少地淡化了一些浪漫的气息。实际上，这里本来就没有丝毫的浪漫。王晓莉突然想起这次来海南，到底是来看什么，按照正常的情形，她原本可以和秦坚来这里，和其他的情侣一样，相拥相偎，可他现在却在酒店里喝酒，把她一个人丢在这里。

至于医生兼诗人于风，这个忧郁、英俊的男人，为什么要来海边结束生命呢？他到底遇到了什么难以解脱的事情？她从断崖上摔倒时，他为什么不顾一切地去接她呢？他为什么随口对她说了一个什么鹿回头景点，这个景点却不在这次旅游的范围之内？

风忽然大了起来，王晓莉觉得一个人站在这里，有点儿凉意。她转过身来，想到酒店里加点儿衣服，却迎面和一个人影顶头相碰，那人十分自然地为王晓莉披上一件外衣。王晓莉一看，不是别人，正是于风。

王晓莉说："这么晚了，你是来跳海的吗？"

于风说："我改变主意了，不会再跳海了。我是来陪你的。"

"这么快就改变主意了？不会吧？"王晓莉又转过身去，拉了拉披在身上的外衣，背对着于风。

"我有了一种特别的感觉。"于风快步走到王晓莉的面前，语气有点急促，"可惜的是，秦坚不懂女人，他没有这个感觉。"

王晓莉的心咚咚地跳了起来，脸随即红了，嗔怪地说："你怎么又说起秦坚来了？他和我有什么关系？他现在人呢，在哪里？"

于风说："他喝醉了，我把他安置好了。吐了一地的污物，但他真是个好人。"

两人在沙滩上坐了下来，王晓莉说："你说吧，那鹿回头是怎么回事，你不是说它有一个故事吗？"

于风说:"我记得对你说过,鹿回头只是我信口说出来的,因为见到你之后,我就有了回头的念头。关于那个故事,是这样叙说的。很久很久以前,在五指山下,有一个黎族少年名叫阿榔。阿榔二十岁了,长得威武英俊,还没有娶妻。那时候,五指山中的猛兽太多,危害乡亲们的生命及庄稼,他要多猎点野兽,为村里人解除危险,然后再去成亲。有一天,他在半山腰发现了一只美丽的花鹿,他举起了弓箭,可是善良的他看着美丽的花鹿就是不忍心开弓,只是想捕获它。他举弓追鹿,穷追不舍,追了九天九夜,翻过了九十九座山,一直追到三亚湾南边的珊瑚崖上。前面就是大海,花鹿在无路可走之时,转回头,向阿榔投去深情的一瞥,四目相对,那只花鹿在瞬间变成了一位美丽的姑娘,投入阿榔怀中。"

王晓莉说:"这故事有点牵强,那只花鹿怎么变得那么快,一眨眼就变成美女了?"

于风笑了笑,有点意味深长地说:"有些东西就是变得快,譬如说我就这么快改变了跳海的主意。爱情其实就是感觉,有时就是一刹那间的事情。爱情能让人起死回生。确切地说,她能让一个对生活厌倦的人重新燃起对生活的热情。"王晓莉的心跳了一下,就在这同时,她感觉到她的手已经被于风轻轻地握住。

王晓莉往于风的怀里靠了靠。于风说:"你冷吧?"王晓莉点点头。于风的手臂拥过来,整个儿把她拥在怀里,像抱着一只小鹿。王晓莉没有挣扎,她轻轻地说:"明天早上你带我走吧,我要去看看那个鹿回头,三亚湾的鹿回头。"

秦坚被白灵叫醒的时候,已经是第二天早上8点钟了。旅游团的人被白灵赶鸭子似的集合起来,等待去下一个景点。在酒店大门前的一棵树下,白灵照例在一个一个地点名。这时候,她看见秦坚匆匆忙忙跑过来,对她嚷嚷:"导游,你看见我的女朋友了吗？怎么过了一晚上就不见了？"

　　导游白灵没有答话，她拿着名册在聚精会神地点名。秦坚等不及了，又从酒店的一楼跑到六楼，边跑边喊："王晓莉，王晓莉！你到哪里去了？要出发了。"

　　当秦坚从六楼下来的时候，白灵冷冷地对他说："不只是你的女朋友不见了，那个叫于风的青年人也不见了。我干这行四年多了，接了无数的团，接触过各色各样的人，遇到这样的事还是第一次。我们不能为了他们两个耽搁时间，你打她的手机看看。"

　　秦坚木然地站在那里，因为迄今为止，他已经多次打过王晓莉的手机，都是处于无法接通的状态。白灵打抱不平地对秦坚说："她到底是谁的女朋友？等了半个小时了，于风的手机也打不通，难道掉到海里了？不可能，我想这两个人一定是私下离队了，在昨天他们都不愿意买冲浪票的时候，我就看出来了，这两个人不是好东西。"

　　"不要说了！"秦坚突然对着白灵怒吼着，"我看你才不是好东西。"他蹲了下来，用手吃力地抱着头。人们同情地看着他，想安慰这个可怜的、被抛弃的男人，却不知道如何开口。过了一会儿，人们看到秦坚突然站了起来，哈哈大笑了两声，然后一身轻松地对白灵挥了挥手，说："走了就算了，导游，别等了，我们去下一个景点。"

　　我在市医院心理科工作，那个泌尿外科的于风医生是我的同事和病人。他曾经患有严重的忧郁症，不知吃过多少药都无济于事，他的幻想型心理让他不能继续从事医院的工作，这使得他非常绝望，一度想自杀了事。但是现在我可以告诉你，他的忧郁症已经痊愈了，治疗他顽疾的是他去海南的一次旅游。

外乡人

我的老家乌山有一片一望无际的油菜花地,春天来的时候,那彩云般的油菜花延绵开来,一直到山上,将天地连为一体。我们喜欢沿着菜地的地垄追逐,发疯似的在花丛中奔跑,呼吸着沁人肺腑的花香。只有大西不同,那年他正好十五岁,比我们要大很多,所以他不屑和我们一起玩耍。我常常看见他坐在秋浦河边的大榆树下,手里摇着一根狗尾草,唱着我听不清楚的歌。

如果仔细看,依稀还可以见到大榆树的树干上有一截枯枝,传说它曾经被一场大火烧过,可现在树枝上烧焦的痕迹早已找不到了。直到有一天,我发现,那棵大榆树下搭起了一间简陋的小屋,小屋的窗户是用花花绿绿的塑料纸糊住的。小屋里住着一个养蜂人和一个十三四岁的女孩。在小屋的周围,排列着几十个清一色大小的蜂箱。

这间小屋所占的菜地正是我家的,它让我家损失了一垄生长旺盛的油菜。在我家的地盘上,没有祖父的允许,是没有人敢在这里随便盖房子的,即使是简易的木屋。

但事情恰恰相反,养蜂人敢在这里住下来,似乎没有经过我祖父的同意,因为在小屋搭好的时候,祖父才发现它,他从病床上爬起来,愤怒地叫嚷着,要拆了这间屋子。可当祖父拄着拐杖歪歪扭扭地走到门前时,他冒火的眼睛紧盯着那间屋子。可当他看见小屋中走出那个中年养蜂人后,却异乎寻常地安静了下来,对着那间被风刮得哗哗作响的小屋叹了口气,转身就走进了家中,似乎从那时起,他再也没有向那里张望过。

我们挤挤挨挨地站在小屋的门前,想看看里面究竟有什么东西。屋子里空空荡荡,吸引我们的只有一杆靠在墙上的枪。我很快把这个重大的发现告诉了我的祖父。他有点儿鄙夷地说:"那不是枪,是土铳,只能发射铁砂什么的。"祖父用含混的话语断断续续地说:"你们不要去惹那个外乡人,惹恼了他,你们没有好果子吃,说不定哪天他把你们抓了去,放在火中烧死,他真做得出来的。"

祖父的警告不起任何作用。那是二十世纪八十年代的春天,天空瓦蓝瓦蓝的,我看见养蜂人家中的女孩子正站在油菜花地里。我们从没有见过这么美丽的女孩子,穿着蓝边粉色的裙子,分明就是一朵花,融入了无边的花海里。她站在那儿,一只蜜蜂在她的面前飞了一下,又飞走了。女孩的视线随着那只蜜蜂在花朵上移动着,直到蜜蜂在花丛中消失。无数的蜜蜂在花丛中飞翔着,这让女孩的目光迷离,显得呆呆的。

大西把狗尾草含在嘴里,对着女孩喊了一声:"喂,你从哪里来的?怎么把我的地盘占了?"他的手指了指那棵榆钱树。

女孩说:"怎么是你的树?我父亲说,那棵树是我妈妈家里的树,每年树上都能掉下很多钱来。"

大西说:"你真是个笨蛋。榆树的叶子很像铜钱,难不成它真的成了钱了。我看你是想钱想疯了。"

女孩坚持说:"我说是钱,就是钱。有一次我梦见了我妈妈,她是一个花仙子,手一摆,这些榆钱树的叶子都变成了钱。可惜啊……"

"可惜什么?"大西问道。

"可惜突然不知怎么地,就着了火,火把这些榆钱树的叶子都烧光了。"说到这里,女孩故意神秘兮兮地停了下来,她拢拢头发再慢吞吞地说,"只有我能看到我妈妈,除了我能看见她之外,谁也看不到她,她真的美极了。"

大西对女孩的话并不感兴趣,从他们的对话中,他觉得她的脑筋可能有问题。大西的手在裤裆里挠了挠,因为他患了奇痒难熬的疥疮。女孩涨红着脸,说:"你干什么,你要耍流氓吗?"大西说:"听你说话,就知道你笨得要命。你值得我耍流氓吗?我懒得对你说话了。""呸"的一声,大西吐出了那根狗尾草,把女孩一个人丢在油菜花地里,边走边嘟哝着:"真是个傻子。"大西见到我的时候,还用手拍了一下我的脸,对我说:"大头,你看到了油菜花地里的女孩了没,她是个傻子。"

又过了一阵子,我们对于女孩整天执迷地看着油菜花大感不解,这油菜花中到底有什么秘密,她在等什么呢?

"你天天在这里看什么呢?这油菜花有什么好看的?"我问女孩。

"我在看我妈妈,她在油菜花地里。"

"哪里有你的妈妈?这么多年了,我们怎么没有见过她?"

"只有我能看到我妈妈,除了我能看见她之外,谁也看不到她,她真的美极了。"女孩自豪地说。

大西用稻草扎了个草人,在草人的头上扎了个蝴蝶结。我们带着草人从油菜花丛中潜到女孩的面前,叫道:"傻丫头,看你妈妈来了!"

女孩知道我们是在挑逗她,气愤地说:"它不是我妈妈,我妈妈美极了,它怎么能是我妈妈?"

"孩子,来看我吧,我是你妈妈。"大西尖着嗓子,学着女孩妈妈对女孩说话。他让我把那个草人来来回回地摇着。"孩子，我就是你妈妈。你来呀，找我呀。"大西恶作剧地大笑着。女孩捡起一块土块朝我扔去："叫你们欺负我！等我妈妈真的回来，定饶不了你们的。"

养蜂人家的女孩真的是个傻子。这是个新的发现，我又将它告诉了我的祖父。祖父阴沉着脸，一言不发，过了一会儿，他干脆躺在摇椅上，闭着眼睛。他的表情让我觉得很无趣，我觉得他是太老了，无力管其他的事了，甚至对养蜂人占了我家的地，他也无可奈何。我看了他一眼，他似乎睡着了。我们又跑回油菜花地里，看见那个女孩还站在那儿。实际上，她每天都站在那儿，朝无边无际的花海张望。与之前不同的是，她只穿了一件单衣，衣裳早被露水打得精湿，把女孩的身体裹得紧紧的。

大西说："大头，你看见了吗？她们放出的蜜蜂把我们的油菜花都吃光了，我们要把她们赶走。"

我说："可是他们家有枪的。"

"呸，有枪怕什么，难道他们敢杀人？"大西的嘴里总嚼着一样东西，这次他吐出的是一根柴棍儿。

我说："我爷爷不让我去招惹他们，爷爷说要是惹恼了那个外乡人，他即便不开枪打死我，也会把我扔进火里烧死。"

大西说："你是白长了个大头，你就是个胆小鬼。"

"我是胆小鬼？"我有点恼怒了，"你说我大头是胆小鬼，你敢不敢和我去那女孩那里，我要当着你的面把她赶走。"

我们一起走到女孩的面前。女孩似乎对我们的到来浑然不觉。她浑身湿透，单薄的衣服紧巴巴地贴着身子，显出了一道优美的曲线。我忽然生出了一种异样的感觉，我有点头晕。她全身上下透出的气息让我们的汹汹气势一下子消退了，等到了她的面前时，我们说话的声音明显有气无力了。

"你们家的蜜蜂把我村里的油菜花都吃光了,要是没有了收成,你赔得起吗?"我用手指了指那些在花丛中飞翔的蜜蜂。

女孩笑了,说:"你们两个小屁孩才是真正的傻瓜呢。我爸爸说,没有我们家的蜜蜂,你们才没有收成哩。"

"你骗人,我才不信哩。"

女孩有点不屑的样子:"骗你?就你们两个,值得我骗吗?我懒得对你们说话了,两个大傻瓜。"她用从大西那儿刚学来的话回答我。

我看了大西一眼,只见他呆呆地看着女孩,嘴角挂着一丝微笑。我不知道他的笑是什么意思,但我想一定有瞧不起我的成分在里面。我鼓起勇气,推了那女孩一把,说:"你们两个外乡人,把我们的油菜花都糟蹋了,你们快走,不然的话,我就要——"

"你就要什么?"女孩看都没有看我。

"我就要——"我想了半天,实在找不出什么好的制裁措施。我望了望大西,他似乎也没有什么好的法子。这时候,我看见大西挠了一下裤裆,想是他的疥疮又痒痒了。我反反复复地说着:"我就要,我就要——"忽然,我看了一眼在裤裆里挠个不停的大西,灵机一动,说:"你们再不走,我就和大西把你强奸了。"

"大头,说什么混账话!我看你的嘴作践了,要找打!"我听到我的背后有人低沉着嗓子说话,回头一看,不知什么时候祖父颤巍巍地站在了我的身后,朝我瞪着眼。他一只手拿着拐杖,另一只手微微抖动,手上拿着的呢绒外衣险些掉到了地上。

从前年起,祖父的身体就不行了。他剧烈地咳嗽,有时会咳一个整夜,他只有挂着棍子才能站起来。曾经的他是一位英雄,可现在他不行了。在咳嗽停下来的间隙,他会揉着眼说:"老天啊,快来把我收走吧,免得这样造孽啊。"

祖父把呢绒大衣披到女孩的身上,说:"你回家吧,整天站在这里,像个傻子。"女孩对祖父看了一眼,说:"你为什么对我这么好,我又不认识你,不要你的衣服。"祖父说:"你这样精湿精湿的,会着凉感冒的。你先把衣服披上,回家换上干衣服,再还我也行呀。"女孩说:"不行,我不能要你的衣服,我又不是你家里的人,凭什么要你的衣服?"

在我的记忆里,祖父没有这么温柔过。他问女孩:"你天天在这里望什么呢?"

女孩说:"我望我妈妈。爸爸说过,她就住在这花丛之中。"

祖父的眼睛有点湿润了,半晌不作声。过了一会儿,我看见一大颗泪珠从他苍老的脸上掉了下来,落进泥土中,消失了。他摸着女孩的头,说:"孩子,别傻了,花丛中没有你妈妈,你回家换衣服吧,别冻着。这种天气,容易着凉的。"说着,把女孩推过来的大衣重新披到她的身上。

女孩任祖父把大衣披在她的身上,但她一动不动,还站那里。祖父是一个严苛的人,不苟言笑,铁石心肠。可这次对一个陌生的女孩流泪,让我惊愕不已。大西对我使个眼色,我们俩溜走了。大西说:"你爷爷看起来怎么像是怕那个傻丫头?"听大西这样说,我有点儿不舒服,轻蔑地一撇嘴角:"笑话,你说我爷爷怕她,那真是笑话。我爷爷是什么人,还会怕这个丫头片子。我不知道你怎么有这个想法。"大西说:"我们别争这个了,你不承认就算了。"我说:"那好,我们去玩掷钱吧。"

大西是从来不愿意和我们在一起玩的,但掷钱这个游戏例外。他热衷于这个游戏。所谓掷钱,就是一方把硬币放在地上,另一方用同样的硬币去砸它,只要把它砸得翻个面来,这翻面的硬币就是你的了。大西在这个游戏中总是胜利者,他常常会从我们的手中赢得一大捧一分、二分的硬币。

在大西家的堂前,我们正要开始掷钱,大西的奶奶一边纳着鞋底,一边问:"你们又去看那傻丫头了?"我们点了点头。大西奶奶说:"那孩子傻了,犯着谁都是要傻的。十几年前,那个养蜂人还是个小伙子,他拉了十几个蜂箱来到我们村子,也是在那棵大榆钱树下搭了一间小屋。一年过去了,日子倒也过得平静。可是有一天,因为娴妹的事,大头的爷爷把养蜂人的那间小屋烧了。"

"娴妹是谁?"我和大西停止了掷钱。

"大头啊,这你都不知道?娴妹是你的姑姑。开始还没有注意,后来村里人都发现娴妹的腰一天天粗了起来,才知道她是怀孕了。大头的爷爷就追问这是谁干的。开始娴妹不说,你想,大头的爷爷脾气要多暴躁就有多暴躁,拿起棒子就打。一顿痛打之后,娴妹指了指养蜂人的那间小屋,大头的爷爷就明白了。没有结婚就怀孕了,在村里是丢人的事,不光是这样,对方还是个穷小子、养蜂的,娴妹怀了他的孩子,丢的是我们整个老陈家的脸面,在族公阴沉的脸面前,大头的爷爷觉得自己在村里抬不起头来了。一怒之下,他把一只火把扔进那间小屋里。那场火烧了好几个时辰,把养蜂人所有的东西都烧光了。你爷爷还把娴妹,就是你姑姑赶出了家门。那时,娴妹还怀着这个傻丫头,已经快生了。"

大西奶奶继续说:"村里人谁也不肯收留她们,就在大火的当天,娴妹就在牛圈里生下了傻丫头。可是她难产呀,那流出来的血像水龙头下的水一样,哪里堵得住?养蜂人急得没奈何,求东家,求西家,讨了点米,熬了一碗稀饭。可娴妹还没有喝上一口,就走了。"

"你姑姑娴妹死了以后,我只听见那养蜂人对着天空放了一铳,就消失了。以后再也没有见过他。那天夜里,那一声铳响,来得突然,村里人都毫无防备。那一声铳响,像是一股仇恨,冲到天上去了,真的好响,好响,似乎今天还能听得到。"大西的奶奶说,"我说过,养蜂人一定会来报仇的。果然不出所料,十多年过去了,他还是来了。养蜂人这次一定是来报仇的,是找大头的爷爷报仇的,也是找我们全村人报仇的,我告诉你们俩,不要往女孩那里跑,养蜂人他是来报仇的。"

大西的奶奶咳嗽着,说:"报应啊,报应就要来了。"

受了大西奶奶的警告,我觉得那养蜂人可怕极了,甚至不敢再靠近秋浦河边的那间小屋,更不用说再去和女孩说话了。可大西不怕,他重复着以前对我说过的话:"那养蜂人有什么可怕的?就算他有枪,难道他敢杀人?大头,你要是个男人,你就跟着我,我们就在那傻女孩身边掷钱去。"

大西带着我去女孩的身边掷钱,我们故意把声音弄得很大。女孩的眉毛拧弯了,我知道她很厌烦。我们越看到她厌烦的样子,越是兴奋,煞有介事地把掷钱的游戏玩得非常热闹。终于女孩发作了:"你们走开,别烦我好吗,我要在这里看我妈妈。你们不要吵了我妈妈。"

大西说:"你妈妈死了,我刚刚听我奶奶说的。"

"我妈妈没有死,你妈妈才死了呢。"女孩扭过脸去,不再和大西说话。

我从来没有见过这么一根筋的女孩,也许她从来就没有接受她妈妈已经去世的事实。她妈妈不是别人,是我的姑姑,我还会骗她吗?我郑重其事地走到她的面前,对她说:"你妈妈确实死了,你不要天天在这里傻望着。你穿个单衣站在这里,会着凉的。"说到单衣,我忽然想起来那天祖父送给她的呢绒大衣,那呢绒大衣是二叔从上海寄过来的。在二十世纪八十年代,那是很值钱的东西,祖父很珍惜它,从来没有舍得穿过,我想他送给女孩也只是临时的,还是要收回来的。

"我爷爷的呢绒大衣呢？你把它放哪儿了？"我问。

"什么呢绒大衣？别烦我，我要在这里等我妈妈。"女孩这次彻底不耐烦了。

"你就装吧，昨天我爷爷送你的那件呢绒大衣呢，难不成你想赖吗？"

"我没有想赖。"女孩儿努努嘴说，"你看，它不在沟里吗？"

跑过去一看，我顿时愤懑极了。那件崭新的呢绒大衣被人用刀剁成了碎布，扔在了沟里。我抓住女孩的衣领："你这个傻子，赔我的大衣。""又不是我剁了你的大衣，我干吗赔你？""那到底是谁剁的？"女孩嘴又一咴："他来了，是他剁的。"

养蜂人从秋浦河的那边蹚着水过来了，手里拿着那支土铳。我的心扑通、扑通跳了起来，心中顿时升起了一阵恐惧。我放开女孩的衣领，沿着油菜花的地垄跑远了。

油菜花开得正盛之时，祖父的身体却差多了。他让我把摇椅搬到大门前，他躺在椅子上，仿佛也傻了一般，一天到晚望着门前遍地连天的油菜花。虽然祖父看不到那个傻女孩，但我看到祖父的瞳仁里，一直都有那个傻女孩的身影。他咳嗽着，吐着带有血丝的浓痰。每天都有几只蜜蜂飞进屋子，绕着他的头颅飞几圈，又飞走了。

每当我在外面疯累了，回到家中的时候，祖父就要问我："那个傻丫头还站在那里吗？告诉她，让她回家吧，外面风大，会着凉的。"

"我说了，她不听。那个养蜂人还把你的呢绒大衣剁碎了，扔到了沟里。"说完这话我就后悔莫及，我怕祖父听了这话，会生气。风烛残年的他哪里还受得了这样的刺激？可出乎我的意料，祖父听到后，却露出了一丝微笑。

"剁得好！剁得好！他早就该这样剁了，以前是他没有机会。"祖父嘴里嘟哝着,口水从他的嘴角流了下来。

我突然有点恨那个女孩了。因为她的到来,我的祖父衰弱得更厉害了。他快不能动弹了,现在好像精神也出了问题。那件爱若至宝的呢绒大衣,被养蜂人剁碎,他竟然毫不愤怒,反而笑了起来,不是疯了是什么?

想到这里,我有点害怕。我沿着门前的那条小道跑到山上,发现油菜花和天相接的地方,依然离天好远好远。小女孩的妈妈会从天上走下来吗?要是她真的从天上走下来了,祖父和小女孩都会很高兴,也许祖父的身体还会好起来。但是,这是不可能的,这只是个幻想而已。

我在山上坐了一个下午,脑子里空荡荡的。往年的油菜花,也没有今年开得这么旺盛。黄昏的时候,我听见村子里一片哭声,然后是大西漫山遍野地喊我。我飞快地从山上跑下来,迎面碰见了大西。

我问:"咋啦?"

大西说:"大头,不好了,你爷爷没了。"

我怔住了:"怎么没的?"

"听我奶奶说有一只蜜蜂死在你爷爷的摇椅下,你爷爷侧过身子,想弯腰拾起它,却没有了力气,没有提防,从椅子上跌了下来,就这样,你爷爷就这样走了。"大西说。

我呆了。对那天的事,我现在一点儿也不记得了,只记得祖父去世的那天晚上,在秋浦河边,养蜂人对天放了一个响铳。那响声,至今仍回响在我的脑海中。

青瓷碎了

我常常因为梦而苦恼,它们总是以碎片的形式存在,不留下一丝记忆。它就如同我写烂的稿纸一样,被风吹走,或者被一把火烧成灰烬。迄今为止,我仅仅做过一次完整的梦,这种情况,将来恐怕不会再有。每一场梦,我总是在情节的关键之处,被巨大的压迫惊醒。这让我烦躁不已,即使在那仅有的一次完整的梦中,情形也大致一样。

那次梦中我梦见了一个美丽女子。在梦的前半部我就知道她名叫蒹葭。恍惚中,蒹葭就住在我家的对面。开始我们并不相识,我也不知道她的名字。只是我有靠窗沉思的习惯,这使得我会看到对面屋里的东西,那里只有一个精致的女人。在她家的窗帘的后面,她也时常对这边张望。第一次看见她时,我就拍案惊叹:"世间怎么会有这么美的女人!"我在脑袋瓜子里搜索了一遍,奇怪的是好像从来没有见过她,我感到非常遗憾,搞不清楚这个美女是在什么时候住进了那间屋子里的。

出门的时候,我和那个女人常常碰见。我们碰见时,她总是停下来,对我一笑,然后再走开。我想和她说说话,却总是找不到合适的话题。我搭讪的能力很差,况且见到漂亮的女人总是不知所措。所以,我觉得在远处看着她,要比近处和她说话好得多，轻松得多。远远看着她，就像是欣赏一件纯净的瓷类艺术品，不需要动脑子去搜寻说什么话，以免说得不好，相互尴尬。于是，靠着窗口看她，成了我每天必备的课程。

妻子说："你每天都在看什么呀，像是着了迷？"

我支支吾吾，说不上来。妻子跑过来，想看个究竟。妻子的警觉，常常让我背部发毛。我有点惊慌，因为那个女人还在窗前，要是让妻子知道了我每天靠在窗前，是为了看另外一个女人，她肯定会勃然大怒。我想关上窗子，可是已经来不及了。妻子一个箭步就冲上来了，她推窗四处张望了一下，随即有些失望："外面也没有什么呀。"

"没有什么，不会吧？"我向对面看了看，那个女人依旧在阳台上逗着笼子里的鹦鹉。我试着提醒妻子："你真的没有看到什么？"

"没有。鬼影子都没有一个。"

我更奇怪了，明明那个美人就在窗边，妻子却视若无睹，难道见鬼了？我说："那边窗口好像有个人吧？"说这话时，我有点后悔了，这不是不打自招吗？好在妻子的回答，让我胆气壮了起来："哪有什么人呀？你看到了什么人呢？"

"一个女人和一只鸟。"见妻子没有看见，我大胆地说了出来。

妻子重新朝外望了望，还是摇摇头，看了看我的脸，露出惊诧的表情，然后嘟嘟哝哝地走开了："哪有什么人呀，鸟呀，我看你是想女人想疯了。"

我对这种絮叨早已经习以为常了，就是因为这一点，我常怀有出轨之心。这个出轨之心就像一副眼镜，它能让我看到别人看不到的东西，譬如那个女人。刚才的事件说明，只有我能看得到她，我的妻子看不到她，也就是说除我之外的人都看不见她。为此，我心中暗喜。有一天，看到那个女人下楼了，我也借故下楼，装着和她邂逅，这些妻子并不知道。在我和她快要迎头撞见的时候，那个女人像往常一样停下来，对我一笑，就在她要走开的那一刹那，我鼓起勇气搭讪道："你就住在我家的对面吗？"

我问了这句话后，就有点儿后悔，这不是废话吗？我的脸腾地一下红了。

那个女人却认真回答："是呀，有空上我那儿玩玩，我家里只有我一个人。"说完，她喜滋滋地走了，笑声如银铃一般，走的时候，还用眼对我睃了一睃。

她为什么强调她家里只有一个人，这是有意对我暗示吗？为了这个问题，我想了一个下午。她对我有好感吗，她是干什么的，来自哪里，姓甚名谁，家里都有什么人。这些我都要知道。尽管她对我睃一睃的时候，是那么的娇媚，但我从来都是一个谨慎的人，和一个陌生人交往之前，我要把她的来龙去脉搞清楚，想着想着，我决定顺水推舟，鼓起勇气先到她家去一趟。

女人家的门是开着的，即使这样，我还是敲了敲。听到敲门声，她出来开门。我看见她穿得很薄，半透明的白纱把她衬托得更美，那种美可以让一个人窒息。

她说："古哥，你来啦？"

"你知道我的名字？"

"当然知道，你是有名的作家。"

真的，知道我名字的人很多，我却不一定认识他们。这一点让我顿时自豪起来，一扫进门时的谦卑，仿佛突然高大了起来。我笑了笑："呵呵，我顺便来看看。呵呵，老邻居了，来看看，来看看。"

"没关系，你先坐，我泡一盏茶来。"

我看了看她的居室，简洁得没有什么杂物，只有一个好大的青瓷花盆放在架子上，盆中栽种着一株小小的薰衣草，草和盆不成比例，所以格外引人注意。

茶端上来了，气氛暖多了。我说："还没有请教你的名字哩。"她没有说出她的姓氏，只说她的名字叫蒹葭，就是"蒹葭苍苍，白露为霜"的那个蒹葭。见我看着那株薰衣草，她"扑哧"一声笑了。

"我喜欢这棵薰衣草，她代表纯洁，法国人是这么说的。"

"那她值多少钱呢？"

"古哥，你怎么提钱的事？"蒹葭有点儿不高兴了，"提钱多俗气。"

我有点儿慌张，只能胡乱地自圆其说："我不是那个意思，我的意思是说，纯洁是无价的，美丽是无价的，可它总得有个价吧。看看，我说的话矛盾了是不是？我就是这个意思，不是那个意思，可是我不太会说话。"

"呵呵，看你认真的，真是个老实人。"蒹葭笑得眼泪都要出来了。

就这样，我知道了那个女人名叫蒹葭。她仿佛从我的书中走来，我常常有意无意地打开那本《诗经》，寻找在水一方的蒹葭，寻找那种不可言说的古典之美，那古典之美赛过青瓷。对面楼上的橘色光亮，点燃了我已经如秋草般枯黄的出轨之心。我迷迷糊糊不知道自己在哪里，似乎觉得我在梦里，又似乎不在梦里。我拉开窗帘对外看着，妻子也懒得管我，因为她看不到我视野里的东西，这一点，真好。

有一天，我突然听到一个声音，是蒹葭的声音："你快来呀，快来救我！"

我不好意思贸然出去，故意问妻子："你听到有人喊救命了吗？"只要她说听到了，我就可以名正言顺地下楼救人。可是妻子的反应很茫茫然:"见鬼了,我怎么没有听到?"蒹葭的声音越来越大了,我有些急了,说:"你有没有听到是你的事,我可听到了。"三步并作两步,我跑到对面的楼上。

一只猫从蒹葭家的门缝中溜了出来。我推开房门,问:"蒹葭,你怎么了?为什么喊救命?"蒹葭有点儿慌张,我看出了她故作镇静:"我没有喊呀,什么时候喊救命了?"

"奇怪,我是听到了。怎么回事,难道我出了问题?"我挠挠头。

"真的没人喊。"

"对不起,那是我听错了。打扰你了。"我刚要告辞,忽然听见后面房间中发出窸窣之声。不对,房间里还另有别人!

我说:"蒹葭,你是不是遇到小偷了?我看你的房中似乎有人啊。"

"没有,真的没有人。"

"好像有什么响动。"

"那——是不是猫呢?我这只猫,调皮极了。"蒹葭笑了笑,耸耸肩,她虽然是古典美的形象,动作却像个外国人。

"不对,你家的猫刚刚出去,就在我进来的时候,它出去了。"我向房中走去,想看个究竟。刚走两步,就听见蒹葭"哎哟"一声。我回过头来,发现蒹葭不见了。"蒹葭!你在哪儿?"电停了,四周漆黑一团,我掏出手机照着,只听到蒹葭的声音,看不到她的人。"我的脚崴了,坐在地上哩。"我用手机照了照,看到蒹葭坐在地上,坐在那只青瓷花盆的底下,花盆中的薰衣草已经长高了。

我从地上把蒹葭扶起来,她说:"太晚了,你走吧。"又附耳低声地对我说:"明天你再来吧。"

听了蒹葭的这句话,我的心就像被她家的猫抓了一样,痒个不停。第二天，我先假装去上班，然后半道上又折回来，往蒹葭家走去。

蒹葭绝口不提昨夜的事情，可我最关心的是她崴的脚。我问她脚崴的情况，她说不严重，睡醒来就好了。为了证明确实好了，她跳了跳："你看，不假吧，真的好了。"她笑了，笑起来明眸皓齿，美极了。她修长的双腿，在开衩旗袍的遮掩下，更为性感。我忍不住蹲了下去，抚摸了一下那光洁的大腿。她没有推拒，却笑了起来，我从来没有见到过这么爱笑的女人，像《聊斋》中的婴宁。

"你咋一个人住着这么好的房子？"

"这是我干爹的房子，是他送给我住的。"她看看我，显得很不满意，轻轻地打了一下我的手，把我的手从她的腿上推开，"你不信？对于他送一套房子给我这件事，你都不信？你要知道，我干爹是很有钱的。"

"这我相信。不说这个了，你说说，昨天晚上，你明明呼救了，干吗我过来了，你又不承认了呢？"

"古哥，我说你听错了，就是听错了。你这人怎么老是刨根问底呢？哦，想起来了，一定是阳台上的那只鹦鹉搞的鬼。"蒹葭看起来有点儿生气了。

蒹葭说的话让我不能信服，特别是她崴了的脚，神奇地一夜之间就好了，更是让我疑窦顿生。我百分之一百认定她在说谎，她就是怕我去后面那个房间，才故意嚷嚷说崴了脚的，可那个房间究竟有何秘密呢？

对于说谎这件事我是憎恶的，即使是那么美的女人，只要一说谎，她的美貌就大打折扣。我的热度冷了下来，掩上蒹葭的房门。我说："我还是去上班了。我怕去晚了，会耽搁工作。"上班是为了生计，其实上班和在学校里当学生的时候没有什么两样。

我上班的目的就是把难题一个一个地解决，我的上司就如同我的老师，他是个出难题的高手。蒹葭对我的告别，也没有什么反应，我看到她的眼睛很茫然，这种茫然让我觉得她有点儿成熟。我看了一眼楼下的街道，车流涌动，像一条河流，我就像站在河流岸边的孤独男子，蒹葭呢，她就如同这条河流边的一棵芦苇。

我的上司名叫刘茉利，我不知道一个大男人，怎么会有这样一个秀气的名字。茉利，加个草字头，就成茉莉花了。我一到公司，吕岷就来问我："你怎么才来呀？总经理都找你好一会儿了。"我有点儿惊异，这个茉莉花从来没有找过我，偏偏今天我迟到了，他就来找我呀！难不成他每天都在监控着我？

我忐忑不安地来到刘茉利的办公室。他正在面朝窗外吸烟，这一点和我有些相像，我也喜欢一边一动不动地看着窗外的风景，一边想事情。他也许知道我来了，但他没有回过头来。我知道这叫做派，又叫端架子。有什么办法，谁让我是他的手下呢？

"刘总，我来了。"

刘茉利回过头来，我看见他笑了，笑得很亲切。"哦，是小古啊，坐，坐。"

我在他的办公桌前坐下，我和刘茉利离得很近，就在我刚坐下的那一瞬间，好像是我的气息吹开了他的笑容。我看见了他笑容掩盖下的面孔很狰狞，眼如铜铃，牙也露出来了。但我要强调的是，那只是一瞬，很快那种狰狞就消失了，取而代之的是和颜悦色。

"有事吗？"我问。由于我刚刚看到了刘总那个狰狞的样子，心中慌乱了起来。我不想在这里长待，只想在他交代完事情后马上就走。

"别急嘛。年轻人就是性子急。性子急是好事，工作就需要这样，雷厉风行，有活力，有活力。"

刘茉利示意了一下,他的女秘书就把一杯茶放在我的手里。这对我来说,算是极大的殊荣了。我瞄了一眼,女秘书端茶的手修长修长,长得和蒹葭的一样。刘茉利接着说:"有活力是好事,但不要精力过剩,精力过剩就不好了,特别是晚上,不要四处乱跑,四处乱跑是容易出事的。"

他说这话是什么意思呢,我使劲去想,怎么也想不出他这话的意思,是不是他发现了我哪天晚上出去了?除了昨夜,我可是晚上不大出门的呀。我感到脊椎骨凉飕飕的,直透心肺,之后我忽然剧烈地咳嗽起来,边咳边说:"刘总,你叫我来就是为了说这个?"说完话后,见没人回答,我就抬起头来,这一抬头不要紧,眼前的东西吓得我一跳,我看见刘茉利不知什么时候戴上了一个花脸面具了,坐在他的老板椅上,看着我。

"刘总,您把面具摘下吧,别吓着我!"

刘茉利不听我的,他说:"这不叫面具,它叫傩。我知道你的家乡是傩戏之乡,乡里人都叫它鬼脸子。今天你来了,我特地戴上这个鬼脸子和你说话。据说人只要戴上这个鬼脸子,就可以和鬼,和神对话了。"

我当然知道那是傩,我小时候,在山里一个叫刘街的地方,有个亲戚,正月里我去他们家拜年,就见过他们唱傩戏。可为什么茉莉花今天这般有兴致,戴这个鬼脸儿玩?他一定有他的目的。是不是茉莉花在拐着弯儿骂我是鬼?我朝鬼脸子看着,终于看出来了他的敌意,冷冷的、寒寒的,像剑光一样从鬼脸子的两个眼洞里射出来。

他继续说着他要说的话:"小古啊,不管你是人也好,是鬼也好,你来公司也有好几年了吧,慢慢地也成为骨干了,这是多好的事儿呀。我们商量着呢,今后要多往你的肩上压压担子。"说这句话的时候,我看见那面具脸朝右边一转。我也向右看去,只见吕岷和大雷抬着一根大木柱子，向我招手。

我走到他们中间，他们突然把木柱子往我肩上一放，我压得透不过气来，大叫："你们快把它挪开，我受不了啦。"吕岷和大雷嘻嘻地笑，站在一旁像玩猴一样看着我。我说："还说是同事呢，怎么这样突然袭击，我会被压垮的。"

刘茉利摘下面具，表情很严肃："小古啊，这只是一次考试，你要经受住啊。你瞧，人生就是不断地考试，你通过了，就成功了。懂吗？"我眼冒金星，等他说完，再抬头一看，他们全都消失了。"你们去哪里了？快帮我把木料放下来！"我大声咒骂着吕岷和大雷，也不知他们听见了还是没有听见。反正他们没有回音。没有办法，我只好扛着那根大木头，走出了公司，我想找个地方把它放下来，可总是找不到合适的地方。

"小古啊，你扛根木料干什么？"

我抬头一看，原来是中学时教我数学的米老师。我撒腿就想跑，因为我最怕的科目是数学，每次数学考试后，米老师总让我在教室的外边站上几个小时，而且不允许动弹。周围的同学那是里三层外三层，全都是在看我的笑话。即使到了今天，我一看见数字，手就开始发抖。

米老师轻而易举地就把我拦住了。他说："你还想跑，你扛着木料，跑得动吗？况且我又不是老虎，还能吃了你？"

这一次，他倒很和气，用手顶了顶鼻梁上的眼镜，挽了挽袖子，把我肩上的木料接了下来，扔到地上。米老师说："多没出息呀，我教你那么多年，就是让你给人家扛东西的吗？扛东西还不容易，不上学也行，用得着我苦口婆心地教吗？你看看，你们班上那么多同学，都出人头地了。就连胡小南那个小子，上学的时候，你还记得吧，鼻涕常常是拖得一丈多长，如今也当上了镇长了，你呀，你呀！"他恨铁不成钢地长叹着。

我放下木头后，轻松了许多，可米老师的一席话，却让我的心羞愧起来、沉重起来。我嗫嚅着："米老师，我……我这里不是在扛木头，是——"

"你还说谎！不是扛木头是什么，你当老师三岁呀？我可是亲眼看到你扛的，难道我冤枉你了！"

"我是在考试。米老师，这大概是公司的一个考试项目吧。"

"考试？荒唐！有这样考试的吗？你不要在那个公司干了，老师再教你一次，这一次，你只要毕业了，我保证会有更好的出路，起码能干个镇长。"

我害怕极了，后退了两步："不用，不用。我——"

"我，我——什么呀？我出几个二元方程给你，你做一做，要是考试通过了，就什么都能解决了。"米老师说着，一只手拉住我，另一只手从文件包里拿出一张试卷来，"你要知道，人生就是一个二元方程，现在的人心太坏了，硬说是多元的，那是屁话，误人子弟呀。小古啊，以我的经验，人生最多也就是个二元的方程式，好解，好解的。"他在反反复复地说着牢骚话的同时，把试卷摊在我的面前。我只好掏出笔来，耐着性子坐下来，我看着试卷上蛛网式的线条、字母和数字，头忽地大了，眼前一片模糊。

米老师在我旁边监督着，我只看得到他不断走动的双脚和飘荡的长衫下摆。半个小时过去了，我头脑一片空白，一道题也做不出来，急得都冒出汗来了。似乎有许多同学都来了，他们探头探脑看着我，议论着那几道题的做法。我听到有人说："这几道题原是不难的，不知他怎么解不出来？小古真的没用了，可惜了。"

我朝他们瞪了一眼，他们全都跑开了。对于人生的二元方程，即使是最简单的题目，我也不会做。我是个失败的人、多余的人、胆怯的人。我是这么多同学中最差劲的人,茉莉花的考试我通不过,米老师的考试我也通不过。我沮丧极了,把笔头含在嘴里,反反复复地用口水蘸着。这时候,米老师接了个电话,他跑到很远的地方去接,生怕让人听到一样。这对我来说是一件好事,因为我眼皮下那讨厌的双脚和长衫终于消失了。瞅着这个机会,我一溜烟地跑掉了。我听到米老师在喊:"你给我回来,你的题还没有做完呢!"我对他的喊叫怕得要命,只想尽快地逃离。可就是因为我跑得急,不提防一脚踏空,从一个很高的坎子上掉了下去。

父亲正在那个坎子下种菜。他每年都要种好多好多的油菜,一到四月,油菜花开起来,漫山遍野的,看得你都傻眼了。我除了欣赏他的油菜花以外,不能帮他做什么。掉下坎子的那一瞬间,我发现油菜花全都开了,开得灿烂,开得令人心旷神怡。我想,我不是上了大学,离开了这贫瘠的农村了吗?怎么一下子又回到了乡下,还到了父亲的菜地里?我不知道父亲有没有发现我,反正现在我还不想惊动他。看到了这些美不胜收的花的海洋,我想起蕪葭,只有蕪葭能和这些花媲美。要是能带她来看一看这些花,她一定会很高兴的。

"娃儿,你咋回来了?"父亲还是发现了我。

"我,哦,我回来看看。"我不好意思说我考不及格的事,只好搪塞着。父亲咳嗽着,腰弯了下来,他对我说:"回来就好,你要多回来看看,我和你妈都不行了。今年我们的身体比之前差多了。既然回来了,我们就回家吧。"

老屋破败了许多。掉漆的家具、灰尘,一条老狗懒洋洋的,见我爱搭不理的。父亲带着我走进漆黑一团的厢房里,他从箱子里拿出一颗珠子来,塞在我的手里。"这是一颗夜明珠,是我们的传家宝。我不行了,怕是挨不过秋天了。这个传家宝就传给你了,你可要把它保管好哇。"

什么夜明珠？我看来看去,就是一颗玻璃球。我把玻璃球攥在手心里,看着父亲苍老的样子,不忍说破。我对父亲说:"放心吧,我一定把它保管好。"

"无论到什么地步,就是讨饭,都不能把这个传家宝卖了。"他叮嘱着。

摸着我的脸,母亲的泪流下来了。"你这孩子,一去那么多年,连个音讯也没有,让妈妈想死了。"我没有说话,让母亲抚摸着,我的手却插在裤兜里,摸着那颗玻璃球。父亲又咳嗽起来,责怪着母亲:"真是妇道人家,好男儿志在四方,成天缩在家里有什么出息？天也黑了,还不做饭给孩子吃,想必他已经饿了。"

母亲到厨房做饭去了,我的手还在那里摸着那颗玻璃球。天黑了下来,父亲为什么不点灯呢？我想起来了,节俭是我们家的一贯家风,父亲说那是美德。这时,我忽然发现我的裤子口袋中亮了起来,绿色的光亮透过纤维布,把屋子照得有点亮堂了。

是那颗玻璃球！难不成它真的是夜明珠？这就是父亲给我的宝贝？我简直不敢想下去了,我望望父亲:"它真的是夜明珠？你一介平民,怎么会有夜明珠？"

"父亲什么时候骗过你？"

"太好了,真是夜明珠,那就太值钱了！你怎么不早说！"我高兴地叫了起来,似乎一座城都是我的了。

父亲摇了摇头,有点儿失望:"一颗珠子就把你高兴得那样,你真的太让我失望了。"看看父亲的表情,我似乎觉得他还有什么东西在隐藏着,没有传给我。我问:"听您的口气,你还有比这颗夜明珠更贵重的东西？"

"没有比这珠子更贵重的了。无论到什么地步,都不能把这个传家宝卖了。"他又嘱咐了一句。

我有点儿不耐烦了："我不会卖的，要是有人偷呢，我可不能打包票。"

"不会有人偷的。它在别人的眼里，就是一颗普通的玻璃珠子。谁会下力气去偷一个玻璃珠？一般人看不出它是颗夜明珠。"

父亲睡到了床上，咳嗽得越来越厉害。刚才还在地里转悠，现在就病得这么凶？母亲说："你父亲很早就不行了，他是硬撑着等你回来，你一回来，他就不行了。他没有别的，就是冷。一直在操心你们，操心到心冷。"我看看床上的父亲，他的确冷得发抖，牙齿也在打寒战。

我捅了捅煤炉，生了一盆火。火烧了起来，屋子里暖和多了，床上的父亲也好了许多。我想，要是有一台空调该多好啊。这个念头一出来，我就发现我裤兜里的玻璃球滚了出来，一直朝门外滚去。父亲说："快快，夜明珠掉了，你快去找，快去。"我在父亲的催促下，追着那颗玻璃球，却总是追不上。也不晓得跑了多少路，我气喘吁吁地一屁股坐了下来。这时，我惊讶地发现，我不知什么时候回到家里了。

妻子在家里做晚饭。我进门的时候，她头也没有抬。"野到哪里去了，饿了吧？菜也没有买，我就炖了个鸡蛋，要是不够就到外面去吃吧。"我正想出去看看蒹葭，这可是好机会。就回了一句："那我到外面去吃了，啊？"她说："去吧。下次回来晚，你要先打个招呼，免得不是没有菜，就是菜弄多了。"

我走到窗前，看到对面那扇窗子里，橘色的小灯亮着。蒹葭一定在家里。我忽然觉得肚子不饿了，大步流星地向对面那幢楼走去。

蒹葭家的门前，还是那只猫在守着。门是虚掩着的，我轻轻一推就开了。猫"喵"的一声，就跳开跑远了。蒹葭家的客厅里，一个人也没有，我听到还是那间后房里有一丝丝响动。我猜测蒹葭可能在房里干什么，我轻轻地推开房门，想给她一个惊喜。可当我推开门一看的时候，我惊呆了，站着不动了。

两个人赤着身子在床上翻滚着。我听到蒹葭在说："干爹，你讨厌，你讨厌嘛。"借着小橘灯的光亮，我看出了其中一个就是蒹葭。当另一个人的头转过来时，我看见他竟是我们公司的总经理刘茉利！我忽然明白了，因为他就是昨天晚上在蒹葭房间里的人，所以他说我在晚上四处乱窜！我回过神来，不禁得"哎呀"一下喊出声来，转身就跑，慌乱中，我听到身后"咣啷"地响了一下，紧接着是瓷器碎裂的声音。我想可能是我把客厅里的那只青瓷花瓶碰碎了。

我回头一看，果真如此，那棵薰衣草被翻滚下来的泥土和碎瓷片埋在了下面。它的根茎全都露在外面，白白的，像人的裸体。我被这白白的光追逐着，慌里慌张的，跑着跑着，一失足落下了悬崖，在无休止的下跌中，我终于惊醒了。

潮湿的南方

一

南方是水的故乡。南方的水,总是充满柔情,像是用潮湿的味道紧紧地拥抱着你。天空是潮湿的,日子是潮湿的,人的眼睛也是潮湿的。我家的房子所在的街道也有一个潮湿的名字:浦江路。从我家往西走,是一个人工的大湖,叫龙西湖,它的堤坝比路边平房的房顶还要高,据说由于多年水的冲积,湖底实际比浦江路的路面还要高出一米多。要是往北走,则是一条闻名世界的大江。而浦江路两边,是长满青苔的砖铺就的路,它一直通往一座红色的钟楼状的楼房,侧面是一个长虹般横卧在护城河上的拱桥。

那就是维多利亚歌舞厅。二十世纪末,那是本城最具特色的标志性建筑,它高贵华丽的姿态,暧昧晦涩的色彩,每一个见过它的人都无法忘记它。它被改建成歌舞厅后,又被披上五光十色的霓虹灯,这些灯,在孤独的夜晚兴奋地闪烁着,人们可以在这里发泄掉一天的烦恼、忧伤和无奈。

那是七月,龙西湖的水在一个劲地涨,雨在一个劲地下,而且没有停止的迹象。证券公司的大厅里,我的股票"金大厦"却像断线的风筝,从十万米高空缓缓地飘下。这个一百元的高价股如今只有五元多了，它还在下跌，而且没有丝毫停止的迹象。我忧郁的心在这个潮湿的日子里快要发霉了，我走到护城河边，看着雨点砸在水面上，那样疯狂，那样决绝，充满着快意。那一天，我从下午起，一直在河边待到傍晚，直到对面维多利亚歌舞厅的霓虹灯闪亮的时候，突然听到一个人喊："快逃，快逃！"

我回头一看，是一个浑身肮脏的疯子，拄着一小截棍子，站在那长虹般的拱桥上。他的衣服上围着一条红色的围巾，夸张地衬托着一张灰色的脸，而那布满泥巴的脸，像电影中刚躲过炮弹爆炸的士兵，从泥土中抬起的脸庞。

"愣着干什么？我说你哩！快逃！"疯子对我叫着。他的声音沙哑但很有力，我永远忘不掉他的声音和神态，忘不掉在雨中有这样的一个人，没有伞，浑身淋得精湿，站在桥上，那样执着地催促我逃走。

逃到哪里去呢？我听到了"维多利亚"的歌声飘过来，软绵绵的音乐牵拉着我的脚步。就在晚上七点钟，我坐在了歌舞厅的咖啡座上。我热爱咖啡的味道，喜欢那慢慢从杯沿边散开的、饱含淡淡甜香味的薄雾。这种咖啡的味道冲淡了歌舞厅里汗味、烟味、口臭味和女人们狠命撒在身上的刺鼻的香水味。

我用勺子慢慢地搅动着咖啡，脑子里是金大厦飘落的影子。我真的有点疯了，自言自语：金大厦，你要逃到了哪里呢？你见过金大厦吗？

你见过金大厦吗？我又说了一遍。我看见对面的人诧异的眼神，才猛然惊醒。对面的人露出洁白的牙齿，冲我笑笑："说什么呢？"在闪动的灯光和空调送来的风中，她金黄色的长发一动一动的，眼帘如幕布一样拉开，露出一双迷人的大眼睛。她的右手微微伸出两指，夹住一根细长的香烟，神态显得那样满不在乎，不时地吐出一个又一个小小的烟圈。"啊，我没说什么。"我不好意思地说。为了弥补我的失态,我站起来,说:"可以请你跳个舞吗?"对面的人甩了一下长发,把烟那么轻轻地一摁。

"今晚的我不早睡,台北红玫瑰,再来一杯,你的酒量也可贵。"罗大佑在唱。沙沙的嗓音。她说:"也是一首暧昧的歌,有点儿青楼的味道。""是啊,很适合这里的。"我应和着。隔着薄薄的衫,她软软的腰肢有点儿汗涔涔的,渗到我的手心里,潮湿得让人心里发痒。你知道跳舞时男人的体验吗?用手轻轻地扶着柔弱的身体,仿佛体香就通过手臂传递过来,又仿佛有一件易碎的瓷器,在你搬运的过程中,要你用手小心地呵护着。她的眼睛也是漫不经心地从我的肩膀上望过去,显得迷茫的样子。我从心里涌起了一股爱怜,俯首向那两个弯月一样的耳朵柔声地问道:"你叫什么名字呢?"幕布一样的眼帘拉开了一下,洁白的牙齿闪了一下:"第一次见面就问名字的男人,该不是很坏的男人吧?"

我尴尬地笑笑,说:"不很坏,不很坏。"

一曲跳完,我们重新落座。她端起一杯葡萄酒,笑道:"我的名字叫安娜。"

"英文名吗?"我想这一定不是她的真名。

"随你怎么想吧,今后就叫我安娜啊。"

"好啊,名字只是个符号而已。"

二

龙西湖的水还在一个劲地涨,已经到了警戒水位了。我坐在家中的沙发上,无聊地看着新闻。画面上,市长的声音已经沙哑了,他的一只手吊着输液瓶,一只手在那儿疲倦地挥舞着,指挥着抗洪救灾的人们,旁边有个人为他撑着一把布伞。新闻报道说,市长已经三天三夜没有休息了。可是这些对我来说,似乎是一件很遥远的事,我现在要做的,就是从计算机中找出我的金大厦,可是它依然在飘落,像一片孤零零的枯叶。

心里烦极了,我想起了安娜,这个给我留下深刻印象的安娜。她也住在浦江路,在龙西湖的湖堤下的那个小区,小区有个很美的名字:月季苑。一朵朵红色的月季花从那个小区的围墙上挂下来,像一个个挂着的小小灯笼。路也被雨水冲刷干净,走在小区的水泥路上,心情顿时轻松了许多。

心中还是想着安娜。奇怪,我竟然被一个只见过一面、不知姓名的女人牵挂着,真是不可思议。是那抽烟的姿势吗?是她天鹅绒般的黑眼睛吗?还是她身上微微散发的"忆"牌的香水味?夜晚又降临了,我在一丛月季花的前面,傻傻地待了几分钟,然后抬起头来,看见水洗过的葡萄架上,青翠欲滴。忽然,我看见那天鹅绒般的黑眼睛就在月季花的后面一闪一闪的,一声叹息也从月季花丛中传来。

是谁和我一样寂寞呢?是谁在为这多雨的日子叹息呢?

我诅咒着我的心脏,这时候,它怦怦地跳起来,因为在葡萄架下的长椅上,安娜竟然躺在那儿。她一双红色的高跟鞋沾着少许的污泥,双脚颓然地伸着,一朵凋零的月季落在她露出的脚踝上,显得那么脆弱。她略显得有点儿艳丽的两片嘴唇,带着那么一点儿放荡的意思,眼角潮湿得像眼前这个下雨的天空。真的是她,她已然喝醉了!

当我的手伸到她的脑后的时候,那醉颜在烟味中飘散开来,就在这飘散的雾气中,她迷茫地睁开眼睛。

"安娜,安娜!"

"是马宜吗?昨天我还去看了你,你知道吗?我送了你一朵月季,就是在这里摘的,你收到了吗?"

"安娜,你喝醉了。马宜是谁?我不认识,我们回家吧。"

"不，我已经把花放在你家的门前，你去看看吧。"

"安娜，你的家在哪里？你真的醉了。"

"我的家你都忘记啦？就是 18 幢 2 单元呀。你老是嫌 1 楼潮湿，不记得了吗？我没醉，倒是你自己醉了呢，马宜！"

这时候，她已经完全没有力气了，伏在我的肩上，娇柔地喘息着。我从她的包里搜出钥匙，打开房门，进了安娜的屋子。屋子里摆设得很整齐，顺着客厅的楼梯上楼，第一间就是安娜的卧室。在卧室里，首先引起我注意的，是瓶中插着的一大束百合花，双人床床头的一侧墙上，挂着一个男子的照片。照片中的那个男人微微地笑着，一脸的幸福。

我把安娜抱进来，放在床上。

"马宜，抱紧我，我好冷呀。好马宜，求求你，抱紧我，好吗？"那样不容拒绝。

我把她拥在怀里，像抱着一只受惊的小兔。这么多年了，我第一次用身体来安慰一个到现在为止还算是陌生的女人，并且我是替代另一个男人来做这项工作的。马宜是谁呢？是不是那个结婚照中的男子？

"马宜，你还记得吗？我们就是常常这样抱着，无论我犯了什么过错，只要我们相拥之后，你都会原谅我的。"

安娜两只手轻柔地伸上来，围住我的颈子，把带着酒味的嘴放在我的耳边，低声地唱着。那古筝一样的声音，嘈嘈切切，把她的醉意传过来，我忽然觉得头有些晕。

三

安娜躺在床上，倦怠而无力。灯光柔和地披在她的身上，就像照着一只睡熟的绵羊。而那张照片中的男子依然微微地笑着，一脸的幸福。我剥开一个橘子,从冰箱里打开一瓶柠檬汁,递给她。

"马宜,你真好。"

帮她脱下黑真丝的衫和那镶着百合花边的裙子,还有那透明的丝袜,她忽然像醒过来一样,说:"帮我把蝴蝶结也解下吧,马宜!"

散开了头发,一个瀑布也就倾泻而下了,那雪白的脸如同一轮月亮,被隐隐约约的云遮掩了一小部分。那发腻的脚,那么散漫地伸着。这是怎样的一个晚上啊!整个房间都像是转动起来,红色的灯,绣着大百合花的床罩,玻璃杯中橙黄的柠檬汁,床头挂着的照片都转动起来,我也醉了。

"马宜,抱紧我吧,你看,我现在多么的衰弱,我心里的酒一直在涌动着呢。"

我抱着她,一口一口地喂着柠檬汁,又把橘子一瓣一瓣地放进她的嘴里。已经喝完了一小杯了,可安娜还伸着小嘴:"马宜,我还要喝,我要你永远就这么喂我喝柠檬汁。"

"贪得无厌,你!"我笑了。

我想起眼前这个带着一点儿贪婪的小绵羊,认错了家门的小绵羊,现在是那么可爱,那么无助,那么楚楚可怜,可是明天醒过来的时候,该不是又会恢复成那玩世不恭的、抽着香烟的样子吧?

"还有,我要你吻着我,一刻也不能放松。"她的声音仿佛被酒精浸过一样。

"可我不是马宜呀。"

"马宜,怎么不是你呢?你身上的烟味我好熟悉的,还有你嘴里的薄荷味。"那伸出来的用白雪捏就的腿,扭动了一下,在这潮湿又有点儿炎热的天,在我的面前晃动着。那涂着红胭脂的嘴，也伸过来，那么热切地盼望着。

我面对着安娜，心里恐慌起来。这样一个美丽的、水仙一般的胴体，在大百合花的席梦思床上，如同童话中的美人鱼，跳到岸上，在柔软的沙滩上，在下着小雨的阴天，离开了水，离开了故乡，是那样急迫地等待着拯救，等待着水的滋润。而我是那么胆怯和自卑，嘴唇在微微地颤抖。

街上的路灯都陆续地亮起来了，浦江路，这个城市的最低处，潮湿得连空气都凝成了水珠。男子的相框上似乎也有了水珠，可他的笑容依旧，一脸幸福的样子。我觉得他在看着我，我又想到，他该是那个马宜吧！心里顿时有了那么一点儿醋意，就在那一点儿醋意刚刚出现的时候，猛然间，我觉得我似乎长出了十只手臂，抱住了那条沙滩上的美人鱼，用薄荷味的嘴轻轻地压上去了。

趁着换气的时间，她还那样喃喃地说了声："马宜，我还要，没吻够。"

"马宜，我还要，没吻够。"就这样说着，安娜渐渐地睡着了，那白雪捏就的腿，也慢慢地不动了，那涂着红胭脂的嘴，也不知什么时候闭上了。

我轻轻地舒了口气，给她盖上被子，坐在床的那一头，看着对面的墙上。那相框里的男子还在笑着，只是雾气让他的笑容迷惘起来。

四

第二天早上八点三十分，我收到了一条信息：昨晚让你意外地幸福了一回吧？落款是：安娜。接着又很快来了第二条信息：我现在正在上班，晚上去维多利亚好吗？好事做到底，再让你幸福一回吧。落款还是：安娜。

我躺在家里懒洋洋地看着电视,电视里正在播放市抗洪救灾指挥部的12号通告:

通 告

为缓解龙西湖的水位压力,经市抗洪指挥部研究决定,今晚9时在浦西处开闸泄洪,凡居住在江浦路、江汉路的居民一律于下午5时前全部撤离。请所在地居民们支持配合,紧急疏散。

特此通告。

反正我居住在5楼,家具是不必搬了,到时走人就是。可今天晚上在哪里过呢,我想着,大概就在"维多利亚"玩个通宵吧!

吃过晚饭后,我把东西整理了一下,早早便来到歌舞厅。这天晚上,"维多利亚"丝毫没有异样,扭动的男女,全然不知洪峰正猛虎一样地逼来,他们是多么空虚寂寞的人们啊,无论面对着什么,都要把握属于他们的每一天、每一分钟。

安娜来了。在柜子边,熟练地换上跳舞鞋。用手那么轻轻地提起红色的裙角,柔柔地摆动了一下,就来到了我的身边。她用手划了一下我的鼻子,全然不顾别人是否会看见我们如此亲昵的举动。"昨天真的要谢谢你呢。"她接着说,"不过呢,我也让你做了一回马宜,今天我就不这样叫你了,叫你一回卡西莫多吧。"

"啊,我和你的马宜比起来,我就是那么丑陋吗?"

她抽出一根烟来,叭地点着了,用一只手托着下巴,另一只手微微伸出两指,夹住一根细长的香烟,小樱桃的嘴里吐出一个又一个小小的烟圈。

"你们是两个人,怎么比呢?可是马宜是我最爱的人,是我将他气走了,永远地气走了,再也见不着了。"

"是你床头挂着的照片中的那个男子吗？"

安娜点点头。"可是去年他遇上车祸了。要不是我和他吵架，他不会走的，更不会遇上车祸。"

空气沉闷起来，我喝着咖啡，安娜喝着可乐。等她那根烟抽完的时候，她忽然笑起来，说："你和他真有点相像！特别是嘴上，那种薄荷味！还有啊——"她笑得弯下腰来。

"还有什么呢？"

"还有你抱我的姿势，用的力都是一样的！"

"你都醉成那样了，还能感受到？"我觉得有点儿被欺骗的味道，"莫不是没有醉，装醉诱骗我吧，我可是一个老实的男子，代替不了他，他是他，我是我。我只是一个敲钟人，丑陋的卡西莫多。"

"看看，看看，吃醋了吧！"她又用手划了一下我的鼻子，说，"我的大男孩儿，我们跳舞吧。"

华尔兹的音乐永远是那么动听。她细细的腰肢旋转着，旋开了裙角，旋成了一张开放的海棠，罩在一双活泼的脚上，而这双跳舞的脚，和着节奏，灵活地跳动着。一曲接着一曲，安娜已经大汗淋漓了，可是她还是不肯停歇。多么不知疲倦的女人啊！我心里就这样想着。

我累了，走到窗前。窗外，雨还是在倾盆地下着。我忽然想起电视里的通告，赶紧跑到安娜的面前，问："安娜，你搬家了吗？"

"干吗要搬家呢？"

"早晨电视里已经有通告了，今晚要泄洪，江浦路今晚要被淹没掉。"

"啊，你为什么不早说，我家里还有马宜的照片呢！不，我得回去拿，不然会被水泡坏的。"

我挡住她,因为就要开始泄洪了,现在去江浦路,的确太危险了。

"不,我一定要去,马宜的照片比什么都重要,泡坏了,就永远没有了。"说着,安娜的脸贴过来,气息轻轻地拂在我的脸上,在我的耳边吻了一下,"你陪我去,好吗?我一个人好怕,好怕。"

醋意又从我心底里涌上来,我说:"马宜的照片比什么都重要呢!一个死去的人,既然那么重要,为什么你又吻我呢?晚上我很累,要去,就自己去吧。"

五

安娜还是去了,带着一双幽怨的眼睛去了。我一人无聊地坐着,喝着咖啡。咖啡凉了,味道已经变了,可我还是一小口、一小口地品尝着,直到东方发白。

第二天,我回到江浦小区,路边上的那一丛丛月季都消失得无影无踪了,偶尔剩下几株,它们的茎上也没有了一朵花,它们的根须也被水冲刷得很干净,像一把把散开的苕荨。那些被摧残的花瓣,是多么无力,任洪水摆布着,不知漂流到何方了。退水的地方,留下的是一小堆一小堆的污泥。人们陆续地回来了,望着眼前的一切,有的迷惘地站在那里,有的人已经着手用锹铲除这些泥沙。我忽然注意到,在原警戒线处,人们聚在一起,三三两两地议论着,议论得像是很热烈。

"你知道吗?昨天泄洪的时候,有个女人在这里被水冲走了,到现在还没有找到她的尸体。"

我心里一惊,侧耳听去,听到有人在说:"那女的冷不防冲进警戒线,警察猝不及防,没拦住。"他顿了顿,对着听话的人瞪了下惊诧的眼睛:"你说,她冲进去干什么呢?就是为了拿一个相框,水冲走她的时候,我看得清清楚楚的,她就举着一个相框!"

"你说这女人吧,冒这么大的险,就为了一个相框,可惜了!"

人们在感叹着,猜测着:"也许有存折夹在相框里,不然,那么玩命干啥!"此时,我的脑子已经停止了运转,因为我知道她是谁!

我知道她是谁!那个一只手托着下巴,另一只手微微伸出两指,夹住一根细长的香烟,小樱桃的嘴里吐出一个又一个小小的烟圈的安娜,就这样在南方的水中走了,没有一声告别,在这个潮湿的日子,这么突然地走了!

是我没有及时地阻止她,要是我阻止了她,她就不会走了!是我没有陪她去,要是我陪她去了,她也许就不会被洪水卷走了!我自责地抓住我的头发,拼命地扯,我因为那一小点儿的嫉妒,竟然让那么可爱的人葬身水中!

一个人一生最大的负重,是灵魂的负重。这灵魂的重担,压得我不能喘息,特别是在这潮湿的季节、潮湿的南方,呼吸竟变得那么沉闷。维多利亚歌舞厅五光十色的霓虹灯依旧闪烁着,它暧昧晦涩的色彩依旧没有改变。那长虹般的拱桥下,水已经退去了一点点,它的波纹无限柔和,抚慰着当初留下的水迹。我站在桥上,风吹动着我的衣衫,凉飕飕的,让我连打了几个冷嚏。这一次,我又听到了一个声音:"快逃,快逃!"

还是那个浑身肮脏的疯子,在桥的另一侧,用棍子指着我。

快逃!疯子对我叫着。他的声音还是和从前一样的沙哑、有力。这时候,我真的觉得他就是一个巫师,那样不容置疑地不可抗拒地指挥着我,引导我用一种新的方式,再次逃到另一种生活和另一种人生中去。

三月桃花劫

正是三月天，晴朗的天气并没有为刘春世带来好的心情。这个三十多岁的男人衣冠不整，耷拉着脑袋，站立在滨江中路的风中，显得那么颓丧。

就在去年刚将房子租出去的时候，舒珠就非常恼怒刘春世怎么把房子租给了那个名叫"闲庭看花"的女人，租给什么人不好，偏租给那个小妖精？只是一个偶然的机会，舒珠才知道，"闲庭看花"并不是那个小妖精的名字，是她的网名，舒珠不知道她的真名字究竟叫什么，也不知道她为什么取了个这样奇怪的网名，更没有兴趣去问她。舒珠只记得前年的冬天，一个男人风尘仆仆地找到她所在的芙蓉楼，向她打听这里是不是住着一个叫"闲庭看花"的女人。

"闲庭看花？我这里哪有什么人叫这个名字？"舒珠说，"不过，这里确实住的是一个女的，她是租我家房子的。"

那男人说："这就对了，也难怪你不知道，'闲庭看花'是她的网名，就像我的名字叫'网事如风'。"他略带歉意地对舒珠笑笑，就去敲302室的门。舒珠冷眼看着他们惊喜相见的场面，并一直暗中观察着他们。后来她关注到这两个人同在一间屋子里，竟然三天都没有出过门。

可现在这里已经不是舒珠的房子了,就在去年,她和刘春世离婚了。301、302都是属于刘春世的。302那套房原是属于刘春世的母亲的,也是在去年,他的母亲去世了,刘春世就将房子继承下来。对门的301原来是舒珠的房子,离婚后,舒珠带走了所有的财产,就是不要房子。她说这里留给她许多讨厌的回忆,她再也不想来了。

刘春世和舒珠离婚缘于一条死鱼。那是去年的事了,舒珠对刘春世说:"我在钉被子,这几天太阳好,我把被子拆洗晒了,你去菜市场买点菜回来。"刘春世也没作声,就去了菜场,半个小时以后,他回来了,手里拎着一条鱼。舒珠见刘春世去了半天,竟然没买一棵菜回来,就光光地拎回了一条鱼,心里就来了气,等接过来一看,竟是一条死鱼,那鱼已经僵硬了。舒珠勃然大怒,将鱼甩到窗外的院子里。

"这是冬天,菜场里中午哪里有什么新鲜菜?找了半天,也就是这条鱼了。"刘春世嘟囔着,靠在窗前,打开窗户,看着那条鱼粉身碎骨地躺在那里,然后坐下来,用手抱着头。舒珠最讨厌男人的这个姿势了,她认为这是窝囊的标志。她期待她的男人在她喋喋不休的时候,能拿出大丈夫的样子来,发一通大火,然后再把她揽在怀里,轻声细语地哄着她。可这些和刘春世沾不上边,他这时候所做的要么是嘟囔,放在喉咙里嘟囔,人家听不清他到底在说什么,要么就是一声不吭。

一块抹布砸过来,舒珠大骂:"你的心思哪里去了,是给对门的小妖精勾走了吧?"

"你小声点,人家租房,又没招惹我们。"

"就你这个窝囊废,还有什么花花心思,也不瞧瞧你那熊熊样。"舒珠从鼻孔里冷笑一声。其实舒珠知道刘春世和"闲庭看花"没有任何关系,只是恨铁不成钢,看不上刘春世窝窝囊囊的样子，才找由头来骂。不过，在潜意识里，舒珠对对门的小妖精的青春容貌也暗藏着莫名的嫉妒。

这下刘春世真的火了。对男人，女人可以怎么说他都不要紧，就是不能说他是窝囊废。可刘春世不会骂人，从牙缝里冒出来的，也就这几个字："你成天这么唠叨我受不了了，真的不行，就离婚吧。"

"好你个刘春世！你还一蹬鼻子就上脸了呢，离就离，谁怕谁呢。"

当天下午，两个人赌着气，就到了民政局，刘春世说："财产嘛，随你说，要么房子给你吧？"舒珠说："你想讨巧是不是？我要公司，不要房子，这房子留给我许多讨厌的回忆，我再也不想到这里来了。"

"那你经营得起公司吗？你会经营吗？"

"就你会经营？你年年亏损，父母留下的都给你败光了。会不会经营是我自己的事，用不着你这个窝囊废操心。"

这一句窝囊废又激起了刘春世的无名之火，他大声地说："好，就按你说的来吧。"唰唰地在离婚协议书上签了字。

没了公司，虽然刘春世心疼得睡不着觉，但是他从心底里确实感到对不起舒珠。他的公司经营得每况愈下，其中有一小半本钱是舒珠从娘家借来。母亲去世前的生活都是由舒珠照应，更使刘春世内疚的是，自母亲去世后的一个月，他因劳累过度，那件事力不从心了。所以刘春世认为，是自己对不起舒珠，公司给她是应该的。

刘春世从街上买米回家时，发现"闲庭看花"正靠在门口，一只腿架在另一只腿上。见刘春世上楼来，她赶紧迎了过来，说："大哥，这个月我超支了，房租能不能缓些日子？"刘春世说："好吧，我现在无所谓了。"说着，把米放下来，掏钥匙开门。"闲庭看花"说:"谢谢大哥,你是个好人,不像'网事如风',最近消失了,我找不到他了。"

"闲庭看花"着急得两眼怔怔的。刘春世安慰她说:"也许'网事如风'有什么事忙去了,你们相隔那么远,不能说来就来的。你别着急,慢慢地和他联系,他会来的。至于房租,你先住着吧。"说着,就进屋关了门。

离婚后的刘春世非常落寞。他待在家里偶尔看看书、上上网,以消遣时光。有一天,他从当地一家网站得知王伯来到广州的消息。虽然他猜测这可能是王伯自己发的帖子,但是他还是有点儿心动。据说王伯是个神乎其神的人物。他能算出哪个官员在哪个月被双规,能算出孕妇的肚子是男是女,能预知一个人在流年中有哪些不利的时光,更让人折服的是,他还有解除这些"不利"的秘方。传说有一个青年曾在早上被王伯告知"你今天出去要遇到车祸,给你一道符,可免此祸",但却遭到这个青年的嘲笑,将符揉成一团,放在马桶里冲走了。结果到了下午,这个青年便遭遇了车祸,消息传来的时候,王伯轻轻地叹了口气,就是这声轻叹,让听到的人奉他若神。

刘春世终于在一条小巷子里找到了王伯的寓所。王伯让刘春世在一个筒子里放上三枚铜钱,呵口气,摇了七七四十九下,再把铜钱倒在桌子上。王伯说:"这是易学,文王拘而演周易,是我们中国几千年灿烂文化的精髓。你先不用说,我已经知道你的来意了。因为你最近很不顺,想来知道你的流年运气。"刘春世大惊,人家说一掐就中,这还没有掐呢,就知道了。

王伯说:"看卦象,你的上辈子让人代你受过,所以这一辈子你不会很顺利。欠债总是要还的,这总是一劫啊,逃不过的。"

"有办法吗?"

"有倒是有,不过怕你做不到。"

"请师父明示吧。"刘春世说,"只要有祈禳的法子,我一定去做。"

王伯说:"也没有什么大不了的,只要你从今天开始,一旦遇到有人托你做事,你应承下来就行了。只要做这一次好事就够了,下次再有同样的事,你就可以不管了。只要你这样做了,你的病就会好的,家也会和睦的。"

从王伯那里回来的时候,刘春世遇到了舒珠。他问:"你还好吧?"舒珠说:"还好,你呢?"刘春世说:"我还好。我们真的是太冲动了,因为我有自卑感。其实你只是爱唠叨而已,我知道你不是因为那件事嫌弃我的。"舒珠眼睛红红地说:"别说了,虽说离婚了,我心里总放不下你,你生活能力很差的,不会保重自己。"

刘春世问:"公司里事怎么样了?"

舒珠说:"我一个女人,怎么会经营公司呢?我真的应付不过来,我错怪你了。这样下去,公司迟早要被我弄垮的。我看,还是给你来经营吧。"

刘春世摆摆手:"那咋行,我们已经离了。公司已经不是我的了。"

舒珠张张嘴,本来想说我们可以复婚啊,可是话到嘴边,又缩了回去。婚姻大事,咋说离就离,说复就复。况且离婚是刘春世提出的,而现在要她首先说复婚,舒珠觉得亏了并难以启齿,因为一个女人,得矜持点,别让男人看轻了。想到这里,舒珠又来了气,不理刘春世,径直走了。

刘春世摇摇头,想到自己竟然去算卦,真的是窝囊。但是不去求卦又如何呢?求卦虽然不能怎么着,起码能给自己一点儿安慰吧。可是,要做一次什么好事才能改变自己的流年运气呢?

想来想去,似乎是不着边际。刘春世回到家里,就忘记了此事。

记得那是一个百无聊赖的晴天,刘春世坐在摇椅上,听着一支曲子。这把摇椅就是他最奢侈的家产了,除了房子,家中的一切都被舒珠搬走了。一个离婚的男人,除了无聊之外,再也没有什么了。这时手机响了,等他关掉歌曲的时候,才听到是那个"闲庭看花"打来的。

"大哥,'网事如风'已有好几个月没有来了。"刘春世说:"那你打电话让他来呀。""闲庭看花"说:"他换了手机号了,因为提示音说此号码不存在,所以总是打不通。"

刘春世想,那问题严重了,这小子撤了。他问"闲庭看花":"你知道他的名字、城市和单位吗?""闲庭看花"说:"我只知道他叫'网事如风',好像是 H 市的,不过我不知道他具体地址。"刘春世叹息一声:"怎么这么糊涂?算了吧,下次不要受骗上当了。"

"闲庭看花"的眼泪掉下来了。"怎么能算了呢?你要知道,我……怀孕了。你说我怎么办,这个时候,'网事如风'却找不到了。"

刘春世摊开手:"这我就不知道咋办了。"

舒珠这几天一直在找刘春世,离婚后,她慢慢想起了这个窝囊男人的种种好处。他是一杯淡淡的白酒,没有味道,不醉人,却不伤身。也许,人的一生不经过大喜大悲反倒能延年益寿。持家过日子,还是需要刘春世这样的人。

在楼道里,舒珠终于等到了匆匆下楼的刘春世。他问:"有事吗?"舒珠说:"没有事,我好像有什么东西落下了,想去你家看看在不在。"刘春世说:"你去找吧,我回去开门。"舒珠说:"可是我到了这里,又忘了来找什么东西。你说,这人上了年纪,这记性,就这么差。"她想说出复婚的事,终是没有开出口来。

刘春世说:"那咋办呢?"

舒珠说:"不急,等我想好了,我再来找找。"说完,就转身走了。

刘春世想,反正我出来了,就上街走走吧,已经好几天,都没有见阳光了。走了一会儿,就听见后面"哧"的一声,一辆小车在身边停了下来,师傅从驾驶室里探出头来,骂道:"你找死啊,找死也不要连累我!"刘春世一惊,才知道自己差点儿撞在车上了。他忽然想起王伯来,他给的那个法子也太荒唐了,这满大街的人,谁需要我为他做好事呢?

刘春世回家的时候,发现"闲庭看花"和上次一样,正靠着大门,一只腿架在另一只腿上,见到刘春世,说:"大哥,和你商量一件事好不?"

刘春世问:"什么事呢?"

"你看,我这肚子已经这么大了,我不想做掉他,就是想做掉也来不及了。你知道,我特想要一个孩子的,我想把它生下来,我真的想把它生下来。你知道,我好喜欢有一个孩子的。"

"这关我什么事呢?"刘春世问。

"你知道,'网事如风'是找不到了。他消失了,即使他再来,我也不会将儿子给他了。可是,孩子总得有爸爸呀,你要是答应做孩子的爸爸,你让我做什么都行。""闲庭看花"似乎已经深思熟虑了,噼里啪啦地一个劲地说着。

"这不成,你想都不要想。"刘春世摆着手,说得很坚决。

"你要是不答应,我就死在你家里,真的,我不是吓唬你,我说到做到的。""闲庭看花"说,"反正我没脸见人了,要是孩子生下来了,连他爸爸都不知道是谁,我真的不如死了好。"

刘春世说:"你别威胁我,你爱死去死,我可管不着。"

"闲庭看花"近乎哀求:"大哥,你是已经离婚的人,我是一个大姑娘,也不亏了你的。再说,我死在这里,你好歹也说不清的，你考虑考虑。就算你前辈子欠我的，我下辈子再还你，好不好？"

说到前辈子、下辈子，刘春世忽然从刚才险些被车撞上的事儿上，想起王半仙王伯说过的一番话来。也许王伯是对的，他算得真准。真的是我上辈子欠了她的，要是不还她，就不公平了。

一个月后，也就是这个鲜花盛开的三月，这个三十多岁的、有点颓丧的男人，把一个产妇送到医院里。医生说："你要好好地照顾好你的妻子，她的营养不太好，产后要好好休息。大人营养不好，就没有乳汁，会影响到你女儿。你要担负起做丈夫的责任来，不要萎靡不振的样子。"

就在医生数落的时候，舒珠赶来了。"啪"的一巴掌，结结实实地打在刘春世的脸上，大骂道："原来你和这个小妖精早有勾搭，连孩子都生出来了！算我瞎了眼了。难怪你急急地要离婚了。"在舒珠的骂声中，刘春世擦了擦流血的嘴角，望着滚滚的长江，自言自语："怎么还会挨打呢？王半仙也不灵了。"

见到美人别说话

有些故事在我脑海里一直很清晰。

我记得那时我的心还没有变老。我是一个孩子。当这个孩子长到十四岁的时候,他会做一些和其他同龄人一样的事情。比如说逃课,比如说幻想,还有莫名其妙的仇恨。其实,现在想想,他也不明白为什么要做那些事情。我可以替他来解释,或许只是因为一种记忆的创造,仅此而已。

芍药表婶是个美人。在我所在的那个称作乌山的小山村里,这个名字散发着中药香味的女人,皮肤光洁得如同一块完整的玉。由于一个传奇的经历,她被我的表叔——一个见过世面的篾匠娶回家,成了他的新媳妇、我的表婶婶。

一切得从"起蛟"这个名词说起。最初对我说起"起蛟"这个词的是姑奶奶,她总是在每年六七月的时候告诫我说:"你瞧,这雨下得有邪气,带邪气的雨下大了,就会'起蛟',要是你看到'起蛟',就不是好事了。也许你就会看见一个美人坐在木盆里,白衣红巾,在洪水中漂着,你看见她时,一定要回过头来。要是来不及回头,也没关系,那个美人看见你时,一般来说,都会对你笑。她的笑很迷人,要紧的是你可不要被她的笑迷惑了,这时候,最最重要的是千万不要说话,要是说话了,你就中了这木盆里坐着的美人的魔咒，从此，一辈子都不会再有安宁的日子了。"

作为一个少年，我牢牢地记住了姑奶奶的话，对于她的话，我一贯都是奉若神明的。这不仅是因为她说话时的音调那么悠长而坚定，还因为她的身边总是躺着一只硕大的、目光炯炯的、名唤麻尤的猫。我的潜意识里总是认为这只猫带有仙气，同时也隐隐约约地感到它有些阴邪奸诈。对麻尤之类的猫，带有仙气是主要的，这一点在我的老家乌山是有事例可证的。在乌山，大凡狗死后，村民们或煮食，或弃之野外，或作肥料，或剥皮卖于集市。而猫死后的境遇却是大大的不同，他们将猫装在一个竹篮子里，口中诵些"一路走好"之类的话，然后将猫的尸体挂在大树上，一定要挂得高高的，挂在别的动物都够不着的高度。所以，我自然而然地建立了对猫的一种畏惧和敬意，仿佛你若是亵渎了猫，就可能遭到猫鬼报复，哪怕只是无意间。

后来我弄清了"起蛟"这个名词的真正的意思。所谓"起蛟"就是说，夹带着泥石流的、一次性的洪水。一定要是破坏性大的、暴发性强的洪水才能称得上是"蛟"。姑奶奶说："蛟就是一条大蛇，它从山底下钻出来，是祸水，来危害人间的。那木盆中的美人就是这条蛟变的。所以，那蛟出现时，你不要说话。"

终于在我十一岁那年，我真正地见到了"起蛟"。那一天夜里，雷鸣电闪，风雨大作，整整闹了一个夜晚。第二天一早，我到河岸上一看，啊，洪水咆哮着，轰轰隆隆地从叶村方向冲过来。我靠在表叔的左腿后面，用幼小的身体感受着它让大地震动的力量。表叔说："起蛟了！起蛟了！"我也兴奋起来，心想，这就是传说中的起蛟吗？那一会儿定有美人坐着木盆在波涛中出现哩。我轻轻地扯了扯表叔的衣襟："有美人在水中吗？"表叔笑笑，也不置可否。我觉得他的笑意味深长，这更让我坚信坐着木盆的美人将要现身了,我充满十万分期待等候着这一刻的到来。

你也许没有见过那么大的山洪,在十一岁那年,我是真真切切地见到了。洪水推搡着圆木、牲畜、木箱以及各种家具,向下游奔腾而去。许多大树被连根拔起,它们拥挤在一起,让旋涡把它们安置在河湾里。就在这时,我听到了一个女人的喊叫声。循声望去,我看见一根漂移的树杈上坐着一个年轻的女人,她拼命地向岸上招手喊叫。是美人蛟!我拉了一下表叔,说:"叔,不要说话,那是美人蛟,不能说话!"

表叔甩开我的手,说:"胡扯蛋!"一溜烟跑回家,拿来了一根长绳子。他把绳子的一头束在一棵树的树干上,另一头束在他自己的腰上,纵身往水中一跳。表叔游到那个女人的身边,一手抱住那个女人,另一只手一截一截地收绳子,等到岸时,我看见那女人已经奄奄一息了。

表叔把女人抱回家,便喊我的姑奶奶来帮忙。可是,姑奶奶却表现出异乎寻常的冷漠,充耳不闻。她拉过我的手说:"不要和她说话,她是蛟,是蛇变的。"表叔来了气:"妈,你说什么哩?她是叶村傅中医家的女儿芍药,怎么是蛟呢?你是糊涂了吗?"

姑奶奶显出一副不屑一顾的样子,靠着桌子坐下来,那猫麻尤从桌子上腾地跳下来,跳到姑奶奶的腿上,然后一动不动,目光炯炯地看着躺在竹榻上的、浑身湿透的女人。姑奶奶说:"这猫是有仙气的,它闻出味来了。我知道她是傅医生家的女儿,从小我就觉得这孩子不对劲。你说,天下哪里有这么漂亮的女人?敢情是蛟投胎转世的。这次发大水,是蛟要接她回去了。你想想,为什么大水不冲你,不冲我,偏偏把她冲走了?"表叔苦笑了笑,说:"你不帮忙就拉倒,我自己来。"他把那个叫芍药的女人架在腿上,轻轻地拍着背部,就从她的嘴里吐出一大汪水来。

然后抱她到房间里,从衣箱里拿出一大堆衣服来。他慢慢地解开女人的湿衣,露出光洁雪白的肌肤。表叔的手有点抖动,最终他还是将衣服给她换过了。

实际上,在我潜意识里和姑奶奶一样,还是把她当作美人蛇。从见到她蛇一样婀娜的身体的那一刻起,我就更加相信她是一条蛇,她是带着祸水来的。所以我一直没有说话。直到从表叔的房间里"哇"的一声传出撕心裂肺的大哭时,我才开口问姑奶奶:"那女人被表叔救了,为什么还要那么哭?"姑奶奶说:"她家房子没了,她爸爸让水冲走了,你说哭不哭?她爸爸是让蛟精克死的啊。造孽啊。"

几天后,那个叫芍药的女人便成了我的表婶。一月过后,表叔带着他的篾刀,恋恋不舍地出外做手艺挣钱去了。

从那个叫芍药的女人成了我表婶的那一天起,猫儿麻尤的性情就大变了。它常常一动也不动地蹲在墙角,用犀利的眼睛注视着芍药婶子的一举一动。芍药婶子开始并没有注意到这些,我觉得芍药婶婶不仅是一个不注意细节的人,而且是一个看不出事情细节的人,她能忽略掉所有暗中盯梢她的警惕的眼睛,何况是一只猫的眼睛?但是,这些被我注意到了,特别是有一天,猫儿麻尤表现出出乎意料的疯狂时,我更坚定了我的判断。事情是这样的。那天,善于养生的姑奶奶正睡午觉的时候,从叶村方向来了一个男人。男人在芍药婶子的窗子下徘徊了好久。最后,门开了,芍药婶子东张西望地闪身出去,两人一起去了屋后的向日葵地里。麻尤也踱着步尾随而去,我顿时觉得这只猫是一个心理阴暗的动物。我不能像麻尤一样,也跟着去看个究竟明白,我是一个光明正大的少年。十几分钟后,麻尤回来了,它用粗壮的尾巴扫在堂屋的地面上,扬起了一阵阵尘土,时而伏下身子,猛地扑向觅食的鸡,弄得鸡飞狗叫,时而跳上桌子,将茶壶碗盏全部打翻。

麻尤惊醒了姑奶奶。她咳嗽着起床,抄起一只扫帚,迈着碎步追赶着这只猫,一面追,一面骂:"这该死的畜生,叫你发什么情,看我怎么打断你的腿。"

那时,我刚好在阁楼上做算术,在听到姑奶奶骂过猫后,又听见她喊我:"阿丁,你看见芍药那个狐狸精了没有?"

我正要回答,就听见芍药婶子回来的声音:"妈,我在这里的哩。"

姑奶奶嚷嚷:"怎么哭了,眼睛红红的?"

"没什么。"芍药婶子有点慌张,头不提防碰在晒衣的架子上,哗啦啦,碰倒了晒满衣服的竹篙子。就在这当儿,那只猫猛地从竹篙子下面纵身出来,吓得芍药婶子尖叫起来。原来她看见麻尤的嘴里叼着一条长长的、血淋淋的蛇。

那个年代,有门手艺是很吃香的。表叔每年都是一个月出去一次,到月底的29号或30号回家。这也形成了规律。回家的时候,就是我们分礼物的时候。我呢,总是几块糖果,姑奶奶是一袋荔枝,她最爱吃的就是荔枝。现在芍药婶子来了,表叔的礼物又多了,那就是花花绿绿的几尺布。又到了月底了,我惦记着那甜得醉人的糖果了,数着日子:这个月,表叔咋还没有回家来呢?

不幸的消息还是来了。表叔在回家的路上遇到了车祸,带回来的只是一个比棺材小得多的骨灰盒。看到这个小盒子的时候,我看见芍药婶子晕了过去。在姑奶奶那哭天抢地的恸哭声中,麻尤一骨碌跳到了屋梁上。从那时起,芍药婶子大而黑白分明的眼睛,总是潮湿的。她长长的睫毛上,仿佛一直挂着雾气。

表叔死后,姑奶奶对芍药婶子的愤恨与日俱增。她大声地咒骂表叔是咎由自取,娶了一个蛟女做老婆。她说:"这种女人,和她说话都说不得,何况是娶回家?这样下去,不光是克死了她的父亲,克死了她的丈夫,还要克我们全家人。"在姑奶奶恶声咒骂的时候,芍药婶子似乎没有丝毫反应。看着芍药不动声色,姑奶奶更加来气了,更加怒火中烧:"白蛇精、小婊子、好吃懒做的,你不得好死。"在姑奶奶骂的当儿,我看见麻尤站在她的身后,目光如炬地紧盯着芍药婶子。

这似乎形成了两大阵营,姑奶奶、麻尤对芍药婶子。显然,我姑奶奶一方是占有绝对优势的,而另一方只能是表示出淡淡的幽怨。我虽然年幼,但同情心让我暗地里站到芍药婶子的一方。特别是她一个人的时候,偷偷抹泪的柔弱样子,让我讨厌并憎恨起那只为虎作伥的猫来。一天姑奶奶不在家时,我拎起麻尤的颈脖子,用塑料尺狠狠地打了它十下。麻尤大叫着,挣脱后,悻悻地爬到床底下,一声不吭。

就在姑奶奶漫骂的同时,关于芍药婶子的流言也在乌山这个小山村里不胫而走。人们说,芍药的确是妖精转世,是红颜祸水,害人精,丈夫才死不久,就和别人勾搭上了。有人还看见她靠在那个男人的怀里,在向日葵地里,呜呜地哭。妇女们说起这事的时候,脑子里就浮现出芍药婶子妖冶艳丽的脸,同时想起我表叔的好处来,都充满着义愤。姑奶奶也被妇女们暗中告知,于是骂得更凶了。姑奶奶骂人的技术十分高超,她善于指东骂西、指桑骂槐,丝毫不给你还嘴的余地。但是除了骂以外,她没有真凭实据去证实这个流言,也就对芍药婶子无可奈何。

人们只是传说,我相信这个流言可能是真的。那时我虽小,但我也能想到要是总是这样,一定会有大事发生的。当我看到这几天,麻尤迈着先知才有的方步来回在堂屋里走动时,我预感到,这种充满火药味的日子快要结束了。

那天晚上,姑奶奶早早就睡觉了。我在阁楼上,躺在床上看着新买的故事书。不知怎么,那晚我始终睡不着。芍药婶子轻手轻脚地上楼来,替我掖掖被子,说:"乖,早点睡吧,明天还要上学哩。"我说:"我睡不着。"她说:"睡不着你就数数,一、二、三,数到一百你就睡着了。"说着亲亲我的额头,叮嘱说:"从现在起就数,一会儿就睡着了。"我按照她说的办法,数着数着,不知多久,我好像看见芍药婶子下了楼,开门出去了。我连忙跟着她下楼来,看见许多同学都站在我家大门口,他们刮着脸皮子,在取笑我,骂我家有一个妖怪。我用书包打他们,他们全都跑开了,一瞬间,全不见了。

恍惚间我觉得这到底不是梦。因为就在这时我真切地听到了向日葵地里有人在说话。其中一个是芍药婶子。虽然没有多少月光,看不清脸,但是我听出了她的声音,另一个人是个男人。男人说:"你为报救命的恩,把我抛开了,这也罢了,可是现在他死了,你还傻守着干吗?是为了挨那老巫婆的骂吗?"

没有回声。

芍药婶子被那男人抱在怀里。我忽然感到有点想吐。因为我发现了美丽的婶子真的在偷男人,长舌头的妇女们说的都是事实。我为我曾经的同情心感到悲哀,这才感到也许姑奶奶是对的。

我的头有点晕,脸有点发烧,我想看看身后有没人和我一样,也看到了这一切。回头时,我一惊,因为我看见麻尤也在这里。它优雅地注视着这一切,不动声色,像是等待着重大事件的来临。

我担心这声音会惊醒姑奶奶,要是她知道了,明天就不会再安宁了。仅仅十几秒钟,我的担心就灵验了,姑奶奶的叫骂声在向日葵地里响起来:"臭婊子,快来抓奸夫淫妇啊,快来呀。"我心里害怕极了,悄悄地回到楼上,可是在姑奶奶的凄厉的一声叫喊后,就再也没有声音了,不一会儿,我就睡着了。

第二天，我起床洗脸时，发现门口围了一大群人，还有警察。姑奶奶躺在一棵树下，枯瘦的手紧紧地抓着一棵向日葵。我怎么也想不到，姑奶奶就这么死了。她安静地躺在那里，再也不会骂人了。芍药婶子伏在她的身上，轻轻地啜泣着。我拎着刷牙的杯子呆呆地站在那里，不敢相信这是真的。我想起昨天的梦，猛然醒悟过来，甩掉杯子，飞快地跑向芍药婶子，拉住她的衣襟，说："还我姑奶奶，还我姑奶奶。"芍药婶子搂着我，停止了哭泣，那大而黑白分明的眼睛充满了血丝，她长长的睫毛上，依旧是挂着雾气。

经过尸检，姑奶奶是被人捂住嘴，窒息而死的。那来自叶村的男人对此供认不讳。他说："我也不知道这么轻轻地捂一下，老太太就死了。我原是怕她叫喊，才情急中捂住她的嘴巴的。"那男人最后说："我愿为她抵命。"芍药婶子松开搂着我的手，对警察说："都是我的错，与他无关，是我害死我妈的。你们带我走吧，我是害人精，你们带我走吧。我害死了许多人，我是凶手。我是凶手。"

她忽然晃动着被树枝抽出的道道血印的手臂，歇斯底里地叫喊着："你们带我走吧。我是凶手。"

尖厉的声音划破了晨曦，太阳出来了。这些年我再也没有见过那么大的洪水了，仿佛每天都是温暖的阳光。但在我的心里，我依然非常清晰地记得我十一岁那年芍药婶子在洪水中叫喊的样子，那神态、那动作就如同眼前一样，不过这一次，她不想让任何人去救她了。

"起蛟"的时候，不要和坐在盆子里的美人说话。姑奶奶的名言，又一次在我耳边响起。我注意到，猫儿麻尤在警车带走芍药婶子的时候，一直待在屋脊上，目送着警车在尘埃中消失。随后，它"喵"的一声，从屋檐上跳了下来，义无反顾地离开了这个名叫乌山的小山村。

春天是青涩的

女生公寓围墙外是几排盛开的桃花。每天晨曦初露的时候，这个三层楼公寓的所有窗子便陆续地打开了。然后从那里伸出许多慵懒的面孔，在桃花的映衬下，女生的脸像夜间收拢的花瓣，在此时慢慢地舒展开来。

那一年我十七岁。从我踏入这布满冬青树和开满桃花的校园起，我就意识到我长大成人了。我常常赤着胳膊，在洗脸间里用一脸盆冰冷的水从头上浇下，让水在鼓起的肌肉上回旋着一颗颗晶莹的水珠。我讨厌受别人的支配，并深切地感受到，从现在起，我开始有了自己的一片天空了。

一天，在我早操后经过女生公寓围墙外第一排桃花丛的时候，我听到有人喊我。"过来，帮我办一件事。"聂皖生在向我招手，他因为生得秀气，被人称作白衣秀士。可他凭什么那么傲慢地支配我？谁都别想支使我，白衣秀士聂皖生也不例外。见我没有反应，聂皖生拍拍手上的吉他，说："你要是答应了，这个就归你了。"

对聂皖生的吉他，我羡慕已久。周末的晚会上，他就是用这个为兴奋高歌的女生伴奏。节奏中，他晃动着留到齐肩的长发，不知陶醉在音乐里，还是陶醉在自我良好的感觉中。

我说:"那要看什么事了,杀人放火另请高明。"

"很小的一件事。就是帮我送个东西。"

"送给谁?"

"4班的那个长着狐狸一样媚眼的女生。"聂皖生咂着嘴说,"我最喜欢的就是那双眼睛,迷人啊。你看过李倩倩的眼睛吗?"

我点点头,很茫然。"她在女生公寓一楼第三个房间,你瞄准她在的时候,从窗口递给她就行了。"聂皖生说着,把吉他和一个小盒子递给我。我说:"为什么要我送呢?"他大笑:"你还是一个没有开窍的娃娃呢。"

媚眼李倩倩是我们公认的系花。她的眉毛是弯的,眼睛是弯的,腰也是曲线的。聂皖生要送给媚眼什么东西呢?我好奇心大起:是情书,还是什么贵重的礼物,要用一支吉他的代价来完成传递它的使命?我关上房门,偷偷地在床铺上拆开聂皖生递给我的小盒子。盒子被打开后,出现在我面前的是一朵桃花,桃花下面是一张小诗笺,诗笺上写着一首字体很淡雅的小诗:

> 去年今日此门中,
> 人面桃花相映红,
> 人面不知我心里,
> 相思片片逐春风。

署名是聂皖生。呵,这么差的改版诗,就能打动系花李倩倩?我觉得有点儿好笑。"去年?"敢情是在新生的时候,聂皖生就动心了。动心归动心,我想,这个小盒子送到媚眼的手里,是不会有任何效果的,它打动不了李倩倩。不管它,受人之托,就要帮助完成他的事情。我决定瞅准一个机会,把小盒子送给李倩倩。

我说:"这是聂皖生托我送给你的。"

媚眼说:"是什么东西呢?"

我说:"你自己打开吧,我只是个信差,是什么东西你自己看吧。"

"谢谢。"

媚眼接过小盒子,嘴里嘟囔了一句:"是什么东西呢?"我一脸坏笑,没有回答。媚眼看看我,在确信没有答案时,顺手就关上了窗子。我想,大概她正着急想看看是什么吧。传递完礼物之后,我像干了一件坏事一样,低着头迅速跑过那一排排盛开的桃花丛,边跑边想:李倩倩的眼睛怎么长得那个样子,看得人心里总是慌慌的。

打那次以后,我便有意无意地注意起李倩倩来。她走路的姿态也和她的眼睛一样摄人心魄,特别是在桃花丛中跑步时,简直就是一只机灵的狐狸。她看你的时候,总爱把臀部扭过来,用手撑住尖尖的下巴,一副名模的姿势。常和李倩倩在一起的女生名叫舒薇,她们总是形影不离。在我看来,舒薇虽比不上李倩倩漂亮,但要比她文静和含蓄,总是一副很淑女的样子。舒薇有一个经典的动作,就是在她窘迫的时候,两颊就变得通红,低头不停地扭动着裙带。

即使到现在,我还是喜欢舒薇这样的女孩子。一般来说,这样羞涩的小女生,对待爱情会始终如一,这不是我一个人总结出来的规律。同宿舍的秦峰也这样说过。我要重新交代一句:那年我十七岁。十七岁的我,在每次见到舒薇的时候,总有莫名的冲动。终于有一天,在舒薇和李倩倩挽手散步时,我不顾一切地把脚下的足球向舒薇用力地踢过去。

足球在舒薇洁白的裙裾上留下了一个圆圆的印。舒薇跳到一边,拍打着衣服上的污点。李倩倩说:"你没长眼睛啊,愣头愣脑的,看我们走过来,还闭着眼踢?我看你是故意的,长了坏心眼。"我手捧起球,傻乎乎地看着舒薇,只见她低着眉,扯扯李倩倩的衣角,就走开了。走到二丈多远时,两个人忽然回头对我望了一眼,笑着跑开了。

我心里也兴奋起来,把球抛向天空,但这个兴奋只维持了几天,就黯然下去。舒薇根本没有在乎我,每次经过我身边时,甚至从不看我一眼。我有了一种挥之不去的失落感。终于有一天,我看见李倩倩那只总是牵着舒薇的手,被一个高个儿的男生挽在了胳膊上,我惊讶得嘴足足张开了半分钟。在我的意识里,李倩倩的手是属于聂皖生的。我还看到,挽着李倩倩的那个男生的脸上布满大大小小的疙瘩,像是被风吹干的橘子皮。我到现在也不知道他的名字,只知道他的外号叫橘皮。媚眼李倩倩不时地把头靠在橘皮的肩上,就这样很亲热地在校园里走着,一会儿在图书馆那边的冬青树丛里消失了。

这些都在我视线的范围内。我把这个发现告诉了聂皖生。他正在为夏季运动会做准备,这次他选定的项目是撑杆跳。他说,他早已知道这件事,那橘皮是口腔系的,是个粗俗的乡巴佬儿。聂皖生擦擦汗,用手拍拍我的肩,对着桃花簇拥的围墙骂了一句脏话,然后举起撑杆,腾空而起,他跳起的身体,在我的面前画了一道优美、洒脱的弧线。

三年级的基础课程对我们来说,是再也轻松不过的了。人都是一样,一有空闲,就要生出事端。我忽然感到这个世界在不知不觉地发生变化。男生们常常鬼鬼祟祟地交头接耳,看李倩倩的目光也变得复杂和鄙夷起来。我知道私下有着一种传言,并下意识地认为这潜行的流言与李倩倩和橘皮有关。秦峰说:"你知道吗,听说橘皮昨天上午去保健科打了丙睾了,难怪媚眼那么喜欢他。"接着略带神秘地说:"还不止打了一次呢。"我想,秦峰大概也喜欢媚眼李倩倩，因为他说话的时候，口气有着强烈的嫉妒感，这是这个时期全系男生的通病。秦峰接着告诉我："媚眼李倩倩胆子太大了，在上政治课的时候和橘皮一起留在宿舍里，两个单独待了一下午。你说，两个男女单独在一起，能有什么事呢？你想想。"

我很清楚，这也许是谣传，我疑心这些可能来自聂皖生那里，聂皖生对媚眼和橘皮不屑一顾的态度，更表明他可能在背后捣鬼，因为他的态度是装出来的，这一点只有我心里最清楚。可是秦峰为何要帮着传播呢？更为不解的是，秦峰显得很兴奋，一时间，关于李倩倩和橘皮的新闻，全系都知道了。

李倩倩找到了男友，舒薇就失去了好友。我总是见她一人坐在自习室里，在桌子底下拿个小镜子偷偷地照。有一天，我向她借了一块橡皮，其实那时我正在看书，根本用不上橡皮。舒薇看出了这一点，还是浅浅地笑着，热情地递过橡皮。此时，她对我的别有用心有什么想法呢？

和秦峰一样，全系的男生对一个外系的橘皮脸那么轻而易举地抢走系花愤愤不平，甚至橘皮脸的长相也成为他们不平的理由。最激动的时候，他们曾商量着要给橘皮来一顿"武餐"。但是最终他们还是放弃了这个冲动的计划，取而代之的是采用冷淡和疏远的方式。在以这种方式对待李倩倩的同时，还不间断地散布关于她和橘皮的流言。舒薇有一天对我说："男生真无聊，我一辈子也不嫁给这些无聊的家伙。不过，你是个例外。"舒薇对我说这句话的时候，我没有觉得什么，可事后我猛然悟出了这也许是对我的一个暗示。

我和舒薇走近了，一切是那么地自然。没人的时候，舒薇爱拉着我的手，她的手很小而且温暖。和李倩倩不同，她从不把头靠在我的身上，一旦看见人来，就甩开我，离我远远的，低着头走路。这些被李倩倩知道了,在一个周末,她和橘皮邀请我和舒薇去一家小歌厅聚会,这是我第一次上歌厅。橘皮一曲接一曲地唱,橘皮的歌声比起聂皖生来,要相差十万八千里:聂皖生的嗓子充满了磁性,而橘皮的嗓子像池塘里戏水的水鸭,把耳膜鼓震得生痛。要不是舒薇再三地劝说,我才不会和橘皮走到一起。我偷偷地瞄了一眼李倩倩和舒薇,只见她们两人十分投入地打着手拍,像是在欣赏天外的仙音。

　　舒薇在跳舞的时候有一个特点,每当灯光暗下去时,她总爱把头埋在我的怀里,或者不失时机地用手揪一下我臂上的肌肉。开始时是用两个小指头轻轻地揪,后来是用五个手指攥紧,伸进臂肌的下面。要不是有衣服,皮肤肯定要被指甲划破的。这时,我总是忍不住疼痛地叫一声,引得周围的人的目光刷刷地看过来,而舒薇却是那么沉着,不露声色,像与己无关一般,只是脸上泛起一小块红润。

　　媚眼李倩倩这时候笑了:"当心这个小蹄子!也不是好东西。"李倩倩总是讨好我,帮着我说话,我知道,她是怕我说出以前递小盒子的事来。

　　很快便到了实习的那年,我去了外地的一家医院,白衣秀士聂皖生、舒薇、媚眼、秦峰留在本院实习。分别的头一天晚上,我和舒薇、橘皮、李倩倩在小桃花丛里点亮了两支小蜡烛。就这样坐着,我们没有说一句话。离开的时候,我们一起吹灭这两朵小小的火焰。第二天,秦峰嬉皮笑脸地对我说:"昨晚你们点的烛像是微弱的鬼火,不吉利。"我不知道秦说这话是什么意思,我疑惑他可能在暗中盯梢过我们。

　　去外地以后,最开始舒薇给我写了封信。我是怀揣着一颗充实的、幸福的心完成我的实习的,像是在心中拥有着一颗小小的烛光那样地温暖。这期间,我弹着聂皖生送我的吉他,让美妙的弦音把舒薇的影子带到我的面前。有时，李倩倩也会出现在我的音乐里，像往常一样对人抛着媚眼。而舒薇呢，依旧是满脸羞涩的红。可七个月过去了，我再也没有收到舒薇的只言片语。实习的那个学期，繁重的工作压得我喘不过气来，每天要写十几份病历，常常写到夜间八九点钟。舒薇肯定也和我一样。

我猜想到此时李倩倩和橘皮的爱情一定是如火如荼，而我和舒薇，我却说不清我们之间到底是不是爱情。但是我喜欢回忆和舒薇在一起的时光，这回忆就像是一小阵春风，不断地吹动着幸福的、略带一丝忧伤的涟漪。

实习结束后，我怀着一颗迫不及待的心回到母校。那是春天，在附属医院的同学还没有回来，我一个人踯躅在桃花盛开的路口上，忽然觉得有些孤独和沮丧。

远远地，我看见一个人走过来，他弓着腰，高大的身躯像一个迟暮的英雄。那正是橘皮。我问："怎么是你一个人，李倩倩呢？"在我的印象中，他们总是形影不离的。橘皮抬起头来，没有回答，我从他的沉默中听到了爱情死亡的那种寂静。我和他买了一瓶酒，靠在宿舍的窗边。橘皮告诉我，李倩倩走了，上个月和聂皖生一起去澳大利亚留学去了。"聂皖生那家伙，就是有钱！"橘皮愤懑而无奈地说。

橘皮说："舒薇在你走后，和秦峰好上了。秦峰是好人吗？我一直看他是个人渣，可这小子现在却得到了我的尊重。前天，舒薇和秦峰相约卧轨自杀了，这小子没有逃避，他和舒薇一样，被火车轧成三截。大家都知道，出事以前，舒薇已经有六个月的身孕了。"

我无法想象淑女舒薇挺着微微隆起的腹部，靠在秦峰的肩上的样子。我一直以为，像她这样的女孩子，一定会从一而终的，对爱情坚贞不渝。但是我忽然觉得想得有点离题，因为我和舒薇从来也就没有发生什么或承诺过什么。但是聂皖生和李倩倩却不同了,他们的传奇式的爱情已经漂泊异乡了,橘皮只是他们爱情中的一个小小的插曲。如今,橘皮这无比落寞的神态,在这个明媚的春天里,显得一点儿也不协调。喝完酒,橘皮提议我去看一件东西,不等我同意与否,他蹒跚地带我到女生公寓围墙外的桃花丛里,指着一棵较大的树干让我看。我低头一看,只见那树干上,歪歪斜斜地用小刀刻着两行字:"舒薇、秦峰于一九九一年四月二十七日留念。"

我忽然涌起一种感觉,这棵桃树也许就是我们这个春天的墓碑,而这个春天对我来说,一定是我一生中唯一正版的春天。

把悲伤交给大海

一

姥爷的焦虑让我不知所措。去年他给我买了个手机，规定我每天要给他打一次电话。可我却用手机玩游戏，而且常常因为玩游戏而忘记了打电话，因此也常常遭到姥爷毫不留情地责骂。姥爷对在足浴店工作过的李白梨有着莫名的成见和敌意。李白梨是我的后母，长得很妖气，腰细得像葫芦颈子。姥爷说，在我十岁那年，李白梨和老霍结了婚，那时候，我妈已经离世五年了。

姥爷一个人过，他只有我妈一个女儿。姥爷总会摸着我的头，叹着气说："霍东东啊，你是一个命苦的孩子。可是姥爷年纪大了，也不能帮你什么了，你以后只能靠自己了。姥爷心脏不好，搭了七八个桥了。我自己知道，死对我来说，是分分钟的事。"

去年，老霍因为一场重病，走了。我，一个十三岁的孩子，就成了无根的浮萍，我倒是觉得没什么，我对我妈没有什么印象，谈不上什么悲伤。我对酒后经常打我的老霍，也没有什么感情。但奇怪的是，在老霍走后的几天，我忽然悲伤起来，悲伤之后就开始玩世不恭，看谁也不顺眼。特别是对李白梨，我压根儿就没有把她当妈看待,她所做的一切,似乎和我没有任何关系。

老霍死后,李白梨自然而然地成了我的监护人。姥爷不放心李白梨,嫌弃她在足浴店干过。"那个地方有正经的女子吗?"姥爷常这样说,怕她对我不好。姥爷甚至千方百计地和李白梨争夺我的抚养权,他找熟人,请律师,焦虑得头上的白发都快掉光了。李白梨看在眼里,幽幽地说:"他姥爷,你的身体状况不好,你要是真的为了孩子着想,东东还是由我来抚养吧。"周围的邻居权衡了我们家的情况,也纷纷劝说姥爷,见大家都这么说,姥爷方才勉强作罢。

"你放心好了,我会对霍东东好的。"当着大家的面,李白梨拍着胸脯保证。

可姥爷还是对李白梨提出了一个条件,那就是今后每年的暑假或者寒假,甚至有的周末,我的一切活动必须由他安排。对这个条件,李白梨二话没说就爽快地答应了。直到后来,我才反应过来,姥爷之所以这样做,是有他的良苦用心的。他要借助暑假和寒假那段空闲的日子,训练我,锻炼我的生存能力,磨炼我的意志,让我在没有人照顾的情况下,能够好好地生活。

"姥爷要教给你许多书本上没有的东西,等到有一天,姥爷走后,你就能自己照顾自己了,不需要依赖别人。"姥爷顿了一下,补充道:"不过,这只是个基础,重要的是你要凭着这些技能和坚强的意志,做一个对社会有用的人。"

姥爷说话时,脸上露出悲观的笑容。"姥爷在世上的日子不多了。"紧接着,他话锋突然一转,问我:"李白梨对你怎样?她对你还好吗?"

我不以为然地翻了一下白眼,不明白姥爷为啥这样问。说实话,李白梨从来没有骂过我,倒是因为我的事,让她受了不少的委屈。

二

上个学期,班上来了个新同学。新同学高高瘦瘦的,长得很白净,一头卷发,卷得十分自然。他的后面跟着一大串的人:爸爸、妈妈、爷爷、奶奶。大家都看出来了,新同学一定是个妈宝男。在同学们齐刷刷的眼神中,班主任带着他径直向我走来,于是我拥有了初中的第一个同桌。

"你好,我叫罗北。"同桌和我打招呼。

我没有回应。不知为什么,我对这个同桌没有丝毫好感。是因为他长得好看,有一群呵护他、爱护他的人吗?我不知道。人就是这样奇怪,有的人看第一眼就会心生欢喜,有的人看第一眼就会很讨厌。我就是看罗北不顺眼,甚至产生了捉弄他的想法。这个想法一旦产生,就愈来愈强烈。终于有一天,我在郊外捡到了一条死蛇,我暗暗高兴,这下机会来了!罗北如果看到死蛇,肯定会被吓得尖叫起来。于是,趁罗北去操场时,我悄悄地用牛皮纸裹着死蛇放进他的课桌抽屉里。

事情和我设想的并不一样。罗北看见死蛇后,并没有尖叫,而是直接晕了过去。这下整个班级都炸了锅。班主任打电话找来了李白梨,李白梨请了假,赶到学校。老师对李白梨说了事情的经过,李白梨却说:"老师,你是不是搞错了?我家的东东平时老实得像个女孩,哪里有胆子会去捉蛇吓人呀!"

这件事本来只要认个错就好了,但李白梨偏偏要辩解。班主任认为李白梨态度不好,纯粹是在狡辩,是在死不认错。所以她气不打一处来,当着李白梨的面,把一本书重重地摔在桌子上:"这件事不是霍东东干的,难道是我干的?霍东东家长,你知道问题的严重性吗?"

见班主任生了气，李白梨秒怂了。李白梨不是个省油的灯，没理也要占三分，但这次真的出乎我的意料，她实实在在地怂了。正在这时候，罗北的一大家子人全赶来了，他们把李白梨围在中间大声地声讨："你是怎么教育孩子的？要是吓坏了我们家罗北，我们是绝不放过你的！"他们愤怒极了，手指头乱点着，差点都点到李白梨的额头上了。我想那个时候，李白梨一定是给人骂昏了，她说不出任何话来，反正就是一个劲地低头道歉。

罗北的家人走后，李白梨仍留在班主任的办公室，足足被班主任训了一个多小时。而我却像没事人似的，站在一边看热闹。

从那以后，我和罗北就有了过节。有一次，我们四个人去商场闲逛，罗北给另外两个人一人买了一杯奶茶，故意不买给我。我感到莫大的羞辱，想争口气，给自己买一份，但摸摸自己的口袋，里面空空如也，半个子都没有。

李白梨嫁给老霍后，就没有去足浴店上班了。老霍活着时，是挣了点钱，但都被他赌光了。老霍生病后，治病倒没花什么钱，一是因为他的病程较短，二是因为在他生病的时候，手上已经没有一个铜板了。老霍死后，李白梨白天就到罗北买奶茶的那家商场当导购员、打零工，晚上在街上摆小摊，卖批发来的鞋垫和袜子之类的小玩意儿。刚刚的那一幕，恰恰让正在上班的李白梨看到了。

李白梨二话没说，就给我买了一杯奶茶。她说，你现在是男子汉了，不能在同学们的面前丢份儿，她塞给我三百元钱，并说以后每个月都要给我一百块。当我骄傲地拿着奶茶走过罗北的身边时，我看见李白梨蹲在地上，打开饭盒，开始吃午饭了。我故意慢下脚步，等罗北他们走远了，再回头偷偷地瞄了李白梨一眼。我看见李白梨的饭盒里，没有什么别的东西，装的是两个发硬的馒头和几块咸菜。

三

姥爷坚持认为李白梨终究是会再嫁人的。姥爷说:"霍东东,今后的生活,你只能靠自己,至于姥爷和李白梨,你谁也靠不上。"

姥爷年轻的时候,是优秀的军人,家里的奖状一大堆。"什么是优秀的兵?那就是有过硬的技术、顽强的生存能力和坚强的意志。"姥爷说,"其中坚强的意志非常重要。你缺的就是它。因为你缺少它,所以学习一直上不去。"

我没有听见姥爷在说什么,我一直在埋头玩手机。

"这个世界是不断变化的,对你这个失去双亲的孩子,以后压力是非常大的。你必须学会一些东西,你才能适应这种变化,那些东西书本上是没有写的。"他用温柔的眼光看着我,温柔中带着一丝坚定。

我在手机屏上划来划去,眼皮也没有抬,嘴里胡乱说了句:"什么东西?"

"什么东西?我当兵时学的那些东西啊。我的时间不多了,技术你可以从学校里学到,但生存能力和意志力你是缺少的,并且这些你在学校里是学不到的。我要教会你在学校学不到的那些东西。"

"是在野外突然没吃的了,抓住一条蛇或者一只老鼠就当晚餐的那种?"我有点不以为然。

姥爷顿了一下,声音明显地小了下去:"虽然不用让你去吃蛇和老鼠,但这种类似的经历是有必要的。你得有机会接受这样的训练。"

我的手机里正进行着最激动人心的情节——在对抗异鬼的最后一战,乔拉为了女王开了"不死挂"。我扬了扬手机:"姥爷,你的那种生存能力早就过时了，现代人不用去什么原始森林了，他们都是坐在家里完成你那种体验的。"

"你又在玩手机！真不该给你买这个！你这个熊孩子，难道你没有一点自控力吗？难道你没有一点危机感吗？"

这时，李白梨走过来，她善于和稀泥，每次姥爷生气时，她都要出来和一次："他姥爷，这孩子和老霍是一个德性。到处闯祸，我一个妇道人家，也不知道怎么管束他。他姥爷您来了真是太好了。您见过大世面，走南闯北的，有知识、有文化、有见识。东东有福气，能得到姥爷的教导，他会走上正道的。"

姥爷听了李白梨的话，心里很是受用，但他仍表现出一副不屑的样子。在我的记忆中，似乎姥爷对李白梨一直就是这种态度。

但李白梨并不在乎姥爷的态度，她麻利地将饭菜端上了桌子，说："他姥爷，你就在这里和东东一起吃个便饭吧，省得你一个人回家还要烧饭。"姥爷来看我时，可是从来没有在我家吃过饭。他不仅看不起李白梨，还对她有敌意，你想想，他怎么会在我家吃饭呢？可这次大大地出乎我的意料，他竟然没有推辞，点点头算是同意了。

今天的菜很好，我好多日子没有吃过这样的菜了。可能是因为李白梨算定姥爷会在家里吃饭，才特地准备了这些菜肴。

李白梨说："他姥爷说得对，东东要出去见见世面才好。老霍在世的时候，我们带他去过一趟周庄，那是多么美的地方啊，江南水乡，和画一样。我们坐在饭店里，吃着万三蹄，舒服极了。"

姥爷听了不发一声，把筷子重重地往桌子上一放。李白梨的反应也快，自嘲道："看我，还是俗气吧。一说就说到吃字上了。"李白梨猜对了，自从我爸妈去世后，姥爷就觉得教育我的责任自然而然地落到了他的身上。听了李白梨的话，他更是感到这个责任不仅重大，还异常迫切。他不能把一个和他有血缘的孩子，放在一个和他们没有任何血缘、只知道吃猪蹄膀的女人手里。

想到这里，姥爷忽然觉得有点气闷，透不过气来，心脏也针刺般痛起来。他赶紧从包里摸出一粒药来，服了下去。

过了好一会儿，姥爷才缓过气来。李白梨被吓得脸色苍白，端着一杯茶，站在姥爷的身边，轻声地问了句："他姥爷，您不要紧吧？"姥爷说："死不了。寒假快到了，我要在寒假里让东东出去磨炼一下。这事不能再拖了，不然就来不及了。"

说话的时候，他把我的手机夺下来，扔进沙发里："不要总是玩手机，吃饭时更不能玩！这是没有自制力的表现，你缺的就是这东西！"

我知道姥爷说的"出去"就是到外地，顿时来了劲，也不管什么手机不手机了，兴奋地问姥爷："我们要出去吗？去哪里？"

"我们去海边，看看大海。"

四

我和姥爷坐着高铁跑了一百五十多公里，然后再转坐了半个小时小皮卡车，终于到达了海边的一个小村子。

村子里没有人，十几幢房屋全被爬墙虎遮掩了。冬季，爬墙虎虽然大量地落叶，但仍有一半是绿着的。弥漫着的半黄半绿的爬墙虎，一直延伸到海边的岩石上，如果不仔细看，没有人会认为这是个村庄。

"这个村子里的人都去城里安居了，所以现在整个村子已经废弃，没有人在这里住。"姥爷对我说。

我"哼"了一声，来时的兴奋已经无影无踪了。心想，早知道姥爷带我来这个鬼地方,还不如在家待着哩。

海边的风大,风在村子里一直刮个不停,它在小巷子里奔跑,发出"呜呜"的声音。要是一个人来,还真有点害怕,整个村庄像一座鬼村。

我说:"这地方有点怪异,难怪村里人会搬走。"

姥爷牵着我的手,说:"我们去看看住的地方。"

轻车熟路地,姥爷带着我来到村庄外围最高处的一幢房子里。让我诧异的是,这个房子上竟然没有爬墙虎,房子只有两间,是建在一块岩石上的。

"就在这里了。"姥爷说。

"这是什么地方?"

"我当兵时的哨所。"

我有点好奇,抢先一步推开大门。大门是铁制的,锈迹斑斑,没有上锁,"吱呀"一声就开了。屋子里亮堂堂的,很干净,窗玻璃也是完好的。我在屋子里转了转,发现它不像没有人住的那种屋子。床铺一溜排着,能睡三个人,床上有两套被褥,叠放得整整齐齐的。另一间屋是厨房,锅碗等餐具都还在。我四处找电灯开关,没有找到,却找到了一盏煤油灯。

"在你放假前,我来过这里,把生活必需品都配齐了。"

"哦。"我有点惊讶,原来姥爷早有准备,早就计划要来这里了。这里有什么好,难道是因为这里是他年轻时工作过的地方吗?我在这个地方能得到什么训练呢?

"你得先学会做饭,罐子里有米。"

"我没有做过饭。"

"所以要学啊。"

我和姥爷去村里捡了一大捆干柴。在姥爷的指导下,我忙乎了好半天,终于把饭做好了。这时我的肚子已经饿得咕咕叫了,也不管好吃不好吃,囫囵吞枣似的把饭菜吃得干干净净。这时才发现天不知什么时候已经下起雪来了,雪粒打在窗玻璃上,声音好大,叫人担心玻璃会碎掉。

姥爷划根火柴,点亮了煤油灯。

"窗外的风会把小屋吹走吗?"我知道我的担心是多余的,但还是忍不住要问。

"这么多年了,谁数得清它经历过多少大风啊,一定有很多次的风比今夜大得多,小屋不还是好好的吗?没有什么可担心的。"

"可是有点冷,我想和你一起睡,睡在一个被窝里。"

"你现在大了,得单独睡。以前,我们三个战友,无论天有多冷,都是一人一个被窝,早上起来,还要把被子叠得整整齐齐。这是最基本的要求。"

这时候,电话响了。我一看是李白梨打来的。

李白梨问:"东东,你和姥爷还好吗?"

"还好。"

"锻炼归锻炼,强度可别太大了,别伤着自己,别苦着自己,要吃饱吃好。下雪了,要保暖,别冻着,会感冒的——"李白梨在电话里唠叨个没完,姥爷伸手过来,把电话"啪"地掐断了。

五

想不到第二天,天就放晴了。

你可能不知道,在海边,天晴了有多好。海水和天是那样的蓝,白云像棉絮一般白和柔软,地平线也是纯白的,海、天、地相接,融在一起,一片纯净的世界。

姥爷带我来到海滩上。他踩着积雪给我讲故事。

在那个年代,这里还是海防前线,姥爷和他的另外两个战友驻守在这里。为了应对突发状况,提高身体素质,他们三个人约定,即使是冬季,也要轮流每天在海里游一次泳。海水的冰点比淡水低,不易结冰。冬季游泳时,海水像刀割一样,但三个人坚持下来了。为什么能坚持下来?姥爷说,靠什么,靠的是意志。坚强的意志也成了姥爷人生中的宝贵财富。

我和姥爷走到一块大岩石底下,海水激荡着,在岩石上碎成了水沫。

姥爷指着岩石下的小水湾说:"我们游泳的地方就在这里。"

姥爷接着问:"你敢脱掉衣服下去吗?"

我迟疑着,望着姥爷。

"有了第一次就会有第二次。你要是想成为真正的男子汉,就试一次。游几次,整个冬天,你都不会感冒。"

我还在迟疑,不过,我不会认怂的。

姥爷已经脱掉了上身的衣服,脸上泛着明亮的光,这个光中闪烁着他昔日的光荣和梦想。他仿佛回到青年时代,那个充满激情和豪气的时代。

姥爷跳进了水里,向我招手。我血脉偾张,也脱下了身上的衣服,一步一步地走进海水里。奇怪的是,它并没有我想象的那样冷,那样难受。就是这几小步,我跨越了从前的怯懦、懒散和玩世不恭,走向了真正的男子汉。我把半个身子埋在水里,双手伸向天空。阳光温暖,天地广阔。

我们回到小屋的时候,姥爷对我说了句:"刚才在水里不觉得,现在上岸了,反而有点冷了。"

我说:"我和你相反,在水里时很冷,现在不觉得冷了。"

"霍东东,你自己吃晚饭吧,我不吃饭了,我要好好睡一觉。"

"你老了,不比年轻的时候了。"

"不要打扰我,我好困,恐怕要一直睡到明天。"

"好的。"

第二天一早,我老早就起了床,烧好了水,把带来的面包蒸热了。看看姥爷,他还没有醒。姥爷睡得真死呀,一定是昨天累着了。我坐在床边,掏出手机,玩了一会儿游戏,游戏结束后,姥爷还没有醒。面包快凉了,我喊了一声,他没有答应。声音加大了喊,他还是没有答应。我觉得有点不对劲,摸摸他的手,冰凉冰凉的。

我拨通了李白梨的电话。李白梨终于在我的语无伦次中,听懂了我的话。也许太突然了,电话的那头多半天也没有声音。过了一会儿,救护车来了,但医生没有把姥爷带走。一个多小时后,李白梨急匆匆地赶来了。

天还是晴朗的。我把衣服脱了,脱得只剩一条裤衩,在海滩上奔跑,海滩上留下了我的一串串脚印。

李白梨站在小屋的门前,望着奔跑的我,一把一把地抹着眼泪。

这天上午,我们同时把悲伤交给了大海。

诗人和商人

护士来找大家商量,说由于床位紧张,21号病房要住进来一个女的。看着病房里男人惊诧的眼睛,漂亮的护士扑哧一笑:"这个女的是个孩子,才十一岁呢。大家担待些,等到有空房间时,再将她腾走。"

于是小女孩就搬进这个病房。这是个天使般的女孩子,由于病魔的折磨,脸色很苍白,但丝毫掩盖不了她与生俱来的美丽。女孩很忧郁,闷闷地坐在床上,一言不发。同房的病友是一个诗人,他静静地看着她,像是看见了缪斯。诗人沉岛从孩提时代起,一直在追求美好的东西,追求完美无瑕的事物。今天他觉得自己终于发现了,无可挑剔的美就在眼前。"多美的孩子啊!"诗人从心底里发出了感叹。

一天过去了。小女孩像是睡着了,恬淡、平静。诗人看见女孩子的父亲来回走动着,时而看看他的女儿,时而跑到外面的卫生间里,吸一口烟,他愁苦着脸,显得焦虑不安。突然医生过来了,脸色凝重,他们在小女孩的床边讨论着病情,给她注射了好几针水剂。医生护士忙碌了一阵子,女孩也没有醒来。望着医生无可奈何的样子,小女孩的父亲伏在病床上,失声哭了起来。诗人沉岛突然有一种按捺不住的冲动:他要送给这个小女孩一首诗歌。他觉得，这么美的孩子，上天之前，一定要带上诗歌，只有诗歌才能配得上她。诗人沉岛分开众人，看着女孩苍白的脸，轻轻地，充满感情地朗诵着：

  妈妈，我不理你了，真的不理你了
  我要走得远远的，带走我脚踝上的铃声
  因为你刚刚在我贪得无厌的小手上
  那么轻轻、轻轻地打了一下

  妈妈，我真的没有心思再做功课
  天上月亮缺了，一半碎成跳舞的星星
  一定是窗外馋嘴小花猫干的
  它曾经偷吃过饼，你快点让它离开吧。

  朗诵着，朗诵着，诗人流下了眼泪。泪水滴在小女孩的脸上，慢慢地，她的眼睛睁开了。"她醒了！"护士高兴地喊了一声。医生说："真神奇啊，她醒了！"小女孩的父亲把手放在她的额上："她醒了！"他颤抖地说了声，感激地看了诗人一眼。"她醒了！"诗人机械地复述着。"我听见了，听见了。"女孩轻轻地说了声。
  女孩听见诗歌了，她听见诗歌了，诗人激动起来，回过头对大家说："你们看，多美的女孩子，多可爱的女孩子，她听见诗歌了！"
  小女孩星星般的眼睛睁开了，仿佛看见许多花瓣，正在飘荡。她刚才只是做了一个梦，梦见的是星星和花朵，梦见脚踝上的铃声和馋嘴的小花猫。诗歌唤回了她，让她又见到了她的父亲，还有给她念诗的诗人。诗人沉岛也受到了鼓舞，他知道小女孩在昏迷中听到了他朗诵的诗歌，同时他也看到了诗歌的力量。在小女孩醒来之后的两天里，他一口气轻轻地为她朗诵了十几首诗歌。就这样到了第五天的时候，护士过来说有空房了，要将女孩腾到女病室时，小女孩摇摇头：

"我不走，我要听诗。"

护士说："这些诗我都听不懂，你听得懂吗？"

"不，我就是要听。"女孩子说。

几乎在同时，诗人沉岛和小女孩的父亲说："就让她住这儿吧，就让她住这儿吧。不碍事的，她还是个孩子。"两个男人逐渐熟悉了，在女孩睡着的时候，他们有意无意地交谈了起来。诗人说："多好的孩子呀，怎么不见她妈妈来看她？"女孩的父亲说："我们离婚了。""哦，对不起，不该问这个。""没关系的。我们离婚是因为金钱。钱多了，情感反而淡了。也没什么，后来就离了，感觉很顺其自然，水到渠成，一句话没说就离了。"诗人说："孩子病了，这时候，她也应该来看看孩子呀。"女孩的父亲说："她住在别的城市，很远很远的，我没有告诉她，免得她担心，再说孩子的这个病，告诉了她又有什么用？"诗人说："这么重的病，还是告诉她的好，毕竟是孩子的母亲。"

这时候，诗人沉岛忽然感到有些好笑，对女孩的父亲说："我也离婚了，我们离婚也是因为金钱。日子太穷了，她挨不住，就走了。一句话没说就走了，也就是这么简单。和你一样，你说好笑不？钱多了离婚，没钱也要离婚，想想这个世界真好笑。"沉岛一个人说着，女孩的父亲却仿佛没有听见，独自沉默着。一会儿，女孩的父亲忽然自言自语地说："你不知道，我很有钱，我是很有钱的！"

很突兀地，诗人仿佛受到了侮辱："你有钱有什么了不起，干吗要这样对我说？是的，我没钱，住院费都交不起了，你有钱有什么了不起的?"诗人沉岛的声音越来越大了,充满了激愤,这让女孩的父亲从思索中醒了过来,赶紧道歉:"我不是那意思,不是那意思。我的意思是说,我有钱也是枉然,有钱也不能让我女儿从昏迷中醒来,而你,有才华,用一首诗就让女儿醒来了。钱有什么用!害得我离了婚,更不能让我女儿好起来。钱有什么用,还是诗歌好。"听到这里,诗人心里释然了,反而安慰起女孩的父亲:"有钱还是比写诗强的,你看,有钱起码不会受人白眼,想干什么就干什么,写诗呢,算什么鸟东西?我老婆天天说,一个大男人,写了半辈子的诗,大铜板也挣不到一个,真弄不明白,酸不拉叽地写那些玩意儿干什么?当不上官,也要寻点财路,应该干点正经事情!"女孩的父亲说:"什么叫正经事情?挣了许多钱,干什么呢?自己用不完,还不是给了别人,为别人做嫁衣?做一个诗人,就是有了自我,喜怒哀乐全是自己的。这辈子,我还没有自我一回!要是再有下辈子,我就做一个诗人!"

这时,护士来了,一进来就对诗人沉岛说:"11床,你的住院费得补交了,不然就要停药了。"诗人沉岛苦笑了一下,看看女孩的父亲,摊了摊手:"看吧,钱,多么重要。"回过头对护士小姐说:"我已经打电话找朋友们借了,再缓两天如何呢?"护士说:"不行啊,医院有规定的,没钱就停药啊,我们又不是慈善机构。"诗人愤愤然,说:"好啊,大不了就不住了,办出院手续吧。差你们的钱,等我出院后挣来还你。""那不行,账得结清才能走的。"护士沉下脸来,严肃地说完就离开了。

女孩的父亲问:"要走了?""是,要走了。""还没请教你的名字哩。""我的名字叫沉岛。"诗人顿了顿说,"这是笔名。写诗的人让人瞧不起,所以我还是不用真名好。"这时,睡在一边的女孩醒了,问:"叔叔,为什么你的名字叫沉岛呢?沉岛是不是埋在水底的岛屿呢?"诗人说:"是的,是埋在水底的岛屿,只有水退了，岛屿才能出头。而水是不会退的。"诗人补充说，"这名字也是不经意起的，没有特别的含义。"女孩说："可我喜欢，喜欢这种带有诗意的名字。喜欢这名字，也喜欢拥有这诗意的名字的诗人，不像我爸爸，满身铜臭味。长大了，我也要像你这样，写出许多美丽的诗歌来。"女孩的父亲笑了，亲了她一口，说："乖孩子，只要你好好的，我就把这铜臭味洗干净了，好不好？我答应你，从今天起，我不再做商人了，我要做一个诗人。"诗人沉岛也笑了，说："做诗人不是说做就能做的，做诗人是要饿肚子的。你还是不做为好。"

"诗人，你还是将病治好再走吧。"女孩的父亲说。诗人摇摇头："已经没钱了，我悄悄地来到这个世界，就让我悄悄地走吧。没有什么可留恋的。"女孩的父亲吞吞吐吐地说："我借你一些如何？先将病治好吧。"诗人一脸悲戚："可我拿什么还你呢？"女孩的父亲摆了摆手，说："你就陪我女儿读读诗吧，她很喜欢你的。"诗人说："你要是借钱给我，我一定会还你的。这次要是能病愈出院，我会从商的，我也要去挣好多好多钱。"女孩的父亲笑了："挣钱不是说说就能挣到的。你是个诗人，还是不要放弃写诗，只要不放弃，你一定会有成就的，有出头之日的，会成为一个有名的诗人的。"

于是，诗人沉岛就留了下来，每天对着小女孩念自己的诗。诗人沉岛的病好了以后，他仍然在陪伴小女孩。直到有一天，女孩在诗歌里睡着了，永远睡着了，诗歌和泪水再也没有让她醒来，沉岛才向那个沉浸于悲伤中的父亲告别，像是义无反顾："两年后的今天，我会去墓地看你的女儿的。另外，就是还清借你的钱。"

诗人沉岛走后，女孩的父亲感到无比的空虚。他忽然忍受不了没有诗歌的生活。他放弃了所有的生意，常常独自喝酒，醉了之后，就对着女儿的遗像，学着写起了诗歌，一首一首，写了又烧，烧了又写。他参加了市青年诗人俱乐部，那是整个城市的诗人聚会的地方。在那儿，他经常对着大家朗读那些充满深情的诗。有时候，他读着读着，泪流满面。他总是以高亢的、永不疲惫的情绪和诗歌感动周围的每一个人。两年过去了，这个城市没有一个人不知道他，市报也专版报道了这位闻名遐迩的新诗人。这位新诗人的笔名叫无言，为什么用这个名字，人们问起他时，他说他也不知道，当时就是这么不经意地起了这个名字。无言的诗歌特点是婉约、伤感，有独特的风格。他的许多诗歌被青年传诵着。人们渐渐地忘记了他真实的姓名，忘记了他曾经是一个出色的企业家，以为一开始他就是为诗歌而活的人。人们一说起诗歌，就想起了无言。

两年后，在小女孩的忌日那天，无言来到女儿的墓前。他把这两年写的诗歌全部带来了，满满一大包。他要坐在这里，静静地、一首一首地读给他心爱的女儿听。在读到第七首的时候，他感到身后似乎有人在默默地站着。是沉岛！女孩的父亲有一种预感。他回过头来，看见沉岛果真来了。无言听见他说："我已经不叫沉岛了，那是笔名。现在我已经不需要笔名了，我姓刘，叫刘磊，三个石头，稳当当的。"刘磊弯腰把一束鲜花放在小女孩的墓前，有点心酸地说："孩子，实在对不起，本来今天我还想念一首诗给你的，可现在我已经真的写不出诗了，不能再念给你听了，真的对不起。"他转身对无言说："没有人喊我沉岛了，人们都称我刘董事长。这两年，我开了一家公司，挣了好多好多钱，今天来看你的女儿，顺便是还你借给我的钱的。一共三万元，连本带利，不用找了，就这个整数吧。"女孩的父亲站起来，戚戚地说："我现在叫无言了，无言是笔名，还是用笔名好。你为我女儿读了那么多的诗，钱就不用还了。"刘磊说："现在你是很有名的诗人了,祝贺你。不过我现在是个商人,商人要讲信誉的,特别是借了钱,一定要还的。"诗人无言说:"我要钱没有用了,女儿死了,现在钱对我来说,已经不重要了。"

"不,一定要还你。我这个人,是不欠别人的人情的。今天这钱无论你要不要,我都要还你的。"刘磊说着说着,激动起来,"我再不是以前那个穷鬼了,有钱的滋味真好。"无言说:"好吧,你一定要还,就还吧。"诗人无言一边说一边接过那沓钱,笑了笑:"正好把它们和我的这些诗稿一起烧了吧。"说着,他慢慢地从口袋里掏出打火机,一大摞诗稿熊熊地燃烧起来,青烟和着细风,拂过两个不同表情的脸,袅袅地飘荡到山的那边去了。

两个人站了起来,在一个小女孩的墓前,同时站了起来。

红 蘑 菇

我永远忘不了那一座突出的山尖尖,它叫老虎尖。山顶上有两块天然的岩石,像老虎张开的嘴。老虎尖留给我的至今仍是恐怖的回忆。

我的老家乌山村就在这个山尖尖下面。如果从老虎尖向下看,四周百十里尽收眼底,但是看不到我的村庄。因为全村总共二十来户人家,全都隐藏在一棵大槐树下。山里的气候潮湿,要是在春夏之际,拨开山湾子里的草丛,你会看到有一小朵一小朵红艳艳的东西在草丛中生长着,像一滴滴鲜艳的血,那就是毒蘑菇。

那是一九四〇年,当时杨春流是这个村庄唯一识字的人。虽然那时他才二十几岁,但如今算起来,已是我太爷爷那一辈的人了。他沉默寡言,胆小怕事,缺乏自信。可是这小子有天大的福气,娶了个水灵灵的大美人。大美人刘小燕走到哪里,都会招来男人们的注视。据她自己说,之所以愿意嫁给杨春流,是因为他认得几个字,和一般的大老粗不同。面对美色,本村的男人们虽然心中痒痒,但有贼心没贼胆,盯着刘小燕,只能干咽口水。可也有外村的男人,来乌山村见到刘小燕的时候,总要用下流的话开个玩笑,甚至有不肖之徒,会瞅个空和刘小燕有肢体接触,占点便宜。杨春流看见了,也只是忍气吞声,不敢与人争执。我爷爷说,杨春流这人,天生就是扶不起的鼻涕虫!我太爷爷说这话时,狠狠地挥着手,一副义愤填膺的样子。

到了稻子开始扬花的季节,已经是夏末了,这是乌山村和不远处白洋镇里的人最闲的时候。镇子里的人总喜欢来到老虎尖消闲,看看风景,坐在老虎嘴里看看这槐树伞盖下面的村庄。一小块一小块巴掌大的田里,闪动着绿色毯子一般的稻浪。刘小燕给田里劳作的人送水,将男人在田里耘出的杂草,一篮子一篮子地拎走喂猪。刘小燕走在窄小的田埂上,一扭一扭地,汗水湿透的衣服裹紧了身子,胸部有节奏地颤动着。吴大宝对女人有天生的敏感,这个白洋镇子里自称头号地痞的家伙,正坐在老虎嘴里悠闲地欣赏她呢。遇到这样性感得要命的女人,穷追不舍必然是他的下一步行动。他很快便从山尖上跑下来,在老槐树下叼起一根洋烟,等着。

刘小燕终于一颤一颤地走来了。她的活力让吴大宝的眼里冒出火来,这个老光棍还闻到了一股淡淡的女人的香味。他猛地从后面抱住了刘小燕,忙不迭地把臭嘴蹭到她的脸上。"小心肝儿,让大哥抱抱,就在这里,和哥哥亲热亲热。"

女人的尖叫声惊动了在田里干活的乌山村人。三黑子大喊:"春流,白洋镇的吴大宝在欺负你的娘们儿!"人们很快聚拢了过来。可吴大宝一点也不惊慌,仍然一只手抱着刘小燕,一只手放在她的脸上,嘻嘻哈哈地笑着。"你们喊呀,喊呀,喊破了嗓子也没有用。反正不管怎样,我都要把她带走。"刘小燕拼命地挣扎,怎奈这个地痞越抱越紧。这时,杨春流拿了把镰刀来了,看到了眼前这一幕,简直快要晕过去了。他愤怒地吼叫:"快放开她,不然老子一刀割下你的狗头!"

"你割呀。"吴大宝把头伸了过来,"我吴大宝的命贱。今天就是割了我的头,我也要把她带走。"

杨春流把镰刀放在吴大宝的脖子上,足足放了两分钟。可吴大宝眉头也没皱一下。杨春流傻眼了,"扑通"一声,把镰刀扔到地上,两腿一软,跪下了:"吴大哥,求你放了她吧,求你了!"吴大宝笑了:"你还像个男人吗?这女人,跟着你这个窝囊废,真是可惜了!要我放可以,你从我的裤裆下钻过去吧。"说着,又开了双腿。

"砰!"吴大宝的背上挨了一锄头,这一下把他打得够呛,吴大宝一个趔趄,心中如同翻江倒海一般,四周的一切都在旋转。足足过了半分钟,他才缓过神来,看见三黑子怒气冲冲地站在面前。三黑子又举起锄头,做出要砸下来的样子:"吴大宝,你不要耍无赖,做泼皮,我就不信你不怕死!快滚!"吴大宝吓得手一松,推过女人,一溜烟跑走了。跑到村口,这小子捂着肚子说:"三黑子,算你有种,她又不是你的娘们儿,要你狗捉耗子,多管闲事!你等着。你等着。"

可三黑子没等到吴大宝报仇的那一天,当天晚上,老虎尖的山那边就响起了一阵子枪声。这枪声改变了乌山人的一切。枪响的同时,杨春流正抱着他媳妇刘小燕在床上流泪。女人已经有三个多时辰没有理睬他了,不管他怎么道歉、怎么央求。她厌恶地用手把杨春流推到一边,把家里的米全部倒在水缸里。"真是上辈子造孽,让我遇到了你这样的男人,没志气的男人,没良心的男人,不如上山拔根毒蘑菇吃了,死了算了。你还娶老婆做什么?"刘小燕越说越气,大哭起来,直到那几声枪响,她才止住了哭声。宁静的乌山村被惊醒了。

那天晚上,全村人都被一群人赶到村里的祠堂前。在大大小小的火把中,村民们才回过神来,原来是日本人打进来了。村民们呆呆地望着那个留有一小撮山羊胡的鬼子在歇斯底里叫喊。他们一句也没听懂,只是在一排洋枪的面前,感到非常恐怖,两腿抖动不停。直到后来一个头戴礼帽、操着白洋镇土不土、洋不洋的口音的家伙出来后,村民们才弄清了是怎么回事。

"大家听着——石原太君说,皇军要在咱乌山村修一座炮楼,地点呢,就在后山老虎尖上。从明天开始,每家出一位劳力,限期十天。违抗者要杀头的!大家听清了没有?"

没有人吱声,人们神情木讷。戴礼帽的家伙"噔噔噔"地跑到石原的面前,点头哈腰地说了几句,只见石原嘟噜一声,对着人群扬手一枪,子弹"嗖"地擦着杨春流的耳朵飞了过去,一把火把被子弹击中,掉到了地上。杨春流脑袋"嗡"的一声,两脚仿佛踏空一般,往下掉呀掉呀,什么也感觉不到了。

鬼子不知什么时候走的。杨春流回家时,摸摸耳朵,还在。"好险,差一点就要了老子的命了。"突然,他朝刘小燕咧嘴一笑,随即哭了起来。刘小燕这时定定地看着他,觉得他可能被吓疯了,或者他真没有长大,像一个孩子,需要爱抚,需要关怀,女人把他揽过来,紧紧抱住。此刻,他们的内心开始充满了恐惧,像整个乌山村一样。大槐树下平静的村庄,开始第一次在忐忑不安中一夜无眠。

十天后,炮楼修好了,那是一座很低矮的炮楼,坐落在山嘴的边上。到了傍晚的时分,落日猩红的光线,照在那两块岩石上,就像一只饥饿的大虫,张着血腥的嘴,虎视眈眈地盯着山下的村庄。村民们说,炮楼里有三个鬼子,石原是他们的头头。我太爷爷说,当年鬼子在周围别的村庄烧杀抢掠,无恶不作,可在乌山村,这几个鬼子人少,只管站岗,不敢胡来,还有一个最重要的原因就是,小鬼子每天都需要村民送饭。

保长选了三黑子,给鬼子送饭。他是乌山村子里胆子最大的人。第一次得知鬼子要村民送饭时,三黑子就自告奋勇地要去。

"几个小鬼子敢到中国来,还敢在咱乌山作威作福,看我一包毒药,不送他们回东洋去,我就不是三黑子!"大家也跟着说:"对,弄砒霜去!"只有杨春流一个人不吱声,他缓缓地走到三黑子面前。"黑哥,小鬼子既然敢让我们送饭,必定有防止中毒的招儿,轻举妄动,会自取其祸啊。"三黑子说:"去去去,这里没你说话的地方,你还是回家好好地保护你的老婆去。我看你真是个窝囊废!"

保长说:"还真不要这么说哩。春流这个人窝囊是窝囊,这句话还是有道理的。起码第一次我们不能这么干。第一次咱好酒好肉侍候着,以后摸个上下来,咱再下手。可话说回来,这杀人的事,真的叫你三黑子去干,你下得了手吗?"三黑子搓了搓手:"小鬼子杀了我们多少人?对这样的人,难道不该报仇吗?我们这是报仇。"

按计划,第一次送饭是由三黑子去的。三黑子回来后,万分庆幸地说:"奶奶的,果然小鬼子精明得很,那鬼子先用一根小叉子一样的仪器测了测,然后再从饭菜里挑出一点来,放在我的面前,然后示意我把这些吃下去。当时我心里直犯嘀咕:竟然叫老子试毒!幸亏没放药,不然,老子今天第一个见阎王爷了。"听三黑子这样一说,小村里的人蔫了。看来,没有什么办法对付这几个入侵者了。人们的生活好像又恢复了平静。一天,杨春流对媳妇说:"梅雨天,该把粮食搬出来晒晒,别都发芽了。"自从日本人来了后,这么多天刘小燕都不敢出来。女人走出大门后,一边放肆地呼吸着新鲜的空气,一边唱着小曲赶着麻雀儿。

可女人总感觉有一双眼睛在她的背后盯着她,可她也说不上来,那个人到底是谁。这个人就是石原。他在望远镜里看着这个小山村里最美的女性。杨家小院里,刘小燕穿着小背肚儿,红红的,雪白圆润的小背脊露在外面。这双眼睛就这么一直盯着这雪白圆润的小背脊。

三黑子还在负责送饭，但是灾难还是来了。一天早上，人们在村口老槐树上找到了他，他被吊在树上，肠子流到肚子外边，苍蝇围着尸体嗡嗡地飞。村里人不知道他是怎么死的，只知道他辱骂了这几个日本人。人们回头看看山顶上，三个疯狂的魔鬼正狂笑着，兴奋地朝天放着枪。几乎在同时，杨春流发现他的女人刘小燕也不见了，他满山遍野地去找，喊破了嗓子，也不见人影。到了午夜时分，女人回来了，她面容憔悴，衣裳凌乱，目光无神。刘小燕没有回家，她径直来到那棵大槐树下，在悬挂过三黑子尸体的枝丫上，了结了年轻的生命。

杨春流拖着沉重的步子在村里来来回回地走着，一整天，他没完没了地围着老槐树转了无数圈。忽然他神情亢奋起来，举着双手叫道："蘑菇！蘑菇！"人们都以为他受的刺激太深，疯了。杨春流奔跑在灌木丛中，身上划出了一道道血口子，疼痛使他产生了快感。因为他看见了一样东西！那时正是梅雨季节，闷热的草丛里，藏着一把把鲜艳的红伞，这红色，使得杨春流的眸子，痛楚得如深夜里燃烧的麻橘火把。他伏在地上，伏在一把把鲜艳的红伞前，大声地叫着："蘑菇！蘑菇！"

后来，我在一本医书上查到，这种颜色鲜艳的蘑菇，因为味道鲜美，所以常常被人误食。它有剧毒：中毒后，一般十到十二个小时内，误食者会出现呕吐、腹泻、腹痛等症状，随后由于肝脏的严重损害导致病人烦躁不安，最后神志不清，死亡率高达百分之九十。书上还说，中毒的严重程度和摄入的剂量有关。

这是医书上写的。乌山村的人多数没读过书，但没有人不认识这个鲜艳夺目但有着剧毒的植物。

三黑子死了，可老虎嘴里那顿饭依然是要送的。我太爷爷说，那时候，已经没有谁再敢去送了，恐惧笼罩着整个村庄。大家你看看我，我看看你，谁也不愿意去。但是如果不去送饭菜，全村的人都会遭殃。正在这时，两眼发光的杨春流回来了，他的双腿被荆棘划拉得鲜血直流。但谁也没有注意到，他的左手上握着一棵像血一样红的毒蘑菇。"我去，我去。"杨春流轻轻地说了一句，说完，像亲自己的孩子一样亲亲这棵蘑菇。人们望着他，在这生死的时刻，只要有人去送饭，对全村其他的人来说，都是一种解脱。而正是这个窝囊的杨春流，让村民们松了一口气。

第二天当人们醒来的时候，再一次惊诧地发现，老槐树上挂着三个人的头颅，竟是石原和另外两个鬼子的头颅。他们的脸在枝丫上扭曲着，无比狰狞。村里人都在传，鬼子是服了毒蘑菇汤后，精神失常，发病后被割下头脑壳的。人们在老虎嘴里发现了杨春流的菜刀，刀口已经砍得残缺了，但仍然闪闪发亮。鬼子们的枪也不见了，人们猜测，那些枪可能是被杨春流捆在一起，全拿走了。从那以后，在乌山村人的眼里，杨春流再也不是窝囊的男人了，他练就了超人的意志和胆量。我爷爷说，他去了山里，参加了新四军，后来，他驰骋在大江南北，杀了许多许多的鬼子。

杨春流走后，村里人也跑光了。剩下不愿意走的，都被日本人杀光了。他们的血流在沟坎里，红红的、腥腥的，长成了一朵朵鲜艳的、愤怒的蘑菇。这些蘑菇疯狂地蔓延着，一直生长到全村最高的地方——老虎尖。

魔　方

小区保安范雷最近爱上了魔方。这六种颜色的小立方体，给五十二岁的范雷带来了年少时才有的好奇感。魔方充满了魔力，让范雷爱不释手。在一次不经意间，他从儿子范小刚丢弃的玩具盒中发现了这个魔方，那时，它孤零零地躺在盒子里，像一块蒙尘的美玉。他试着转动它，觉得有点意思。范雷把魔方带到值班室，先是用它打发值班时的寂寞，后来发展到对它的深入研究——先打乱它，然后再以最少的步骤让它复原。

范雷低着头，一面转动着手中的魔方，一面观察着小区周围的状况。突然他看见一条狗正抬起一条腿，准备对着他撒尿。在撒尿的同时，那条狗还轻蔑看着他。范雷想，把屎尿都拉到我的地盘上，这狗是看不起我，就把魔方揣进口袋中，捡起一块土块扔过去。狗见范雷的土块儿扔过来，吓得尿还没有撒完，就跑开了。狗在值班室门前没撒完尿，人砸了狗一土块，居然没砸着，人狗也算扯平了。

可那条狗跑开几步，见范雷没追上来，又抬起那只左后腿，准备对着范雷撒尿。这一下，彻底把范雷气着了。他一跺脚，对狗吆喝了一声，可狗丝毫未动，慢悠悠地把尿撒完，在撒尿的同时，还和刚才一样轻蔑地看着他。

范雷是有名的倔脾气。二十年前,他在厂里也是个中层干部——前进农药厂的供销科长。有人找他,想批点低价的农药倒腾倒腾做生意,不管是亲戚还是领导,范雷都对他们瞪眼道:"要农药做甚,喝啊?"所以得罪了不少人。二十世纪九十年代下岗时,下岗名单上第一个写的就是范雷。

没了钱没了官都不打紧,范雷从热门的科长位置上下来,最受不了的是别人看不起他。你看,狗的眼神里就有点瞧不起他的意思,这让他勃然大怒。他骂了一句,跑上前,提起脚就要踢那条狗,狗见范雷跑过来,又跑开了。范雷不跑了,那条狗也就不动了,站在那里,挑衅似的望着他。"畜生!你今天真要和我杠?"范雷发疯似的撵狗。那正是暮春季节,雨刚歇了几个时辰,天气就晴朗了起来。风丝丝地吹,人耳根子软软的,地潮湿湿的。小区的妇女正在广场上跳舞,跳舞是她们每天必做的事,除了刮风下雨,从不间断。

狗跑到一个小土坡上,对范雷汪汪地叫了几声。范雷一边骂,一边上坡撵狗,不料脚底一滑,摔得个四仰八叉。跳广场舞的妇女看见了,全笑了起来。人和狗斗气,再有面子的人也没有了面子。倒在地上的范雷,在笑声中清醒过来,意识到自己有点失态。他不敢去看那些笑话他的女人,低着头,从地上捡起大檐帽,掸掸灰,爬了起来。可站起来的同时,他的头撞上了什么东西。

范雷撞到了一个女人。他认出了她是本小区别墅区的业主杜小梅,也就是童达宏的老婆。杜小梅没有怪范雷撞着她,却笑着说:"范科长,再怎么地,你五十多岁的了,咋和我们家的一条狗生这么大的气呢?再说,我这条狗是名狗,叫什么蝴蝶犬,你要是把它打坏了,赔得起吗?"

童达宏是他在农药厂时的部下,当时范雷是科长,童达宏是供销科的科员。童达宏脑筋活络，但范雷总认为这小子不走正道。二十世纪七八十年代，前进农药厂可是个让人眼红的单位，供销科是农药厂最让人眼红的科室。

童达宏曾向范雷建议："科长，俗话说，靠山吃山，靠水吃水，我们为什么放着偌大的金山不靠？"范雷说："有啥金山是我们能吃的？"童达宏说："科长，你看，这农药有出厂价，还有调拨价吧？而且出厂价和调拨价的农药数量是一定的，是吧？调拨价比出厂价要低，给农资公司的是调拨价，给个体工商户的是出厂价，是吧？"

"是呀，那又怎么了？"童达宏连问几个"是吧"，范雷头有点蒙。

童达宏说："能不能这样，少拿一点货给农资公司，就能多拿一点给个体工商户。我们赚这中间的差价，要是更大胆点的话，我们可以稍稍提高一点出厂价。至于发票的问题，现在农资紧俏，干个体的那些人，谁管你开多少，只要你有货给他，他就对你感恩戴德了。这样就会给我们科室里搞点积累，年终大家可以分一点。科长，你一个人得一半，其余的我们大家再分。你看行不？"

听了童达宏的话，范雷心中十分反感。他紧紧地盯着童达宏，仿佛盯着一个贼。童达宏被盯得心里发毛，只得赔笑道："科长，不行的话，就当我没说。"范雷把茶杯重重地往桌上一放，就离开了办公室。

范雷虽然对童达宏的话反感，却没有把它放在心上。范雷想，自己是科长，出库单都是自己批，谅他童达宏是孙悟空，也翻不了天。哪知，一个星期后，农资公司老李找上门来。老李一见面就问："老范，今年怎么啦，怎么老是没有货？快到秧苗抽穗了，没有农药怎么行？"范雷说："谁说没有货了，给你们预备着呢,你去小童那里开。"

"去了好多趟了,就说没有货。"老李凑近和范雷说,"听说得送烟,小童才给开单子,我也是听说,不知是不是真的?"老李说得很委婉,但范雷性子火暴,一听,那火就唰地从丹田里蹿上来,三步并作两步,回到办公室,拉开童达宏的抽屉,果然有几条烟在里面。

范雷问童达宏:"烟从哪来的?"童达宏支支吾吾的,答不上来。范雷跑到厂长那儿,说供销科坚决不要童达宏了,您把他调走吧。厂长听了,也很生气,对范雷说:"现在不是要不要的问题,童达宏犯了这样大的错误,没办法,按厂规只有开除了。"范雷没料到是这样的结果,后悔自己一时太冲动,心想:这不就是砸了人家的饭碗吗?又转过来帮童达宏说好话,可厂长不同意,说:"要不从严处理的话,大家都这样咋办?这事没得说,开除。你再帮他说话,我还要追究你的管理责任。"

要说在当时,童达宏最恨的就是范雷了。可过了几年,童达宏发了,范雷却下岗了,命运来了个大逆转,童达宏就一点也不恨范雷了。他见到范雷时总是说:"老范啊,要不是你,我没准儿和你现在一样,给人看门哩。我说的可是实话,绝没有半点笑话你的意思。你看,这个小区就是我开发的,那几年,房地产可是黄金时期啊,要是迟几年,我再下岗,那就错过了。"当童达宏说这话时,就轮到范雷来恨了。

范雷说:"童达宏你有什么了不起?风水轮流转,你别看我现在给人看大门,说不定过几年,不几天,你连大门都没有资格去看。"范雷说这话时,童达宏只是笑了笑说:"你是老领导,别和我一般见识。"童达宏很大度,一点也不生气。现在他童达宏是有身份、有财产的人了,是不会把范雷的气话当回事的。

可今天范雷追打了一条狗,这条狗偏偏是童达宏家的狗;范雷接着撞到了一个女人,这个女人又恰恰是童达宏的老婆。范雷尴尬极了,不知所措,脸红了起来。跳广场舞的妇女见范雷撞到杜小梅,她们笑得更欢了。有的还笑得岔了气,蹲在地上揉肚子。胖花嫂笑道:"大雷子,你这是想吃奶啊?"又是笑声一片,大家干脆不跳广场舞了,全站在那儿看范雷的笑话。只有小区的摄影爱好者李明远没有笑,那时他正在那里拍桃花,他不但没有笑,还正后悔着哩,因为刚刚发生的一幕,他没有及时抓拍下来。最近,他一直想拍点动感的照片,但寻而未得。刚才的确是个好素材,要是拍到了,再发到网上,那人气和点击率,就不用说了。

在笑声中,范雷的脸更红了,红得像关公。他把沾满泥的大檐帽拿在手里,小跑着离开了这里。

就在范雷追小狗的同时,范雷的儿子范小刚正在月亮湖边那棵小桃花树下,和女友童美嫣在一起。童美嫣是童达宏的女儿,从小学到高中,范小刚和童美嫣都在一个班。虽然不在一起上大学,但两人上的都是二流大学,毕业后又都回到这个城市。月亮湖就在小区的后边,浪漫而隐秘,湖边开满了桃花。童美嫣靠在一棵樟树上,对范小刚说:"范小刚,你咋那么胆小哩,我带你到我家,把关系公开了吧。"

范小刚说:"那不成,我现在事业刚起步,还是个穷小子,你爸爸能同意吗?"

"同不同意都得同意。"童美嫣说,"大不了生米做成熟饭。关系公开了,他们也许就不会逼我和刘大海那小子来往了。在我爸妈的眼里,刘大海就是我的未婚夫了。我一想起来他的大龅牙就恶心,现在,得让他们知道我喜欢什么,该让他们清醒清醒了。"

童美嫣一提到刘大海,范小刚就泄气了。人家有房有车,有个好工作，更重要的是他爸爸是住建委主任。无论是工作、家境都比他范小刚强十倍。范小刚看了看童美嫣，她的脸像瓷器，此刻，这瓷器一样的脸上却挂着一丝哀伤，你说此时的童美嫣心中有多纠结！想到这里，范小刚有点心疼。范小刚安慰说："你傻呀，我们关系一公开，你爸不打死你才怪呢。"

"那你就这样心甘情愿地在老鼠洞里耗着，不见天日？范小刚，你还算个男人吗？"童美嫣拉过范小刚的胳膊肘儿，狠狠地在上面咬了一口。

范小刚夸张地叫了起来。童美嫣笑着松开嘴，仰坐在地上，掏出手机在不停地刷。范小刚抚摸着胳膊上的牙印说："你在弄什么呢？"童美嫣说："我在发微博。"范小刚讨好地凑近一看，童美嫣果然在写微博，她在微博上写着："范小刚，你是个胆小鬼！你是个胆小鬼！又想娶老婆，又怕事！"她把"范小刚，你是个胆小鬼"这句话连着刷了四五次。马上就有粉丝在微博上应道："美女，受刺激了？"还有一个粉丝跟上来说："淡定，淡定。"几分钟的时间，一下子就来了七八个粉丝。

童美嫣把手机递给了范小刚，嘴一嘟说："范小刚，你也不睁开眼看看，我的人气有多高。不是吹的，你再不活得像个男人的话，这么多的粉丝就要把我抢走了。"范小刚说："童丫头，你就自恋吧，我看你的臭美纯粹是变态。"两人说话的当儿，又有一粉丝上微博说话了："美女，范小刚是胆小鬼，我是胆大鬼。你要是有什么需要，你就对我说你在哪里吧，万水千山，我马上就到。"范小刚"啪"地把手机关掉，顺手扔给了童美嫣。苦笑着说："什么乱七八糟的！快叫人把你抢走吧，我不在乎。现在这世道，什么人都唤着美女。"这句话可把童美嫣惹恼了，她从地上跳了起来，说："范小刚，你给说清楚了，我长得丑吗？"

范小刚知道说错话了，连忙纠正道："姑奶奶，你是名副其实的美女，那些粉丝平时对你乱称呼，只有这一条让他们说对了。"说到这里，范小刚忽然想了刘大海。刘大海什么都好，就是嘴包不住牙，长得寒碜。要是童美嫣真的嫁给了刘大海，岂不是一朵鲜花插在牛粪上？想着想着，直愣愣地站着发呆。童美嫣见状，用手在他眼前摆了摆，范小刚才回过神来。童美嫣问："刚刚你怎么啦，好好地怎么发起呆来。"范小刚在喉咙里哼了一句："我不担心，刘大海他抢不走你，你迟早是我的。"

就在范小刚和童美嫣谈情说爱的时候，范小刚的老爸范雷那儿又出了事儿。原来那范雷从一片哄笑中逃脱后，一个人坐在值班室里生闷气。他不停地转动着那块魔方，静不下心来，怎么也不能把同一种颜色转到一面去。正生着气呢，却听到门前喇叭声一声接一声，让人厌烦，范雷说："你要进来，从大门走，按规定这里是不允许进车的。"

从车里出来了一个人，是个年轻人，惹人注意的是一板大门牙露在外面。范雷看了有点不适应，心想，大龅牙露在嘴唇外面也好，生气时像是在笑。果然，车主真的生气了，但范雷看起来他好像是在笑。大龅牙说："老师傅，你把栏杆拿开，我要进去。喂，你到底是耳背还是怎么了？"范雷一面低头玩他的魔方，一面回应道："不是本小区的车一律要从大门进来，那里有人登记。你拐个弯从大门进吧。"

大龅牙更火了，说："你不认得我吗，我来这里好几回了？"范雷抬起头说："呵，你是来过好几回，看着眼熟。"大龅牙说："那你还不放我进去？"范雷说："小区有小区的规定，我要对业主负责，只认证件不认人。"大龅牙指着路虎车大声说："你知道我是谁吗，开的是什么车吗，难道我还会进去偷东西？"范雷说："革命导师列宁没有带证件，卫兵都不让他进，我管你是谁，我只问你一句，你强得过列宁吗？来我这里，就要守我们小区的规矩。"范雷在小学时学过《列宁与卫兵》这篇课文，按章办事成为他一生做事的标尺。

再说范雷今天受了气，心里不大畅快。不管大龅牙怎么说，他就是不拉起门道里的栏杆。有人在争吵，就有人围着看热闹。不一时，小区门前围了一大批人，大龅牙见人围上来了，面子上挂不住，就没好气地说："你以为你是什么人呀，不就是一条看门狗吗，你威风什么呀？你再不让开，我就撞啦。"范雷听见他骂自己是"看门狗"，觉得心口一闷，全身都不好受。他用手指着大龅牙说："你竟然这样骂我，真是没家教的东西。小子，我就是不放你进去，看你是不是真的敢开车撞我！你要是不撞我，你就是孙子。"

大龅牙遭此一激，真的一踩油门，车猛地撞向小区保安范雷。这一招，谁也没有想到，范雷也没有想到。围观的人都目瞪口呆，不知所措。只有小区的摄影爱好者李明远不同，他错过了拍摄范雷摔跟头的镜头，这次他准备好了，一直把镜头对着事件中的主角。车撞向范雷的瞬间，正巧被李明远拍了下来。

车撞倒范雷后，又碾过了他的右腿。他倒在地上，手中的魔方也甩到一边。围观者这才反应过来，胖花嫂叫嚷着说："出人命了！出人命了！"坐在驾驶室里的大龅牙此时才清醒了过来，他打开车门，跳下车来，看着地上的范雷，痴呆呆地站着，像个木桩子一般。范雷的嘴里流出血来，看起来撞得不轻。李明远说："小子，你这是故意撞人，是犯罪。"见犯了众怒，大龅牙有点害怕起来，瞪了李明远一眼，强作镇静地说："我怕啥，你知道我爸是谁吗？"

"不管你老子是谁，你就是有天王老子，都不能随便开车去撞人。"李明远拉住转身欲走的大龅牙说，"不管怎么样，你必须先送这个保安上医院。"

恰巧在此时，范小刚和童美嫣一前一后地从月亮湖回来。范小刚远远地看见范雷倒在地上，不知道发生了什么事情，他撇开童美嫣，跑过来扶范雷坐起来。问了声："爸，你怎么啦？"范雷不作声。旁边有人说让车撞着了，看来撞得不轻，要快点送医院。范小刚抬头一看，撞老爸范雷的正是自己的情敌刘大海。刘大海见到范小刚，急忙上车，挂倒挡想走。摄影爱好者李明远义愤填膺地说："那驾驶员不能走，他是故意撞你爸爸的。"

范小刚放下范雷，一撸袖子，上去就要揍刘大海，却被童美嫣一把拉住。刘大海看到童美嫣，叫道："童美嫣，我是来这里找你的，谁知他不让我进门。你看现在这样，是他赌气要我撞他的。"童美嫣拉着暴跳如雷的范小刚，瞄了一眼刘大海，说："你还来这里找我呢，你就省省吧。我没有工夫理你，现在救人要紧。"范小刚回过头问范雷："老爸，撞得重吧？痛不痛？哪里痛？我马上就送你去医院。"范雷使劲地摇摇头，说："我不要紧，不痛，没有大碍。"说完皱着眉望望大龅牙刘大海，转头对儿子范小刚说："你让他走吧。"刘大海听范雷这样说，慌不迭地发动车子，一溜烟走了。

胖花嫂埋怨范雷，说："大雷子，你就这么便宜了那小子，让他走了？"

范雷叹气说："又没有撞得咋样，还能怎么着，得饶人处且饶人。"说着，扶着范小刚的肩膀站了起来。这一站不要紧，范雷觉得腿上钻心地痛，"哎哟"一声，拽起裤脚一看，半条腿都肿了。

范小刚说："大雷子，你逞啥能呀？你都这样了，不住院咋成啊？"范雷也无心答话，又"哎哟"一声，嘴朝着地上努了努。范小刚一看，是叫他把掉在地上的魔方捡起来。

这范小刚和范雷在一起，完全没有父子样，没大没小，打打闹闹，你叫我的名字，我叫你的名字，什么话都可以乱说，什么玩笑都可以开。一次，范小刚对范雷说："大雷子，你长得也不怎么帅啊，可我妈如花似玉的，咋就让你追上了啊，传授传授经验。"范雷说："哪有啥经验可传授的，下手要狠呗。"

"怎么个狠法？"范小刚眼瞪得大大的，一副虚心求学的样子。范雷说："这不容易嘛，先把生米煮成熟饭，兔子带到船上，她就跑不了啦。"范小刚问："那怎么才能生米煮成熟饭啊？"范雷见范小刚问得急，心里一咯吱：莫不是这小子看上谁了，到我这里取经来了？就留上了心，暗中调查范小刚和谁在一起。这一跟踪不要紧，才发现范小刚常常和童美嫣在一块儿。范雷对童美嫣也对得上眼，喜欢这小丫头，不光是长得好看，心地也单纯。可单纯的童美嫣偏偏是自己的老对头童达宏的女儿，这让范雷的心"嗖"地凉了一半。范雷看得出范小刚是恋爱了，因为范小刚常常一个人坐着发呆，又常常无缘无故地笑出声来，范雷经历过这事，以前他恋爱的时候也是这样，所以他能判断出范小刚这是恋爱了。

范雷可以想象得出，范小刚的恋爱旅程难度不会亚于爬雪山过草地，不因为别的，就因为过童达宏那一关比登天还难。为什么过童达宏那一关比登天还难？范雷知道这都是因为他自己，他和童达宏有过节，他是个看门的保安，被童达宏看不起。看着范小刚眼睛里闪动的快乐的光芒，范雷想，范小刚要是因为他的缘故而失去了童美嫣，他可能这一辈子也不会快活的。

起初被刘大海撞倒在地后，范雷躺在地上，爬不起来了，就等派出所的人来处理。对这次撞人事件，范雷深信，派出所至少会拘留肇事者大龅牙刘大海的，因为那小子是故意伤人，不，是故意杀人，只是杀人未遂而已。可他一侧眼，却远远地看见了范小刚和童美嫣，他们正急匆匆地向这里走来。范雷不由得在心里跳了一下。他想，自己这狼狈的样子，让范小刚看见倒没什么，要是让童美嫣看见了，岂不是丢人了？童美嫣会想，范小刚怎么有个看大门的爸爸，而且这个看大门的爸爸平白无故地让人撞了，还赖在地上不起来。这本身就有点不好意思了，又见童美嫣和那个大龅牙的青年认识，范雷就感到十分尴尬。所以，当范小刚问他撞得重不重的时候，他说撞得不重，并大方地放那小子走了。

范小刚把范雷背到椅子上躺着，去把那个掉在地上的魔方捡了回来。范小刚埋怨道："好险！差点连命都没有了，你还不忘记这小孩子玩的破玩具，我看你不会是到了老年痴呆的时候了吧？要不是老年痴呆，怎么白白地把凶手放走了？"范雷看了看童美嫣，闭着眼不吱声，倒是童美嫣说话了："好你个范小刚，你爸爸被撞成这样了，你还在这里磨磨蹭蹭的，说着不着边的话。现在送医院要紧，其他的事以后再说。"童美嫣说着，用手轻轻地按了按范雷的腿说："叔叔，我看你被撞得不轻啊，不要硬撑着，要送医院。"

范雷笑着摆摆手："姑娘，没事，我哪有那么娇嫩，你们大家忙去吧，我一个人歇歇就好了。"童美嫣说："那可不行，你这个样子一定要看医生的，我去叫出租车。"童美嫣叫来出租车后，范小刚和大家一起把范雷塞进车子，送到了医院。

到医院一检查，拍了片子，是右腿腓骨骨折。范小刚说："好你个刘大海，你等着，我不会放过你的。"说完就去找刘大海。童美嫣拦住他说："你要冷静，当下不是鲁莽行事的时候，我们先把住院手续办了，把你爸安顿好，别耽搁了治疗。"范小刚推开童美嫣，双眼盯着她，像从来都不认识一样，低沉着声音吼道："你让不让开？我看你一直在护着那个大龅牙，你是护着你未来的老公吧？"

童美嫣说:"范小刚,你有良心没?怎么说话的?"她把身体往墙边一靠,给范小刚让开路,气得泪水在眼里直转。"你去找刘大海好了,就算你痛痛快快地打一架,那能解决问题吗?"范雷见范小刚不听童美嫣的话,还是径直往外走,就大声叫道:"小刚,童美嫣说得对,你就是没头脑的笨猪,你给我回来!"范小刚犟着的头回了一下,像一头牛闷着声,往地上狠狠地跺了一脚,就出了门。范雷急得"哎哟、哎哟"大叫着,想不到这一招倒是很有效,那范小刚听见范雷夸张的叫声,又折了回来。

在骨科病房,范雷住了下来。医生把他的右腿吊了起来,对范小刚说:"这条腿现在不能动,要是稍有动弹,骨头错位了,就长不好,要残废的。病人不能动,你家里得派一个人护理才行啊。"范小刚说:"医生,他要多长时间才能恢复啊?"医生说:"重倒不重,又不是股骨颈骨折。但他年纪大了,全部恢复至少要半年吧。"范雷听了,心里暗暗叫苦。

安顿好范雷后,童美嫣对范小刚说:"你现在就可以去派出所报案了,可千万不要自己找刘大海打架啊。通过正当的程序处理,比你莽撞好。"范小刚说:"那麻烦你给照看一下,我去派出所。"

接待范小刚的是一个五十多岁的民警,他听完小刚的叙说后,打个哈欠说:"我以为是什么大不了的事呢,这是一件普通的纠纷嘛。况且你们又认得肇事者,让他走,这说明你们可以协商解决的嘛。我看你先把你爸爸的病治好,以后医药费的事我们再找肇事者,让他承担。你说行不行?"

范小刚说:"刘大海他是蓄意撞人,是要负法律责任的。难道你们不管?"

老民警说:"你要我们怎么办?你们现在不需要现场处置,又是民事纠纷,无法作为治安案件处理。至于谁要负法律责任,那要通过法院的，由法院说了算。"范小刚再想说点什么，老民警有点不耐烦了，他对范小刚说："既然你们放肇事者走了，证明你爸爸的伤是不太重的，这点小事，你们相互商量一下，尽量不要让矛盾激化。你也看到了，这当儿我们这里有多少事，民警们一天忙到晚，个个累得焦头烂额，不可能为你这点事出警的。你先回去吧。"就把范小刚推出了门。

范小刚沮丧地回到骨科病房，童美嫣问："派出所怎么说？"范小刚坐下来，一言不发。童美嫣说："范小刚，你耷拉着脑袋瓜子干什么，派出所怎么处理这件事？"范小刚说："哼！他让我们协商解决。"范雷一听，火冒三丈，对范小刚说："什么协商解决？他都故意开车撞我了，我们还能协商什么？"

童美嫣说："范叔叔，你不要急。这个刘大海撞了人后，就一直不露面。我打电话找他，让他承担他应负的责任。"说完拿起电话拨通了刘大海的手机。刘大海有点受宠若惊，在电话里问："是童美嫣美女啊，今天怎么天放晴了，有空打我的电话啊？"

"美什么美？你今天撞了人，难道你一点都不内疚吗？难道你没有一点人性吗？难道天底下没人能管得了你了吗？"童美嫣劈头盖脸、噼里啪啦大声地骂了一通。

电话那头没了声音，过了一会，只听见刘大海说："那是他自找的，谁让他不让我进门了？嘿，你说得不错，还就没有人管呢！那个范小刚不是刚刚去了派出所吗，我爸一个电话，人家派出所就把他糊弄走了。童美嫣，我知道你为什么替那个范小刚出头，他有什么好，他爸爸只是一个看门的保安，能给你什么——"

没等刘大海说完，童美嫣厌恶地把电话挂断了。可没过几秒钟，刘大海的电话又打来了。刚"喂"一声，童美嫣没等他说话,就冲着电话大叫一声:"大龅牙,你烦不烦,你去死吧!我有办法对付你。"

童美嫣打开手机,准备坐在病房里刷微博。她咬着牙在心底说,我要把事件写出来,让我的粉丝们评评理。既然他爸厉害,能让派出所不管这事,那我就让舆论来管管。可刚打开互联网的界面,就发现有人捷足先登了。一个叫"日月不远"的人把刘大海故意撞人的照片直接发到市民论坛上了。市民论坛是当地最有名、最热门的论坛,经常有许多热点话题,是记者寻找新闻线索的地方,政府也非常重视这个论坛,为体现对民生的关注,只要是市民在论坛里反映的问题,政府大都会有回应。而在论坛中,网名"日月不远"的人有很大的名气,他的文字和摄影都贴近生活,针砭时弊,深受网友们的欢迎。

撞人的照片的标题是:我爸是谁?下面写的是事件的经过。已经有一大串跟帖,大致是这些:"人肉一下他爸是谁。""判他个故意杀人罪,看他还猖獗不?""希望有关部门给个说法,我们期待事件处理的结果"等等。童美嫣跟在后面写上一条:"已经向派出所报案了,可派出所不予立案。据可靠消息,是肇事者他爸打了招呼。"

童美嫣这一条刚写上,论坛里便沸腾了,跟帖如雨,矛盾又转移到刘大海的爸爸那儿,要求"查查肇事者他爸是否有贪腐行为""查处他爸以权谋私"的声浪,铺天盖地而来。童美嫣有点害怕了,她庆幸的是她这次用的是网名,而不是真名。童美嫣知道她的爸爸童达宏和刘大海的爸爸刘建业关系非常,要是让童达宏知道她也搅和在内,她不大难临头才怪呢。童美嫣叫来范小刚,把手机给他看。范小刚看了,说:"这没用,不过我还是很感谢他们的,说明这世上正直的人很多。我想,这些倒是可以作为我以后打官司的证据。我回去截个屏,留个证据。"童美嫣说:"他敢！你真窝囊，还担心这个。我料他不敢删。"范小刚见童美嫣这样为着自己，想起了刚才对童美嫣的态度不好，心中有点内疚。他对童美嫣说："美嫣，你回去吧，都一天了，别把你累坏了。"童美嫣向范雷告辞，就先回家了。

到了第三天，范雷的腿好一点了，就把范小刚赶走了。范雷说现在好多了，自己能管自己，他让范小刚只管干自己的事，别耽搁了工作。范小刚走后，范雷闲得无聊，就躺在床上玩魔方，不知怎么地，这一回他次次都能以极简捷的步骤，把打乱的魔方还原。范雷想，今个儿咋了，难道被车撞了一下，撞聪明了？正玩的时候，忽然听到有人叫："范科长，昨夜才知道你出了事，这不，今天一早我就来看你了。"

范雷抬头一看，来的不是别人，正是童达宏和杜小梅。童达宏捧着一个花篮，杜小梅拎着一大堆营养品进了病房。童达宏掀了一下床上的被子问："还好吧？"范雷心里嘀咕着，童达宏是黄鼠狼给鸡拜年，没安好心，他准是有什么事找我，不然他怎么会来看我。想到这里，就闭着眼不吱声，手里还在不停地转着魔方。范雷这样做，一是伸手不打笑脸人，另外就是表明态度：我范雷不稀罕你童达宏来看望我。童达宏对范雷的态度却没有什么感觉，他笑着说："想不到范科长童心未了，还会玩魔方，好现象，好现象。不像我现在老气横秋的，什么都没有兴趣了。"

范雷说："是为撞我的那小子来的吧？有什么话快说吧。"

杜小梅说："瞧你说的，你总是我家达宏的老领导吧，出了事，我们来看看，也在情理之中吧，难道非得有事？"

"不要叫老领导，怪别扭的，我就是个看门的，说吧，就不要绕弯子了。我这人急性子，受不了。"范雷皱了皱眉。

童达宏说："小梅说的是真的，真的是没事。不过，有人，不，是建委刘主任，托我转达一下他的意思，就是说呢他的孩子不懂事，撞了你了，请你原谅。他心里非常不安，改日等你气下去了，一定来当面给你赔罪，医药费误工费所有的损失都会赔偿给你，还会补偿你的精神伤害，让你放心好好疗养，争取早些康复出院。"

范雷瞪眼说："就这事，没有了？"

童达宏迟疑了一下，吞吞吐吐地说："老领——不，老哥，还有。你看这两天嘛，网络上有许多不利于刘主任的传言，有些简直是造谣中伤，这都是刘大海撞你引起的。撞人是不对，可造谣污蔑也不对，你说是吗？"

范雷说："这和我有什么关系？难道撞了我不算，还要把别的事赖在我头上不成？"

杜小梅说："不是那个意思。大哥，我们是邻居，你被人撞了，我们应该帮你才对。一码归一码，刘大海撞了你，和他爸没有关系，是吧？可有人非要把人家爸爸扯进来，不是别有用心是什么？听说小刚去法院起诉了，建委刘主任的意思呢，麻烦你劝劝小刚，把诉状撤回来。刘大海已经很后悔了，他毕竟是年轻人，给他一个机会，好吗？"

见童达宏和杜小梅低声下气的，特别是杜小梅的眼圈都红了，同时又想到了童美嫣，范雷的心不知什么时候就软了。想想那天也怪自己的心情不好，才发生了那事的。况且人家愿意赔偿自己的一切损失，自己五十多岁的年纪了，和一个孩子斗什么气呢，就接口道："你们回去吧，等范小刚来，我找他谈谈。"这口气，明摆着是同意了。

范雷的回答让童达宏和杜小梅大为意外，两人怔了半天，齐声道了个谢，就心满意足地告退了。

过了一会儿，范小刚回来，范雷就把刚才童达宏和杜小梅的来访说与他听。范小刚大叫道："怎么，你答应了？老雷子，你答应是你的事,我可不答应!你知道他们为什么来找你吗,不是因为别的,是因为网络的力量。网络舆论的压力太大了,这才让他们屈服。你知道他们在派出所是怎样对我的吗?你不能因为人家三两句软话,就动了恻隐之心,反过来劝我。一句话,你答应,我可不答应!"

范雷说:"我没考虑别的,我是考虑到他们是童美嫣的父母。你说,童美嫣是一个多好的姑娘啊,犯不着为了我这一点小伤,让你和他的家人有了隔阂,不如送个人情给他们。你老爸是个多精的人啊,还会做亏本的生意吗?"听范雷这样一说,范小刚不吱声了。范雷笑道:"小子,捏住你软肋了,这下傻了吧。"范小刚说:"喂,老雷子,我可不是为自己,我是为了你呀。你让人欺负了,难道就这样算了?"范雷说:"算了吧,既然医药费误工费都是他们出,伤得又不重,我也不想深究了。人就是争一口气吧,有什么意思呢。明天去撤诉吧。"

"反正离开庭还有几天呢,过几天再去法院撤诉也不迟。不过,关于撤诉法院是有条件的,我可不能保证是否能得到准许。"范小刚的声音比蚊子声音还轻。

实际上,范小刚拿不定主意是否要撤诉,童美嫣的影子老是在眼前晃悠。范小刚可以肯定,要是把童美嫣的父母惹恼了,他和童美嫣的事就泡汤了。几天过去了,范小刚的老子范雷一个劲地催范小刚去法院把诉撤了。范小刚知道他这是为了自己,所以他才絮絮叨叨地烦人。只是童美嫣这几天也不知道哪去了,一直没有和自己联系。莫不是她父母因为撞人事件为难她了?想到这里,范小刚就打了个电话过去。

奇怪的是,往日大大咧咧的童美嫣,在电话那头好久都不说话。范小刚有了不好的预感,忙问:"童美嫣,你没有事吧?"

童美嫣轻声地说:"范小刚,你还准备告刘大海吗?"

范小刚听见她的语气不对劲，就带点试探的口气说："我和我爸商量了一下，按你爸的要求，准备撤诉了。你说我们做得对吗？"

童美嫣说："我也不知道对不对。因为论坛上的举报，刘大海的爸爸前天就让纪委的人带走了。因为月亮湖大道工程的事，把我爸也牵涉进去了。今天一早，专案组的人把我爸也带走了。你上论坛看看，论坛上的人都疯了。"

范小刚合上手机，看了看范雷。范雷对他说："小刚，你把我的病床摇上来，我要坐着。你不要看着我，童美嫣的话我都听到了。"范雷坐了起来，望着范小刚，手在飞快地转动着魔方，意味深长地说了句："这人啊，命运就像这魔方一样，别看它转来转去的，最终都是有个定数的，红的还是红的，蓝的还是蓝的。"

底层的微粒

一

　　黑子坐在晒金门广场上，就和他坐在乌山村的祠堂前一样，平静地、懒洋洋地晒着太阳。黑子脸黑，黑得像非洲人一样，他的嘴，像是永远也不曾合拢过，从生下来的那一天起，口水就一直向外流着。于是他前胸的衣服上，留下了一块块的渍迹。黑子是四天前到达这个城市的，原想和本村的六斤一样，在这里找到一家工厂，并在厂子里找一个轻松的工作。可是希望像肥皂泡一样破灭了。六斤那个厂子里的人看了他一眼，连话都没有说，摆摆手，就转身走了。黑子半晌才反应过来，人家不要他。而今，他只好和许多抱有同样希望的人一起，来到了这个包容整个城市"盲流"的晒金门广场。

　　这个广场的不远处，是码头货场，所以，乡下来的民工和黑子一样，都喜欢坐在广场的石凳上、花池边上等着货场那边的活儿上门。由于这是城市的边缘地带，除了民工，还有各色各样闲杂人等，或坐或躺，或抽着烟或打着牌，似乎在等待着什么。黑子开始来到广场时，也是为了揽一份零活儿，安抚一下咕咕叫的肚子。黑子已经放弃了四天前在乌山村立下的雄心壮志，不想挣大钱了，现在想着的是不能饿着，因为他口袋里已经没有一分钱了。遗憾的是，这四天来，他竟然没有揽到一份活儿。已有一天没有吃东西的黑子，眼前是金星闪动，实在饿得不行了。

黑子坐在那儿，不想挪动一下。他需要的是保持体力，因此他双手抱着头，躺了下来，把脚小心翼翼地伸出去。坐在黑子身边的是一个男人，长着一双老鼠眼，一看面相，就知道不是正经人。在那棵樟树下，他正坐在石椅上，和三个人围着打牌。黑子听见他们叫这个男人老猫。黑子没有事情可做，似乎他唯一的事情就是注视着这几个人，远远地看他们夸张地出着牌。已经四天了，黑子慢慢地从他们相互的称呼中知道了他们各自的名字。那三个人中，有一个是瘦得干枯的老头，头发花白，叫祥哥，祥哥穿着一件皱巴巴的西服，很少说话，但大家都对他异常的尊敬；另外的一个是中年女人，河南口音，叫炳嫂；还有一个叫蜡梅的女子，二十五六岁，抹着鲜艳的口红，染着一头黄发。黑子觉得蜡梅比六斤的媳妇漂亮多了。六斤的媳妇虽是村里的大美人，可是太胖了，这个蜡梅却像春天的水竹笋，水灵得让人忍不住想多看几眼。在他们打牌的当儿，黑子也常常偷偷地瞄蜡梅。这四个人白天都在打牌，晚上出去，回来时总是醉醺醺的，祥哥走在正中，老猫献媚似的跟前跟后，当他们在广场樟树下坐下的时候，老猫总是哈着腰给祥哥点上一支烟。还有酒喝！黑子不由得嫉妒起他们来。

长着老鼠眼的男人老猫哼着小调在樟树下坐了下来，他的酒味和樟树的清香混杂着，不时地钻进了黑子的鼻子里。

"滚开！"

黑子感到自己的双腿让人重重地砸了一下。老鼠眼的男人一手拿着牌，一手握着拳头，红红的双眼瞪着自己。黑子忽然从这双眼中看到了轻蔑和鄙视。

"把你的臭脚拿开，乡巴佬！"

黑子顿时笑起来，难道你不是乡巴佬？你不是乡巴佬到晒金门广场坐着干什么，要知道，来这里的都是乡巴佬，在这里坐着不是淘金的，是刨食的，我们都是来刨食的，你懂吗？黑子想这样说，但是他没敢说。他初来乍到，不想惹是生非。

"快出牌，死老猫。"炳嫂有点不耐烦了。

黑子蜷缩着身子，把腿从长着贼眉鼠眼的、偏偏名字叫老猫的男人身边抽了回来。黑子很不屑和老猫们一般见识，他一点也不生气，把头枕在手臂上，眼睛望着天空。阳光温暖。黑子用手按着肚子，轻轻地按着，竭力地不让里面咕噜咕噜的声音响起来。那饿得干瘪的肚皮，像是那些被太阳晒蔫了的豆秧子，被风一吹，齐整整、松软软地瘫在地垄里。黑子按着按着，像是在乌山村的太阳底下，用手抚摸着秧苗子，很舒服的感觉，风吹过来，黑子迷迷糊糊地睡着了。

二

大前年，黑子就想着出门到S城打工了。已经三十多岁的他，从未离开过那个名叫乌山村的村子，外面世界的精彩，以及六斤挣回的花花绿绿的票子，每天都在激发着黑子的好奇心。特别是那天遇见六斤后，更是坚定了他去S城打工的信心。那天雨过天晴，黑子坐在乌山村的祠堂前晒太阳，背靠着祠堂斑驳的大柱子，眯起眼睛。猛然一辆摩托车从村头嘟嘟地开进来，将泥水溅了黑子一身。六斤好像看不见黑子似的，竟然不打个招呼，就径直走了。

神气个球！黑子跺了一下脚，抖了抖衣服上的泥水，对着远去的摩托车留下的黑烟骂了一声。

六斤去外面打工发了财，他说他是在一家电子厂里装配件，干的是技术活。什么叫技术活？那就是轻巧、花脑子不费力气的活。打工的第一年，他带回了一个俊俏的媳妇，第二年，他家一座崭新的大楼房就悄然盖起来了。从六斤那里，黑子得出个结论，外面挣钱就是容易！以前的六斤，那是咋样子？可现在人家不同了，盖了楼房，娶了媳妇。去年年初，黑子终于放下架子，找到了六斤，有点谦卑地递上一根烟，说："六斤，今年你要是出去打工，能不能带我一个？"

谁知这小子双手插在裤兜里，瞄了一眼黑子，很瞧不起他的样子："带你去？也不看看你那熊样，口水挂着跟牛一样，谁要你做活？那副样子，谁要你？别以为外面是好混的，不是什么人都能挣到钱的！"黑子的脸红一阵白一阵的，他也知道，自己的长相不好。黑子妈妈在世的时候就说过，黑子邋里邋遢讨人嫌，什么好衣服给他穿，都是邋遢相、讨饭的相，不得人喜。这样类似的话，黑子听得习惯了。但六斤这一说，就算皮再厚的黑子也有些尴尬起来，搓着手，不自在地红着眼睛走了。

黑子恨死六斤了，心里嘀咕："你六斤骑你的小铁驴，我黑子挑我的臭牛粪，总有一天，我们都要死的，死了还不是六块棺材板，几根白骨头，一个样！"

可是，打工的心思一直都不得死。黑子晚上睡在床上，翻着身，总是睡不踏实。犯不着，和那小子怄气干啥呢？说来说去，人家确实弄到了钱，娶了好看的媳妇，比我有能耐，我也认了。黑子想着，披衣起来，去敲六斤家的门，八点钟了，那家还在搓麻将哩。黑子怯怯地说："六斤，和你说个事儿。"

那主子也不正眼瞧他，说："有屁就放呗。"

黑子说："刨起底来，我们还是叔伯的弟兄，你明个儿出去，带哥一起好不好？"

六斤抬头："不是说过了嘛，你能干什么事呢？脏兮兮的，给人哭丧还差不多，去去去，别冲了我的牌运。"

黑子一股气上来了，可他忍住了，他知道，求人的事，千万不能生气，一生气就黄了。他觍着脸坐在六斤的身边，抹了一把口水："兄弟，这做动脑子的活我不行，要是卖力气，我可不比别人差！别小瞧了你哥，要是你给我介绍介绍，出去也挣些钱回来，娶个媳妇，盖个房，不也让老哥潇洒一回吗？"

说得打麻将的人都笑了。大家起哄起来："六斤，你就带上他吧，穷光蛋一个，又不费你米呀盐的，顶多算你带个尿壶，水来了，让他装着。"

六斤笑了："以为我那事就是好做的吗？我是装配电子仪器，是高新技术。"

六斤媳妇也抿着嘴笑得弯腰了，拍了一下六斤的肩膀，说："啥高新技术？得了吧，你还不是给他们搬搬机器，高新技术什么时候轮到你了？你就带上黑子哥吧，找得到工作找不到工作，不见识一下怎么知道？"

说来也奇怪，这六斤，谁的话都不听，就只听他媳妇的。六斤媳妇这么一说，六斤敢不应？把麻将一推，说："好了好了，明儿你跟老子走，要是找不到事做，顶多贴个路费送你回来。"

第二天，六斤、六斤媳妇、黑子三人坐上长途汽车，一直到傍晚时分，才到火车站。黑子任六斤摆布，六斤叫他干啥他就干啥，三人的行李黑子一个人背。六斤呢，扶着他娇滴滴的媳妇，用手挡在她隆起的肚子前，上车时直嚷嚷："当心点，有孕妇，别碰着！"

上了火车，三人终于安顿下来了。黑子望着窗外蜿蜒而去的铁轨，一直向前伸着，伸到雾里，伸到云里，在云霞下，闪亮着无限的希冀。黑子又望了望对面，坐着的是六斤和六斤媳妇两口子。六斤媳妇好看极了。黑子从心底里感激她,要不是她说话,六斤会带他黑子出来找工?只是黑子心里暗暗埋怨起六斤来,这媳妇挺着大肚子,快生了,这样跑来跑去的,行吗?

事实证明,黑子的担心是有道理的。当六斤媳妇渗着汗珠,咬着牙,叫唤着肚子痛的时候,黑子不禁为自己的先见之明暗中惊叹。六斤叫黑子:"黑子,快去喊乘务员!我媳妇要生了。"黑子站起来说:"喊谁?乘务员在哪?"一脸的惶惑。六斤气急了叫道:"你这个臭豁嘴,快去喊人呀。"黑子瞪了六斤一眼,心里骂了一句:"你神气个啥!你有事求我,还这么摆谱!"黑子东张西望,也没见乘务员的影子,下了位子,边走边想:"愣小子,要不是你媳妇生孩子,我才不管哩。你媳妇人好,长得俊,我黑子心甘情愿地,要换成是你,就是痛死,也活该,我也不会去为你跑一步路!"

列车开始广播了:"有没有妇产科医生?有没有妇产科医生?7号车厢有个妇女要生孩子,有没有妇产科医生来帮助一下!"广播员的声音显然愈来愈焦急:"有没有妇产科医生?请到7号车厢!"

黑子看见一个眉心有痣的女人急匆匆地向他们的座位走来。女人很漂亮,黑子觉得六斤媳妇和她比起来,要差一大截。尤其是她眉心中间的那个痣,更是添了许多妩媚。女人急切地问黑子:"请问谁要生孩子?我是大夫,让我看看。"黑子知道这是他来城里遇到的第一个和他说话的人,并且是那么漂亮,对黑子那么尊重。黑子一时呆呆的,一句话也说不出来。六斤急红的眼睛亮了起来:"大夫,在这里,在这里。"六斤把媳妇的手递给大夫,从座位上站起来。黑子怔怔的,看到六斤媳妇脸色苍白,被一大群人搀扶着一直往车厢的前面走了。

三

此刻的黑子睡得正香。他梦见他正在晒金门广场上挖呀挖,这花岗石的地砖下面全是金子,黑子后悔没有将筐子挑来,好一筐一筐地把金子挑到乌山村。然后他把金子换成一大捆票子背回家,建起比六斤家还要大还要宽敞的楼房。因为没有带筐子,黑子急得直跳脚,赶紧将金子往口袋里揣,这时一个长着老鼠眼的男人走过来,不由分说,就抢黑子怀里的金子,黑子说:"凭什么抢我的?是我先挖到的!"那人也不搭话,只顾着抢。黑子抬头一看,后面还有一大帮人,黑压压的,都高叫着:"抢金子呀!"黑子抱着金子拼命地跑,却怎么也跑不动,双脚像是被钉在了地上。最后,黑子用尽了吃奶的力气大叫一声,终于挪动了他的腿,他将腿猛地一蹬。

黑子的脸上重重地挨了一巴掌,这一掌也把黑子从梦里打醒了。老猫恶狠狠地站在他的面前,说:"你敢用脚踹我?"

"我什么时候用脚踹你了?"黑子火了,一直能忍辱负重的黑子,现在真的是火了。是眼前的这个名叫老猫的男人在梦里抢走了他的金子,打碎了他发财的梦想,现在又在他睡着的时候,打了他一耳光。黑子抹了一下嘴角,鲜血从他的嘴里流了出来。

"流血了!你打得我出了血!"黑子大叫道。

炳嫂扭着身子过来了,把头靠在老猫的肩上。她这个动作,分明是表明老猫是个英雄,和老猫打牌的老头和年轻的姑娘坐在那里,脸上毫无表情,像是没有事情发生过。黑子受不了,特别是那个中年女妖精的轻薄相。我不能让你白打了!黑子气愤极了,一把抓住老猫的衣领,喊道:"大家看清楚了,是他先打我的,大家看清楚了!"

有几个人围了过来,但没有人为他们评理,也没有人同情被打的黑子,为他说一句公道话,大家只是一言不发地看着。要是在乌山村,早就有人出面了,他们会把打架的双方拉开,然后再说出双方的不是。这时黑子最希望的是,只要有人出面,他就会松开手,体面地退出。可这里围观的人表情都是一样的冷漠,大家远远地看着,围成一圈。

流血了又怎么样?炳嫂把手放在黑子的肩膀上,一股火辣辣的痛让黑子疼得跳了起来。黑子放开了老猫的衣领,同时看见了肩上被锋利的指甲划出的三道血印。他不能忍耐了,声音颤抖起来:"你们合伙欺负人怎的?"黑子攥紧了拳头,可是他不敢出击,只是放在胸前比画着。

老猫说:"打呀,打呀!"

围观的人跟着叫起来:"打呀,打呀!"

黑子没有动。围观的人说道:"真没劲!"大家便懒洋洋地散了。老猫用手揽着炳嫂的腰,把背转过来对着黑子。

黑子愤怒了,真想对着那个背影狠狠地打一拳。他不敢,他没有医药费去赔给人家。但他黑子也不能被人白白地打了,他要得到一个公平。因此,他不能这么轻而易举地放走打他的凶手。在乌山村,他也被人打过,但是最后他胜利了。他会一直坐在打他的人大门前,骚扰他,或者跟在打他的人的后面,让他永远也甩不掉他。人们被黑子缠怕了,只好认输。

这一次,黑子基本上还是运用了这个策略,他拉住老猫的衣角,说:"你敢打我?我不会放过你的。"

老猫转过身来,又砰地给了黑子一下。这一次,黑子的半边脸顿时红肿了起来。但是黑子还是那句话:"你敢打我?我是不会放过你的。"

老猫想甩开那双紧紧拉住他衣襟的手,可总是甩不脱。老猫愤怒了，死死地按住这个乡下人的脖子，不给他喘息的机会。一会儿黑子伏在地上，双手抱住老猫的腿。老猫意识到自己是挣不脱这个人的纠缠了，他不会在这个大庭广众之下，和一个愣头愣脑的农民工计较，尽管自己以前也是从农村出来的。他有点认输的意识了，口气也缓下来了："你放开好不好？"

黑子不作声，只是狠狠地抓紧老猫的裤子，他坚持着，在老猫另一只脚的狠踢下和炳嫂的污秽的谩骂中坚持着。

这时，瘦老头甩开扑克，慢吞吞地站起来，他用手拨开众人，站在黑子的面前。黑子看见老猫也不挣脱了，炳嫂也不叫骂了，蜡梅跟在他的后面，也一声不吭。瘦老头祥哥背着双手，围着老猫和黑子转了一圈，他的眼睛紧紧地盯着趴在地上的黑子，像是打量着一件物品，又像是要看透这个蛮缠到底死不罢休的乡下人。"跟我们干吧。"

黑子是第一次听到这个老头说话。"为什么要跟你们干？"黑子心里充满了愤怒，带着鄙夷的神情说，"我为什么要跟你们干？要我跟你们干可以，得让我先打他一拳！"黑子用手指着老猫。老猫又踢了黑子一脚，然后望着老头，说："祥哥，你看，这个好歹不识的家伙，你老还……"

老头不理会老猫，他的声音有点沙哑，但一字一句，让人听起来却不可抗拒："你不跟我们干不要紧，可你跟我们干才有饭吃。"

四

黑子接到的第一个任务就是在清风阁饭店盯梢。老头祥哥沉着脸说："要是发现从这个饭店里出来的人，是单身一人，并喝得醉醺醺的，你就得盯紧了。如果看见他走向停车场时，你就打一个呼哨。"祥哥拍拍黑子的肩说:"这是第一次,就干点轻活。"黑子不明白,为什么不用出力气,只是打一个呼哨这么简单。可万万没有想到,这盯梢也是怪累人的,开始黑子并没意识到这一点,直到第三批食客从清风阁饭店大门里走出时,黑子已经盯了两个小时了,他不由自主地打起哈欠来。

昏昏沉沉的,黑子回想起在火车上,六斤媳妇生孩子的情景。黑子在六斤媳妇走后一直在看行李,过了一会儿,六斤惊慌失措地跑来说:"不好了,医生说月英产后大出血。"月英就是六斤媳妇。黑子不知道什么叫产后大出血,但从六斤的表情看出来,他媳妇的情况很不好。

"要输血!这里上哪儿弄血去?"六斤说,"我的血型不合,黑子哥,你去试试,算我求你了。"

让老子输血给你的娘们儿?黑子心想:你刚才还那样神气,这么快就求老子了?再说,我黑子的血就这么多,都输给你婆娘了,以后还怎么干活?心里这么想,嘴上却说:"不知我的血行不行?血放掉了,还能不能干活?"

六斤说:"不能再犹豫了,黑子哥,到城里后,我帮你找个轻活。"六斤这时对自己一直很鄙夷的人喊了声哥哥,让黑子心里充满了得意和自豪。不就是几升血嘛,可别让这小子小瞧了老子。

黑子慢吞吞地跟在六斤的身后,到了列车上的医务室,他一眼就看见了那个眉心有个痣的漂亮的女医生。她用手向黑子招招,轻柔地说:"过来,先查一下血型。"黑子觉得她的声音非常好听,人家说的是普通话,比六斤媳妇说得好听多了。

验过血,随车的医生对漂亮的女医生说:"肖医生,他的血也不行,是B型的,怎么办呢?"

肖医生皱起了眉头,捋起衣袖,还是那样轻声地说:"产妇不能再等了。用我的吧，我是O型的。"

"哇，哇"一声声呕吐在他身边响起来，将黑子从回忆中拉了回来，这时，他才想起今天瘦老头分给他的事情还没有完成。黑子循声望去，看到一个矮胖子趔趄着对着花池把整个晚餐都吐了出来，馊酒味呛鼻难闻。黑子轻声地骂了一句："真作践！把粮食都白白地糟蹋了。"好不容易吐完了，黑子发现矮胖子从腰上拿出个什么东西，对着车按了一下，然后就将车门打开了。黑子激动起来，他终于等到了这一时刻，他把两根手指放在嘴里，打了个呼哨。

黑子打完呼哨后就转身走了，因为他认为到此他的任务就算完成了。等他晕乎乎地回去到清风阁饭店大门前时，忽然听到老猫的尖嗓子在拼命地叫着，仿佛要压倒一切声音似的。大门前围着一群人，像是在看热闹。黑子削尖脑袋进去一看，只见老猫正抓紧刚才呕吐的矮胖子的衣服嚷着什么，炳嫂躺在地上，哼哼唧唧地叫着痛。老猫说："不行，我们一定要去交警队的，你撞了我老婆，我们去交通警那里处理。"

矮胖子显然不愿意。他的语句也不连贯了，只听他说："你们不就是碰瓷的吗？当我喝多了，不知道你们啊？要想诈我的钱，没——没——门！"

不知什么时候，蜡梅站在了黑子的身后，她用手捅了捅黑子："去，扭住那胖子，不说别的，就扭他上交警队。"黑子终于明白了，原来这几个人在算计这个矮胖子，自己充其量只是个望风的，现在老猫势孤了，该自己上场了。哼，这个家伙一餐就要吃掉老子一个月的粮食，诈一下他也是应该的。

黑子的血涌了上来，一下子冲了上去，反手扭住矮胖子的胳膊，砰砰给了他两大拳。矮胖子痛得捂着肚子蹲了下来。

"说！是愿意挨打还是愿意去交警队？"老猫叫道。

矮胖子望了望凶神恶煞的黑子，酒也醒了一半。反正到了交警那里也是死，陪那娘们儿上医院不花个千儿八百的，也过不了关。他的态度软了下来，试探着问："哥们，要不我们私了行不行？"

"这我不管，你问他！"黑子茫茫然了，指指老猫。

"不行，得先把人治好才行。要不，你别想走。"老猫不松劲。

矮胖子说："哎呀，你们不就是碰瓷吗？别耽误时间了。"说着从包里拿出一沓钱来："这么多，五百元，够不够？"

一直叫唤的炳嫂也停下声来，睁大眼睛看着胖子手中的人民币。此时老猫的眼瞄过来，正好和炳嫂的眼神对接了一下，然后，用手挡了一下胖子的手："五百元钱就想打发我们啊？你撞坏了我老婆，她难道就值五百元吗？"老猫话音未落，炳嫂哭声就起来了，抱着肚子喊起痛来。围观的人越来越多，有人耐不住了，纷纷劝说当事人："病人要先去医院，以后的事再处理也不迟。"

矮胖子的汗已湿透了衣服，看来他受不住了。似乎像是做了一个决定，他重新打开包，又添了五张，说："一千元，算我栽了！"

老猫这回没有迟疑了，一把抢过钱来："这还差不多。"扶起地上的炳嫂，说："走吧。便宜这小子了。"

五

瘦老头坐在那棵樟树下，远远地看着他们四个人归来。老猫把一千元钱交给了瘦老头。黑子想，这大概就叫运筹帷幄吧，瘦老头祥哥不用出场，也会知道天下事的。

听了老猫的报告,瘦老头总结说:"这次黑子表现不错,不仅望风望得好,而且两下子就把那胖子的钱打出来了。这叫着什么来着?叫素质,我看人不会错的,当初我一见黑子这小子,就知道他是干我们这行的料。这样吧,一人二百,你们四个。"

黑子拿着这二百元钱,心里酸酸的。这是他来到这个城市里第一次挣到钱,想不到挣钱是通过这样的方式。他唏嘘了一下。日子又恢复到往日的样子,老猫四人仍在晒金门广场上打着牌,那棵樟树为他们遮着阳光。黑子却怎么也融不进去他们那个圈子,他还是靠着石椅躺下来,用手捏着裤袋里那二百元钱。

他伸开了双腿,这次老猫没有推开他。黑子忽然感到很惬意,同时又有点说不出的失落。

一天很快过去了,当黑子睁开眼睛,迎着满目阳光的时候,蜡梅过来,对他说:"黑子,今天又有任务了。祥哥已经和人家接上头了,这回可要好好地干上一票。"蜡梅似乎有点临战前的兴奋。

"又有什么缺德事了?"黑子无精打采地问。

"一笔大生意,搞得好的话,可以得到十几二十万,比一般的碰瓷强多了。"

"哪有这么好的事?"

蜡梅神秘地说:"当然有。不过是你没有见过。等老头来布置任务时你就知道了,的确是一笔大生意。"

到了下午,瘦老头回来了,照例是醉醺醺的,一屁股在老樟树下坐定,对四个人招招手。黑子知道又要出去了,可这次他打定主意,要是伤天害理的事,他一定不做。只听瘦老头说:"今天晚上我们要去的是济民医院,你们的任务就是一个字——哭!是这么回事,一位老人从医院的楼上跳下去死了,这是敲诈医院的好机会,我和一个姓刘的家伙也就是老人的儿子联系好了,闹丧的事我们包下来了,得到的好处四六开,我们四,他们六。老猫,你去买把锁,必要时你把大门锁了。记住一点,你们要一口咬定是姓刘的那家伙的亲戚,只有他的亲戚,才有资格去闹。"

黑子去的时候,医院的大门前早已围了许多人。祥哥不由分说,就在候诊厅里烧起纸钱来。烟顺着楼道,向楼上散去,火光映着来来往往的病人的脸,更是增添了几分悲戚的气氛。老猫扶着一个瘦高的男子。那男人憔悴得很,无力地低着头。黑子想,他一定是那老人的儿子,还沉浸在悲伤中。只听见老猫说:"大哥,人没了,无可挽回了,那就该要点钱。要钱的事包在我们哥们儿身上,看我们怎样给你弄来!"

老猫回头望了黑子一眼,说:"你闷头闷脑干啥?快闹呀,不然他们院长咋出来?"黑子没有动。他看见了一个人。

那个人就是黑子在列车上看见的,眉心有个痣的肖医生。

肖医生说:"你们的遭遇,我们当医生的也非常同情。但你们不能这么闹了,要解决问题,你们先派个代表来,我们去办公室商量。好不好?"

老猫说:"我们不是不讲理的,可以跟你去谈,不过我们要三个人一起。"他指着炳嫂还有那老人的儿子说:"我们去,跟她走,人不能这样白白地死了。"

在医院办公室,老猫说:"你们要派院长来,不然说多少也是白说,空花了我们的力气。"他指着肖医生说:"你们分明就是糊弄我们。"

肖医生说:"我就是院长。"

老猫说:"真是有眼不识泰山啊。既然你是院长,你说这事怎么办?"

"老人没了,子女痛心,我们也很同情。可是事情已经发生了,你们在候诊室大闹,会干扰其他人就诊。"肖医生说,"请你们先把烧纸钱的人散了,我们再谈正事,好不好?"

肖医生话还没有说完,炳嫂就大哭起来了:"我可怜的叔叔呀,你死得好冤呀,遇上这些没良心的东西,一句好话都没有啊。"说着就上来挠肖医生,边挠边骂:"不是你家死人,你这么王八吃秤砣——铁心肠的人,说不定你走在路上会让车撞死!"

"好了!"老猫喝道,"别哭了,我们看她怎么说。"转脸对肖医生说:"撤了烧纸钱的人不行,人死了,你得赔钱。要是让我们满意了,我们自然就不会闹的。你说,老爷子死了,你们是有责任的,你说怎么办?"

肖医生说:"你们不要激动,有话慢慢说。如果你们认定我们医院有责任,按照国家有关法规,可以通过正常途径反映。只要有关部门认定是我们的责任,我们一定按要求给予你们赔偿。"

"我们不去做什么鉴定,我们要你们赔老爷子的命来。"老猫拍着桌子说。

"不去做鉴定也可以,我们可以商量。"肖医生说,"事情发生在我们医院,我们也是有责任的,但是事发突然,从老人放在床头柜里的遗书看,老人是忍受不了癌症的折磨,才出此下策的。老人毕竟死在我们医院,我们医院也愿意给你们一点慰问金。你们说吧,你们还有什么要求?"

"什么慰问金?我们不是要饭的。我们的误工费就不算了,人命关天,没有一百万,你们休想打发我们走。不然,你们就得还我一个大活人。"

六

实际上,黑子对这趟差事极不情愿,一是因为这纯粹是敲诈,二是这敲诈的对象是漂亮、善良的肖医生。所以老头子在晒金门广场樟树下商量下一步行动时，黑子基本上是沉默不语。

晚上，老头子确定了分工：第二天由老猫去烧纸钱，炳嫂和蜡梅去挠肖医生，要有效果，给她脸上留下血印子；黑子的任务是堵住医院的大门，不让病人出入。要是不够，再加派人手。

黑子问："那你呢，你干什么呢？"

瘦老头淡淡地瞟了黑子一眼，又转过脸去。黑子看见他瘦弱的手臂在空荡荡的袖子里晃了晃，靠在了背后。老猫狠狠地踢了黑子一脚："你小子犯浑？你知道吗，大哥是不出山的，杀鸡要用牛刀吗？"

第二天，那老人的儿子和院方谈判了一个上午，老人的儿子说："不说一百万了，我们让步，就赔五十万吧，再也不能少了。没有这个数，我们就闹个天翻地覆，让你们永远不得安宁。"院方则说："是不是全是院方的责任，要由第三方进行评估，或者通过法律，要按照国家规定补偿，不是漫天要价的。"谈判没有达成。黑子看到那男人阴着脸从会议室走出来，朝他们挥了挥手。

接到示意，炳嫂和蜡梅放声大哭起来。黑子没有想到她们俩哭得那么逼真，就像她们的亲人死去了一样，听者无不动容。当肖医生从会议室走出来的时候，这二人一拥而上，就向肖医生脸上挠去。肖医生的脸让蜡梅的红指甲抓了两道血印。黑子看见肖医生白瓷般的面庞上有一滴血缓缓地流了下来，有点蒙了，他不相信眼前发生的是真的。黑子想起在列车上肖医生捋起袖子为六斤媳妇输血的景象。

肖医生捂着头与两个女人厮打，她白色的工作服也被撕开了，头发散乱。老猫用一把扇子，扇着纸灰，纸灰弥漫着，在住院部大厅里回旋。

这时，炳嫂正扯着肖医生的头发，死命地往下拽，看见肖医生痛苦地呻吟着,黑子一步跨过来,握住炳嫂的手,说:"不能这样对待她,这个医生是好人。"说着,扒开炳嫂的手指,同时将蜡梅推倒在地,肖医生趁机脱身而去。

"你到底是帮哪个?"老猫跳了起来,显然愤怒了。

"这个医生是好人!我知道。"黑子辩解道。

"滚一边去!你知道?你知道个什么!"老猫扬手一个巴掌,打到黑子脸上。

四个人沮丧着回到晒金门广场。瘦老头还是坐在那棵樟树下,远远地看着他们四个人归来。这一次,老头子似乎已经知道了事情的结果,见到他们一言不发。黑子觉得瘦老头有能掐会算的本事,他的沉默更加让人感受到一种阴冷。老猫上前说:"都怪他。"用手指了指黑子,老头一摆手:"都知道了,我们到巷子里去吧。"

"什么巷子?"黑子问。

"去了你就知道了。"老猫有点神秘地说。

黑子觉得有点不对劲,大家似乎都怪怪的。黑子看了看瘦老头祥哥。可瘦老头的目光坚定,不容任何人有任何迟疑。黑子夹在他们中间,来到一个小巷子里面,这个巷子是个死巷,虽然离晒金门广场只有100多米,但是却异常僻静。

忽然,黑子觉得头上挨了重重的一下,接着就被人推倒在地,还没有待黑子反应过来,拳脚就像雨点一样落到自己的身上。黑子在地上翻滚着,叫喊着,刚刚叫了一声,就让人用臭袜子塞住了嘴。

瘦老头说:"你小子还明白好人坏人?胳膊肘儿往外拐?老子这样做是替天行道!"

"不要打了,不要打了。"是蜡梅的声音。"你们这样会打死他的,不要打了。"黑子似乎感受到蜡梅伏下身子,护着他。被打得头晕眼花的黑子，闻到一股好闻的香味。拳打脚踢终于停下来了，等到黑子站起来，定定神看着四周的时候，瘦老头祥哥他们都不见了，只有蜡梅站在巷子口，看了黑子一眼，也转身走了。

　　黑子认为这顿打挨得不算冤枉，是自己先违反了规矩。他擦了擦嘴巴上的血，似乎不觉得身上有多大的痛楚，倒是那股香味让自己现在还在晕头转向。原来蜡梅对自己有意思，这是他始料不及的，黑子靠着墙角痴痴地想着。蜡梅是只天鹅，黑子是只癞蛤蟆。从前癞蛤蟆一直以为自己沾不上天鹅的边，想不到这只天鹅却在他黑子最困难的时候关心他，还用身体护着他。黑子感到有点幸福，这种幸福的感觉推动着他的脚步往晒金门广场那棵樟树下走去。

　　樟树下瘦老头他们仍然在玩牌，看见黑子一拐一拐地走来，并没有什么反应，像是什么事情也没有发生一样。广场上，卖豆干的、擦皮鞋的、发小广告的、等着给人搬东西的、补自行车胎的人吆喝着，却丝毫也不影响瘦老头他们玩牌的兴致。黑子忽然觉得瘦老头、老猫做的事实在是太龌龊了，我黑子别的事不行，可有的是力气，只要一根扁担和几根绳子，给人搬搬东西还是能混口饭吃的。

　　黑子在枕着扁担睡觉的大个子旁边坐了下来。见大个子没有反应，黑子也把手枕在脑后，和大个子并排躺着。"兄弟，你来S城很久了吧？"黑子没话找话。大个子还没有反应。"搬东西好挣钱吗？"黑子往大个子那边挪了挪。

　　大个子似乎有点反感，转过脸去："搬东西能挣什么钱，哪有你们碰瓷来得快？你不是樟树那边的嘛，来找我干什么？"

　　"我不干那种事了，丢人！"黑子有些气愤地说。

七

太阳照在广场上,晒得黑子骨头有点发痒。没有活干是让人难受的,更是让人焦虑的。黑子打定主意不玩老猫他们那种害人的把戏了,他要像大个子一样,干那种凭力气挣钱的活。可是一连两天,也没见有人来喊他们搬东西,大个子像是永远也没有睡醒一样,枕着那条扁担,眯着眼。

终于听见有人喊:"呃,谁和我去搬点东西?"

黑子站起来一看,是一个瘦小的、穿着一身皱巴巴的西装的家伙。黑子想城里的读书人就是这模样,肚子里有没有学问不知道,毕竟学问是看不见的,可是连一只鸡也抓不住却是实实在在的。黑子应了一声,刚要和这个瘦弱的读书人讲价时,就听到后面的大个子咳嗽了一声。

大个子不知什么时候像一座铁塔似的站在身后,手中的扁担"咚"在一声挂在地面上。黑子下意识地退了一步,他感到气氛有点不对,所以就很识趣地站到了大个子的身后。看着他们讲好搬运的价钱后,看着大个子跟着读书人走了,走的时候,大个子还狠狠地瞪了黑子一眼。黑子心想,我在这里揽活干,侵犯了谁了?大家公平竞争,是市场经济!你大个子威风个啥?

擦皮鞋的哑巴"哇里哇啦"对黑子比画着什么,黑子听懂了:哑巴的意思就是你不管怎么揽活,不能抢夺别人的饭碗,做人要讲义气。黑子对这个也明白,黑子自认为自己是个讲义气的人,但是黑子一连几天都只能吃上一顿饭,瘦老头祥哥给的二百元只剩下八元了,再找不到活干岂不是要饿死?

瘦老头那边却过得十分自在,几个人像往常一样,晚上照例喝得醉意蒙眬。黑子以前也和他们过过几天这样的生活,但现在那样的日子似乎离他很遥远了。瘦老头像是看出了黑子的窘境，他嘴一咧，蜡梅就拿着一包花生和一块面包走了过来。蜡梅笑了："还生气呢，犯不着，打你，那是规矩。吃吧，不要死要面子活受罪。"

望着花生米和面包，黑子决定饿死也不吃，他将口水咽了。可是这些东西是蜡梅送来的，蜡梅是好人，她笑起来是那么好看。黑子觉得有一种不可抗拒的力量，拽着他的手把东西接了过来。接东西的时候，黑子听见蜡梅咯咯地笑了起来，同时，樟树下那几个人也哈哈大笑起来。

黑子找大个子商量："大哥，你接活儿，我去做，做完了，你得七，我得三，行不？"大个子说："兄弟，你为啥偏要和我抢饭吃？好吧，大家都不容易，以后我要是接到活，我们一起干，三七开。话说好了，一个月以后，你去别的地方讨生活吧。在晒金门这个地方，僧多粥少，活下来不容易啊。"

就这样，以后凡是接到生意，黑子总是抢着扛，冰箱啊，洗衣机啊，家具啊，上楼下楼，都是黑子背。大个子说："黑子呀，你这小子够意思，结账时，我们一人一半吧。你是个老实本分的人，和我一样，我知道你在瘦老头那里干不长的。那是以诈骗为生啊，那四个人就是一个诈骗犯团伙。"

黑子却不乐意了："你这话也不全对，蜡梅是个好人。"

大个子说："好人？你说她是好人？她以前是个坐台小姐，身后的男人能有一个排，可自从遇到了瘦老头祥哥，那些男人都知趣地不上门了。蜡梅呢，没了来源，也干脆不坐台了，就跟着瘦老头他们干着那些碰瓷的勾当，造孽啊。"大个子说，"今天收入还不错，我们去排档喝点啤酒吧。"

"别看这里靠近码头，生意也不好做呀。你们年轻还扛得动，我年纪大了，别看个儿大，精力却不如从前。家里儿子上大学了，一年要一万多呢。兄弟，不是我和你争这点生意，我实在是挣不到钱啊。就是你们那个炳嫂，她是和老公老炳一起来S城的，老炳在工地上做瓦工，一不小心从脚手架上掉下来，送到医院，命保住了，人却瘫痪了，还不如死了干净。包工头只付了医药费和两万元补偿金。就是这样的结果，还是瘦老头出面才解决的。后来两万元补偿金又花光了，再去找那包工头时，人家因为水泥掺假，工程坍塌跑掉了。瘦老头祥哥还算是讲义气，就收留了她。"

黑子说："大哥，别说了，喝吧。"

二人咕咚咕咚喝着啤酒，黑子说："他们打我的时候，你知道吗，蜡梅用身子护着我？要不然，我早被他们打死了。就算蜡梅是坐台的，我也喜欢她。"

"喜欢个球！那是祥哥的，你敢动吗？再说，蜡梅是坐过台的，什么样的男人她没有见过？你喜欢她，可也要她喜欢你才行，拉倒吧，她喜欢你吗？"

黑子和大个子有一搭没一搭地说着。却见老猫走进店里，紧接着瘦老头祥哥和那两个女人也进来了。老猫说："哟，你这个黑炭还真的可以，挑码头挑发了，坐着喝起酒来了！不错不错。"黑子没好气地不吭声，闷头喝了一口酒。

"祥哥还可惜你是个人才呢，你咋这么快就'激流勇退'了呢？"老猫将一只脚踩在凳子上，弯着腰，老鼠眼睛眯成了一条缝。

八

"老猫！你过来，你在那啰唆什么呢？"瘦老头祥哥在喊。黑子看见老猫得意地甩了甩头，就像一只老鼠吃饱后心满意足的样子。在隔壁，瘦老头、老猫、炳嫂和蜡梅他们围坐成一桌。瘦老头皱了皱眉头说："你们知道最终赔了多少万吗？四十万！赔了四十万！那死人的儿子给了我多少？给了我们二十万！一个子都不敢少。这次炳嫂的功劳最大，给她六万，她还有个男人需要料理。"说完，瘦老头紧皱的眉头舒展开了，哈哈大笑起来。

老猫给祥哥递了一支烟，弯腰给烟点着："至于怎么分，全凭祥哥你老人家做主。"

黑子静静地在看着祥哥他们喝酒。他心里在想：那天瘦老头和祥哥打他时说了句什么替天行道的话，当时不懂得替天行道是啥意思，现在明白过来，那就是碰瓷和敲诈勒索。黑子想，做这种事，迟早是要遭报应的。

大个子说："大兄弟，你发什么愣？那是不义之财，我们不能沾。吃也吃完了，我们走吧。"两人起身往外走，不小心和几个人撞了个满怀。

黑子正要骂你没有长眼睛啊，抬头一看，是几个警察，就不吱声了。那几个警察也没有在意他，径直往老猫那个桌边走去。"你们涉嫌扰乱公共秩序，殴打医务人员，敲诈勒索犯罪，请跟我们走一趟。"黑子看见其中一个警察出示了一下证件，神态严肃地对瘦老头祥哥、老猫等四人说道。

几个警察把瘦老头那四个人带走了，黑子一直在旁边看着。从黑子面前经过时，瘦老头面无表情，而老猫却狠狠地瞪了黑子一眼。蜡梅是低着头的，黑子多想她抬头看一眼自己，可她始终低着头，一头的黄发散发着香气。黑子使劲地闻了闻，仿佛是要记住这一缕香气，或者说是把这缕香气珍藏在心里。

大个子拍拍黑子的肩："大兄弟，我们去干活吧，别愣着。"黑子望了望大个子，好半天才说："我不干了，我要回家，我要回乌山村，我要回乌山村。"

"这事和你又不相干,你不用怕。"

黑子说:"我不是怕,我只是好想回家。乌山村才是我的家,我要回家。"大个子看见黑子把手中的扁担和绳子靠在晒金门广场的那只石狮子的身上,发疯一样地跑过广场,边跑边喊:"我要回家,我要回家!"

从那天起,人们发现,晒金门广场上一下子少了五个人,冷清了许多。

倾 人 国

我是在河边林子里看到她的。那是一个早晨，她正在河边汲水，蔷薇花在河边盛开着。从树的枝丫上漏下来的阳光，在陶罐上一闪一晃的。那一缕飘逸的秀发像是要拂在水面上，潜意识里我十分热切地期待着她抬起头来。

一刹那间，我几乎完全窒息了，这一切源于对面前的无与伦比的美的惊诧。她抬起头来，对我笑了笑。这是充满阳光和无限魅力的笑，它如一种外力，摄人心魄。在这突如其来的外力的冲击下，我的马鞭不禁失手，掉在了地下。我心里这么多日的愁苦和郁结，被眼前的亮光照耀着，霎时消失得无影无踪。

我不知不觉地离开了我的随从，走到她的身边。事实上，那时候，我并没有想到这个世界上还有其他人。我看到的只是一个美丽的小精灵，那么惹人爱怜地撞击着我的心房。我用手拂开她额前的头发，在她慌乱的眸子里看到了一丝激动。

"你叫什么名字？"

"我叫丫丫。"

我说："不，那是你的小名吧？你应该有个名字。"

少女又粲然一笑："我的名字叫丫丫。"

我跟随着丫丫去了她的村庄，一个只有几间茅屋的村庄，叫骆驼坪。这是我们褒国典型的村庄,像这样的村子数不胜数。村里人对我们这一队华马锦衣人的到来,有点兴奋和不安。只有丫丫浑然不觉,她纯得如一块璞玉。她把陶罐放在肩上,加快步伐走到前面,在一间茅屋前停下来,抢先为我们打开柴门。

一个老人从柴门中走出来,站在檐下。他的背有点佝偻,花白的头发让风吹着,像一棵落光了叶子、树干上长着茅草的老树。

他有点敌意地注视着我们。

我也停下来,在马背上看着他,一动不动。我的随从也在我的身后,木然地看着这株"老树"。

丫丫从屋子里跑出来,靠着那株"老树",对我招手说:"你们快进来呀,进屋坐坐吧。这就是我的家。"

她跑动的姿态和她的笑叠在一起,灿烂而单纯。我忽然有一个想法,这个想法阴暗而卑鄙,但它那么坚强地从我郁结的心中生长出来,撑破我的血痂,慰藉了我贵族的虚荣。它竟然让我怔了半天。就是这个想法,让一个帝国从一个小小的阴谋开始,在短暂的时间内,就那么毫无征兆地崩溃了。

一

我的父亲叫褒珦,是褒国的诸侯王。也许是流年不利吧,他千不该、万不该在一个不恰当的时间去镐京朝圣,并在朝圣的过程中管了闲事。

那是前年的冬天,临近年关,我的父亲带着我和他的臣子们,还有褒国的土特产品,踏上了去镐京的旅程。

五天后,我们历经辛苦到达了镐京,那一天,正下着小雨,街道上除了公差外,空无一人。我父亲纳闷了,问随从:"偌大的京都，这是怎么啦？"众人茫茫然。于是我父亲截住一个头儿模样的公差，打听究竟出了什么事，那家伙在京都骄横惯了，怎会把一个面生的老头儿放在眼里？他轻蔑地打量了我父亲一眼，顺手一推搡，叫了声："滚开！"把我父亲推了一个趔趄。可是褒国的臣子们岂是好惹的？有个叫褒遂的卫士，撩衣上前，只轻轻一下，就把那家伙的衣领子拎了起来，就手一摔，把公差摔了个四仰八叉。

刹那间，一柄剑架到了那家伙的脖子上。

那家伙也是欺软怕硬，顿时就瘫了下来，手脚有点颤抖："有话好说，您千万别乱来，我这就回你的话还不行吗！"

我父亲示意褒遂放下剑。那人朝宫廷方向拱手道："天子选美，万民之福。可惜愚民不知高低，怕女儿入选宫中，所以镐京城有女儿的人家全关上门了，街头自然冷清了。"

我父亲说："原来是这样。你叫什么名字？"

那家伙顿时恢复了傲慢，扬起头："在镐京，谁不知道我叫尹虎，你一个乡下人，想怎么样？"

我父亲轻轻地说："山野之人，多有得罪，还望海涵。"

尹虎拍拍身上的灰尘，恨恨地望了我父亲一眼，走了。

褒国的随从愤愤的，觉得便宜了那小子。但我父亲说，我们千里迢迢来到镐京，在天子脚下，还是不要惹是生非才好。大家很快忘记了这件事。晚上，我父亲吩咐人找到了一家旅馆安歇，刚刚住下，就有个佝偻着背的老家伙敲门拜访。一看相貌，这人就不讨人喜欢。我父亲称他赵叔带。后来的一切事端都是由这个老家伙引起的，要是没有他，就没后来的事情。可我父亲对赵叔带这老家伙，却是特别敬重。两人喝着酒，喝着喝着，赵叔带哭了起来。

我讨厌大男人拉长腔调哭泣。

好不容易等他哭完了，这老家伙一抹眼泪，就和我父亲商议起事情来。我听到赵叔带说，"宫涅现在是什么话也听不进去了，这样下去，天要亡我大周啊。"我父亲点了点头，很是赞同地说："有没有别的办法进谏呢？"赵叔带说："想不到好的办法。那天太史伯阳父出了个主意，不知行不行？我也拿不准，得知你来到镐京了，所以就过来征求你的意见。你是外臣，宫涅也许会听一点你的意见。"

我不知宫涅是谁，后来才知道他就是天子周幽王。我也看出来了，赵叔带倚老卖老，以顾命老臣自居，背地里叫天子的名字，天子要是知道了，会怎么样呢？

我父亲苦笑了一下："我在天子眼里算个啥？外臣还不是一样。"又侧过身问赵叔带："伯阳父有什么主意？说来听听吧。"

"最近岐山不是发生了地震吗？"赵叔带说，"岐山是我大周的发祥地，岐山地震了，那还了得？伯阳父的意思是借地震发挥一下，敲一敲宫涅，让他知道地震是因为他失政引起的，借助天意，这样也许能让他收敛些。"

他们很秘密地商量了一个晚上。第二天，我父亲整装上朝，去拜见周幽王。我父亲到达朝廷的时候，赵叔带这老家伙已经和周幽王争执起来了。他捶胸顿足，白须飘扬，大声地叫喊着，似乎情绪很激动："山崩地裂，为什么不在别的地方，偏偏在岐山？你说，为什么在岐山呢？是因为岐山是我们周朝的根本，是我们的风水龙脉。龙脉都崩了，那是国家的不祥之兆。这都是天子不理政事，贪图享乐导致的。希望天子能勤政恤民，马上停止遍访美色，这样才能消弭天灾啊。"

他唠唠叨叨，我看见周幽王早就不耐烦了。连我都看得出来，周幽王是顾念赵叔带三朝元老的面子，一直在忍着。周幽王也不是傻子，你赵叔带牵强附会，指桑骂槐，我周幽王就是白痴一个,相信你的鬼话?周幽王一点也不信,他非常恼火,不是恼别的,恼火的是赵叔带把他当作傻瓜。况且,要他立即停止选美,怎么可能?

还是虢石父聪明,一眼就看穿了周幽王的心思。

虢石父一看周幽王的脸色不对,马上趋步上前。他也是顾命老臣,但很谦虚,不像赵叔带那样声嘶力竭,情急之中,一点也不顾礼节。虢石父说:"现在我们的国都在镐京,岐山已经不知是哪年哪月的事了,再说,岐山地震,与天子有什么关系?你这是自作聪明,借岐山地震诽谤君主,是别有用心,你以为天子不知道你的小把戏?"

虢石父又抬了一下头,用眼角余光瞄了一下座上的周幽王,见周幽王怒色不变,便乘机又进一步:"作为大周天子,享受几个美女有什么关系?平民也有三妻四妾,何况是天子?普天之下,莫非王土。率土之滨,莫非王臣。土地是王的,人也是王的。赵叔带一而再、再而三以此等小事犯上,若不惩罚,怕是会有人效仿的。按我大周律法,赵叔带应罢官流放,逐归田野,以树王威。请我王明察。"

周幽王巴不得把赵叔带赶出去,好让耳根子清净些。这下虢石父的话正合心意,可他还是假装着叹息了一声,然后说:"你是司礼的官员,要流放赵叔带,我的确是有点不忍心,但为了国家,为了国家的威严,天子也不能破坏律法,那这件事也只好按你说的办吧。"周幽王闭上眼,挥挥手。他的手还没有落下来,就有两个武士上前,架起赵叔带就朝门外走去。我心想,这个不识时务的老家伙,这下倒霉了吧。可我没有想到,紧接着发生的事,让我措手不及,目瞪口呆。

正在我胡思乱想的当儿,我父亲向前跨了一步,跨出了队伍的行列。他忘了把带来的土特产的清单敬献出来,忍不住对周幽王大叫道:"我王啊,你不畏地震这倒不是什么大事,要是你把赵叔带这样的贤臣都赶走了,我们大周朝的社稷将不保啊。希望你好好地反思一下啊!"

这不是对王说话的口气,可是我父亲的话说得太直接太激动了,也许是看到赵叔带遭黜逐的缘故。赵叔带是三朝老臣,周幽王对赵叔带还有点客气,可是对我父亲就没有那么客气了。本来心里窝着一肚子气没处发泄,这下倒好,有送上门来的了。他呵斥着说:"你的意思,我大周要是没有赵叔带就要灭亡吗?"周幽王气得站了起来,大叫道:"这是你对我说话的口气吗?快,快把这个乱臣贼子关进地牢里去!"

周幽王的手抖动起来,指着我父亲:"我要你在牢里待着,睁大你的眼睛,看我离了赵叔带到底成不成!"

我一时蒙了,天晕地转,也不知道父亲是怎么被架出去的,我自己又是怎么离开王宫的。

我无奈地回到了褒国。

父亲被囚,我整日焦虑不安,又无良策,便百无聊赖地打发着日子。由于不忍心看着母亲啼哭和流泪,我常常离开王宫找乐子。就这样,两三个月过去了,我不是带着家奴去城东郊打猎,就是在市内逐鸡斗狗以排遣忧愁。

我就是在那天打猎的时候遇到丫丫的。从此那个小村子骆驼坪,变成了我魂牵梦绕的地方,我脑子里一天到晚都是陶罐晃动的影子,都是丫丫那灿烂纯洁的笑容。从我入人世以来,已经过了二十个年头了,如今才第一次真正地遇到了如此国色天姿的姑娘。这种怦然心动的感觉,偶尔出现在由于我父亲被囚引起的忧郁的心情中,它时隐时现。这两种感觉奇怪地融合在一起,让我有些亢奋。但是当我冷静下来时,我才发觉自己不仅仅是处在这样一个复杂的时光里,而且还处于一个矛盾的旋涡中。

因为那天我在骆驼坪村冒出来的想法一直在困扰我。

我在考虑着,是否要把我在那个村子里冒出来的想法告诉我的母亲呢,但是潜意识里,我总是听到有一个声音在喊:"不能啊!做这个决定前,要考虑好啊!"因此我犹豫着,在花园里来回走动。

在我的脑子里面,似乎有三方在角力。一方是无瑕的丫丫,一方是身陷囹圄的父亲,夹在中间的是泪水不干的母亲。特别是母亲的泪水,像针一样刺着我的心,它让我最后战胜了自己。我终于鼓起勇气,把我的想法对母亲说了,母亲听了,先是怔了一下,继而欣喜地同意了。就在和母亲说完这个主意后,我忽然觉得自己很卑鄙,同时我觉得我已经永远地失去了最美好的东西。

母亲一个劲儿地夸我,一个劲地抹着眼泪:"洪德,你长大了,懂事了,是个孝顺的孩子。你可以为母亲分忧了,你知道,最近母亲最焦心的事情是什么。不管这事能不能成功,你有这份心,我们很是欣慰。"

那天,我对母亲是这样说的:"母亲,我找到了一个绝代美人,她叫丫丫,在我们褒国一个叫骆驼坪的小山村里。如果我们把丫丫这样一件贵重的礼品送给周幽王,一定能换回我的父亲。"

二

我做这个决定时,心里一直在狠狠地咒骂着自己。在咒骂的同时我的心也隐隐作痛。

但是我必须救回我的父亲,必须为我说过的话负责。第二天,我策马驰向那个山里的小村子——骆驼坪。这一次我带了三百匹布帛,全是上好的布帛,除了这些,我还带了一顶轿子。这些布帛压得马车的车轴吱吱作响。就在昨天,我早已派人和那个形如枯树的老头讲好了价钱，他同意我们用这三百匹布帛买下丫丫。在坑坑洼洼的路上，马车颠簸的响声十分刺耳，让人烦躁不安。

此后的事情一切如我所愿。

一顶小小的轿子抬着丫丫到了褒府。她有点茫然地站在那里，拉着我的衣角，怯生生的。府中许多仆人和丫鬟，都围拢过来看。她们心里想的全都是一样，今天少爷载到府中的这个绝色美人，到底是长得什么样呢。事实超出了她们预期，当她们见到丫丫时，所有人全都是咋舌屏气，觉得丫丫是天仙下凡。可这边呢，丫丫从没有见到过这么华丽的府第，也没有见过这么多的人，在众人的围堵下，她直往我的身后躲藏，仿佛只相信我一个人，相信我就是她唯一的保护者。

母亲走过来，拉着她的手，亲切地问："叫什么名字？"

"丫丫。"她低着头。

母亲"哦"了一声，回头对我说："丫丫，小名吧？到我这里总归要有个正式的名字吧，洪德，你就给她起一个名吧。"

我想了想：她是我们从那个可恶的、姓姒的老头那里买来的，就叫姒吧。但不管她是从哪里来的，她现在是我褒国的人，况且今天又到了我们褒府了，成为我们褒府的人了，那——

我挠了一下头，说："就叫褒姒吧。"

母亲笑了，自从父亲被囚禁以来，她还是第一次露出笑容。"好，好，那就叫褒姒吧，首先给她个雅致的名字，下一步就是培养她的才艺了。洪德，这事就交给你了。要请最好的老师，教她歌舞。"

母亲眯着眼睛，端详着褒姒，像打量着一块璞玉，她心里在想，接下来的事情，就是怎样来雕琢这块璞玉。

褒姒穿上了我母亲为她准备的衣裳。

她似乎天生就是和美连在一起的，穿上新衣以后，越发楚楚动人。我击了一下掌，意思是让她在我面前走两个来回，我想看看她焕然一新后的样子。事实上，褒姒的表现超过了我的想象。她的步伐无比轻盈，转身的动作充满了说不出的韵味，如玉的面庞上有着一种很高贵的气质。我忽然看不清别的什么了，在我迷离的眼中，我只看见一个动人的影子在大厅里走动。

母亲满意地离开了。

等母亲离开后，我情不自禁走上前去，像在河边那次一样，轻轻地用手拂开她额前的头发。

褒姒微笑着，一动不动。

我拥她入怀，她靠在我的怀中，像一只小猫。我吻了一下她的额，闻到了一股清香。就这样，我们每天都在一起，拉着手，在花园中的亭子里，看太阳落山，看月亮升起。有时候，褒姒把头枕在我的腿上，一句话也不说。我们沉浸在欢悦中，忘情，忘我，忘掉了尘世中的一切。

忽然我听到身后轻轻地一声咳嗽，回头一看，是母亲站在我们的身后。她严厉的眼光看着我，一言不发。

我的脸红了，我沉醉在与丫丫在一起的欢乐中忘记了自己的使命。

我请来了乐师和舞师。

他们从后夔击石拊石、夏启排奏《九歌》的故事讲起，褒姒呢，从宫、商、角、徵、羽这些最基本的五音学起。老乐师是个盲者，在我们那个地方，他有着最高的音乐造诣。他虽看不见褒姒的模样，但他分明能感觉得出她是个美丽聪慧的女子。他的讲解很系统，讲解之后，便开始弹奏，在弹奏的时候，常常让褒姒和着他弹出的音符演唱。歌舞相通，褒姒的舞蹈才能似乎是与生俱来的，在舞师的点拨下，褒姒雪白的长袖如梨花乱飞，舞动着四月的春意。

在褒姒沉浸在歌舞中的时候,我总是坐在一旁,微笑地打着拍子,有时情不自禁地为她叫声好。她认为我干扰了她的学习,对我做出嗔怪的样子,嘟着小嘴,让我离开。我却装着没有看见,故意不走开,她也无可奈何。

褒姒喜欢笑,褒姒的笑是最迷人的。

唱歌和跳舞给褒姒带来了快乐。自从来到我家,我看到褒姒是快乐的,有时,我随意地逗她一下,她也咯咯地笑个不停。

我和褒姒之间的关系愈亲近,周围的人对她的敌意也就愈强。一开始,我们褒家上下对褒姒的到来,感到新鲜;特别是女人,这些女人身份迥异,有已嫁人的,也有待字闺中的,有官宦人家的,也有平民家中的,她们先是由衷地赞叹褒姒的美貌,后来又是由衷地惊叹褒姒的歌舞才华,现在呢,她们每个人都怀着不同的心思,总体以嫉妒居多。每当褒姒走过来的时候,她们便装着没有看见,而当褒姒笑吟吟地和她们打招呼时,她们才点个头,眼睛就去看别的地方了。褒姒觉察不到这些细微的变化,仍然快乐得像一只鸟儿,从她们身边飞过。这时,总会有那么几个的女人,"呸"的一声,把瓜子壳吐在褒姒远去的背影上。

"她那得意劲儿,你看!"

"不就是仗着公子宠爱嘛,其实她并不是十分漂亮的。"

对褒姒不利的传闻已经传到我母亲那里,可我母亲沉稳如山,不动声色。

我和褒姒的爱情还在继续,可我的母亲却在冷眼观察着这一切。老乐师已经教完了褒姒所有的课程,提着谢仪离开了。那个女舞师排练的时间也少多了,只是在上午时操练一会儿,余下来的时间,就是我把褒姒带到后花园里,听她唱歌。后花园里有一间小屋,那是褒姒就寝的地方。

下雨了，褒姒拉着我的袍袖挡着雨，咯咯地笑着，把我拽到她的小屋里。小屋收拾得很整洁，屋中弥漫着一股淡淡的香味。那香味拥着我，冲击着我所有的感官。我有点情不自禁了。

她说："我很喜欢这里。你看，东西摆得好吗？"她指着窗台上那一朵花。

我看着她的脸，没有说话。

屋子里没有椅子，于是褒姒和我坐在床上。她的头靠在我的肩膀上，大眼睛傻傻地看着我的脸。

"别离开我，好吗？我们永远在一起，生生世世。"褒姒说。

我默不作声。

"答应我，好吗？"

我没有说话，也没有点头，我没有答应她任何事情。因为我不能够承诺什么，对已经是作为交换商品的褒姒。

褒姒并不知晓我们的阴谋，此刻的她对未来美好的生活充满了憧憬。

转眼过去了半年，舞师的课程也结束了。我清楚地知道，这些课程的结束，对我意味着什么。尽管我知道不可能的，我还是那么着实地挽留了一下女舞师，我的理由是褒姒其实还要培训一段时间，因为她的技艺还不是那么精湛。我要的是褒姒成为一位最出色的舞者。我请求女舞师留下来，再教她一段时间。可女舞师坚持说她已经教完了她所有的绝活，这些已经足够了，褒姒已经非常优秀了，已无须再教了。看着我手足无措的样子，女舞师意味深长地看了我一眼，这一眼仿佛是看透了我全部的心思。事实上，褒府上下，谁都知道我的心思，可是她们所有的人都不声张，把一切都放在心里，好像是静观其变。

训练结束了，我却没有丝毫将褒姒送到镐京的意思。

对于我的所作所为，母亲也并不追究。难道她不为救出父亲而着急吗？她怎么不催促我即刻将褒姒送到周幽王的身边呢？后来我才知道，母亲的看法更为深远：褒姒不仅是换回我父亲的一个砝码，她更是要成为一国之后，单单凭她的美貌这一点，我母亲就深信不疑。其实，母亲从政治上考虑，倒是希望我和褒姒的爱情更上一层楼。因为这个爱情，在今后相当长的时间内，就是我们整个褒国的护身符。

母亲让褒府里所有的人给予褒姒相当大的尊重。

可是，人们的逆反心理让事情总是走向它的反面，他们在背地里对我们的议论也愈演愈烈。我在全府人的心里或者说在我们褒国的国人的心里，已成了一个不孝之子，因为我洪德为了一个女人，全然不顾父亲的安危，不顾国家的安危；褒姒呢，被大家描述成一个善于迷人心窍的狐狸精，她迷住了褒国的公子洪德，使他成了一个不忠不孝之徒。女人们在嗑瓜子的时候，"呸"的声音更响了。

褒姒还在笑着，她不知道周围发生的一切以及将要发生的一切。

我们仍然在相爱着，只不过其中一个人的心中忐忑不安，而另一个人的心却不设防，洋溢着无限的甜蜜。

母亲终于忍不住了。

有一天，她对我说："是时候了。"

我明白她的意思，我知道大限到了。如果我请求母亲留下褒姒，放弃我原来的计划，那么以后我在褒国将无地自容。而从另一面看，这件事对褒姒来说一定是个晴天霹雳，虽然她只是个奴隶，必须无条件服从，但是我们的爱情，已经成为比我们的生命更为重要的东西。我该怎么对褒姒说呢？

蔷薇花开着，这是一种普通的、美丽的，但是在什么地方都能生存的花朵。蔷薇是恋的起始，爱的誓约。我和褒姒就是在蔷薇花开的河边相见的。而此刻，花园墙边的蔷薇花依然开着，只是花香在微雨过后，淡去了许多。

我拥抱着褒姒，她头上的香味和蔷薇花的香味混杂着，不甚分明。

"过几天我要送你到镐京去。"

"那里好玩吗？"

"那里是个大都市，车水马龙的，楼台亭阁，不可胜数。"

"有蔷薇花吗？"

"有的，有很多，还非常香。"

褒姒咯咯地笑起来，欢快地向前跑去。她举着一束蔷薇花，孩子一样，对我招手叫道："快来呀，我们要去镐京啦，去镐京啰！"

三

我载着褒姒颠簸着，踏上了去镐京的路。褒姒的快乐和我的忧愁一路泼洒着，裹着飞扬的尘土，离开了西风古道。

在镐京，我举目无亲。怎么能见着周幽王呢？赵叔带已经被逐归田野了，只有虢石父和尹球两个奸人才能见到日日欢娱、不理朝政的周幽王。我在我父亲曾经住过的馆驿住下，静静地等待时机。

在馆驿住下的那天晚上，褒姒才知道我这次来是要把她送给周幽王，才知道我们要用她换回我的父亲。她没有哭，只是以往的笑容一下子就没有了，怔怔的，像是不认识我似的。她的心中升起了失望和愤怒，我看到了她的眼中充满了对我的鄙视。倒是我先流了泪，我抱着她的腿，乞求她的原谅，我说，我也是被逼的，是国人和母亲给我以压力，我不这样做是不行的。

我说:"褒姒,我们是褒国人,对吧?"

"嗯。"

"为了褒国,我们愿意牺牲一切。是不是?"

"是的。"

"你要是不去镐京,你不去服侍周幽王,我们褒国就会遭受灾难,就会亡国,你知道吗?"

褒姒似懂非懂地点点头。

我说得够冠冕堂皇的了,并且特地强调是"我们"。但我心里知道,这不过是我一个"美丽"的借口,一个"高尚"的引诱。看着她木然的样子,我为我的欺骗,感到羞耻。我的脸微微发红,心也有一阵子绞痛,我把褒姒抱在怀里,泪水湿了她的双肩。我们已经无回头路可走了。"要是你觉得我残忍,你就恨我吧。但是为了我们这个苦难的国家,请你一定要按我说的去做。从今往后,你就是我的妹妹,是褒国的公主,我们在公共场合以兄妹相称吧。"

褒姒点点头:"哥哥,我听你的,我全听你的,只是你不要忘记我。"她伏在我的怀里,大声地恸哭起来。我知道,这倾盆的泪雨已经说明她原谅我了。

下一件事就是怎么能见得到周幽王呢?

我忽然想起了虢石父。这个周幽王的宠臣,是以贪婪而闻名大周的。我将我带来的金子装在箱子里,派人把礼单送到虢府。虢石父有一双极细的小眼睛,眯起来上上下下地打量着我们,然后笑了,他笑起来,显得格外亲切。

找这老家伙真的找对了,第二天,周幽王宫涅就宣我上殿。我拜舞之后,便挥挥手让褒姒上来。褒姒一上殿,就如一道光亮从门外照进来。周幽王看呆了,大周国的朝臣们看呆了。显然,褒姒的美丽是他们从未见过的。

虢石父出班启奏："大王啊，褒珦自从冲撞您以来，自知罪孽深重，悔之不及。他的儿子洪德——"虢石父指指拜伏在殿下的我说："日日不敢懈怠，为赎父罪，将自己的妹妹褒姒献上。我观四方官吏办事不力，所送美人都不及褒姒之万一，可见洪德之心诚。请我王将功折过，放了褒珦，以显我大周奖罚分明。"

周幽王早就被褒姒迷住了，也没有听虢石父说了什么，就挥挥手道："就依卿所奏，放了他吧。"

"不行。"三公之一的尹球出列奏道，"大王不可，这褒珦是一方诸侯，如今一定对囚禁之事怀恨在心，今其子献美人是迫不得已，倘若这么轻易地放他回去，无疑是放虎归山。况且这褒珦狂妄至极，曾公然在镐京殴打巡市官，全然不把朝廷放在眼里。这褒珦万万不可释放啊，请我王明察。"

虢石父说："褒珦已是后悔不及，哪敢再出异心！况且他的女儿将贵为天子妃，一家之人，何分彼此！若不放褒珦，将失信天下，以后谁还敢这么尽心为天子做事？"

尹球急了，慌乱中说："虢石父一定是收了褒珦的好处，才这么热心地为这个褒珦脱罪，请我王明察啊。"

"我看尹大人是为了公报私仇。去年褒珦来京进贡时，尹大人的弟弟尹虎因为出言不逊，曾遭褒珦手下羞辱。今天尹大人这么强烈地要留下褒珦，莫不是想借此机会公报私仇？这根本不是从国家的大局着想，会伤了国家的诚信啊。"

二人说得都有些道理，周幽王一想，就有点后悔了，刚才不该那么爽快地答应放人，可是话已说出去了，又不好收回了，便道："你们不要吵了，这个我自有主意。褒珦是要放回去的，他的儿子洪德就留下来吧。"

尹球说："我王英明，这主意好。"

虢石父看了我一眼，意思是他已尽责了。同时我也明白了，我将作为人质长期地留在镐京了。转念一想,这对别人是郁闷的事情,对我来说却是遂我心愿的好事,因为留在镐京,见到褒姒的机会就多了。只要能见到褒姒,让我干什么我都愿意。

周幽王转过头来对我说:"听说你很能干,就暂且在宫里吧,既是美人的兄长,就替我管理琼台吧。"幽王急着要带褒姒回宫,不耐烦地对大臣们挥挥手:"你们都不要再说什么了,有事明日再说,现在,快退了吧。"说着,就下阶来,挽着褒姒离去。褒姒在出宫门的时候,回过头来,流着泪望了我一眼,眼神复杂而迷茫。

我在宫里留了下来,成了管理琼台的官。这琼台高数十丈,可望一百里,东有修竹,西有荷田,清风徐来,皓月可摘。那天,我亲眼看见幽王挽着褒姒进入了这个琼台,一连两个月了,也不见人出来。我的心像被火焚烧着,烧成了一堆灰烬。我有时想,人要是没有心多好,可是谁能做得到呢?

一个多月以来,我都没有见到褒姒,我感到无所事事,所以每天都去宫外的小酒馆喝酒。一天,我觉得浑身不自在,天阴沉沉的,太阳苍白地躲在云层里,几只乌鸦围着宫殿飞了过去,我预感有事会发生。

就是那天我从小酒馆喝酒回来的时候,看见一个叫雁儿的小宫女,正在水边悄悄地哭。我叫她过来问:"你哭什么?"

雁儿慌张张地说:"没什么。"

我看见她左边的脸肿起来了,所以坚持要她说出缘由。"谁打你了?"小姑娘哭得更厉害了:"你还不知道吗?是太子宜臼打的。褒娘娘也让他给打了。"

"让宜臼给打了?怎么回事?"

雁儿说:"刚才你不在这里,天子也不在,太子故意带好几个人来琼台糟蹋花园里的花儿。"她指着那零落一地的蔷薇花瓣:

"就是这,你看。我不让他们摘,他们就打我。"

"那褒娘娘?"

"褒娘娘听到我们的哭声,就出来看看怎么回事。太子宜臼从她后面出来,一把抓住她的头发就打,把娘娘打倒在地,踢了好几脚,边踢边骂娘娘是贱婢,还说要见一次打一次。"

"娘娘伤得重吗?"

"嘴里都流了好多血呢,现正躺在床上哩。"

我默不作声,担心褒姒,不知道她究竟伤势如何。现在最要紧的是要有一个和褒姒见面的机会。我掏出一把碎银给雁儿,说:"拿去吧,回去对褒娘娘说,事情我都知道了。以后褒娘娘有什么消息,要及时告诉我。"

雁儿把银子放进袖子里,千恩万谢地走了。

整整一个下午,我坐在小酒馆里想:太子宜臼无缘无故找碴,必是王后指使。王后依仗娘家申侯势力,对褒姒万般刁难。我的心隐隐作痛,我只觉得褒姒孤零零地、无助地生活在深宫中。这一切,都是由于我的欺骗和阴谋而起。

正想着,有宫女进来传周幽王口谕:"自即日起,不允许任何无关之人出入琼台。褒国公子洪德可在琼台自由走动,以便保护褒妃。琼台各门要严加管理,不得有误。"

我一看,传话的宫女正是雁儿。我焦急地问:"褒娘娘怎么样?"

"已经好多了。大王回来后,见褒娘娘被打成这样,气得把太子宜臼传过来,大骂一通。太傅、少傅被吓得头也不敢抬。然后大王就把宜臼贬到了申国去了,说是要他舅舅教训教训这小子,这太不像话了。贬谪这件事大王谁也不让说,所以连王后都不知道。大王摔坏了好几个杯子,宜臼顶撞了几句,大王就把桌子也掀翻了,让宜臼即刻动身,不许任何人通报王后。东宫的官儿,太傅、少傅啦,全部罢免了。这下可为娘娘申了冤,也让我们做下人的,出了一口气。"

雁儿四处看了看,轻声地对我说:"公子,娘娘要我带话给你,她一切都好,叫你不要牵挂。娘娘还说,等大王上朝时,你在西边假山那里等她,她要见你。"

我不禁惭愧起来,作为一个男人,不能保护自己心爱的女人,只能独自在小酒馆里借酒消愁,不是连昏庸的周幽王也不如吗。惭愧之余,我又暗自庆幸,经过这次风波,我可以在琼台自由走动了。这样我就可以为褒姒分担忧愁和委屈,即使做不到这些,我也可以每天看到她,只要每天能看到她,我就心满意足了。

周幽王会按例上朝吗?在我的记忆里,已经两个多月了,这家伙一直待在琼台里,围着褒姒打转转。想起褒姒传来的话,我一夜没有合眼,祷告了好几个时辰。好不容易挨到第二天,周幽王宫涅还真的出去了,我在暗处瞄着他出了宫门,就赶紧跑到假山那边。雁儿早就等在那里了,见我一来,就举起手帕对着身后摇了摇,这一摇不要紧,褒姒看见手帕,就从后院里探出头来。

见到褒姒,我的心就像干柴一样燃烧起来。我们躲在假山后面的小洞里,拥抱着,抱得非常紧。褒姒还是和以前一样,傻乎乎的,让我带她走。我说:"你不是答应我了吗?为了褒国,我们愿意牺牲一切吗?你记住,我们是为了褒国。"褒姒点点头,我知道,要是骗她,对我来说是轻而易举的。

"可是,哥,我实在受不了她们的羞辱,她们打我,抓我的头发。虽然不在一起,但我知道她们每天都在背后骂我。还有周幽王,他让人恶心。"

我知道褒姒说的"她们"是指王后。王后有显赫的家族背景。她的父亲申侯脾气暴躁,并和犬戎交好。申国比褒国要强大十倍，所以申后在宫中的势力是无人能敌的。

我说："褒姒，我们在人家这里，能做的只有忍耐、忍耐再忍耐。我们能逃到哪里去？我们是出不了这深宫之门的，假如我们能逃出去，又能逃往哪里去呢？即使我们不逃回褒国，褒国也会因为我们而遭殃。"

我拥着褒姒，替她抹去眼泪。

我享受着约会的快乐，战战兢兢地、不断地变换着约会的地点。我很清楚我是在玩火，总有一天，这火会将我烧得粉身碎骨。但是，我不能控制自己，强烈的负疚感和不可遏制的爱的欲望驱使着我，让我在火中一次一次得到兴奋和快乐。

一个炎热的下午，雁儿跑过来告诉我："公子，娘娘好像病了，恶心呕吐得厉害。"

"吃了什么不洁的东西吗？发烧吗？重不重？"

"那倒没有。不重，就是时好时坏的，要吃酸的东西。"

我明白了，褒姒是有喜了。按时间推算，这应该是我和她的孩子。我抓了一把银子给雁儿："快，你让娘娘快到这里来，我有话要和她说。"

我目送着雁儿向后宫跑去。就在她跑进后门的一刹那，我看到一双眼睛在一棵槐树的后面放着光。这种光犀利无比，我觉得我的五脏六腑都一览无余地被他看在眼里。我认识这个人，他是从宣王时候起就在宫中做杂役的老宫人余松。

四

我是个善于利用一切的人，得知褒姒怀孕的消息后，我有了一个更宏大的计划。这个计划就是，我要让我的儿子当上太子，让大周从此流着褒姓的血液。我抚摸着褒姒的肚子，那里寄托着我一生最伟大的希望。

十月之后，褒姒不负我望，为大周，确切地说是为我，生下了一个儿子。雁儿第一次抱着他出来的时候，我看见了他的眼睛，和我的一样亮得如同星星。他的名字叫伯服，我把伯服抱在怀里，心里扑扑地跳着。小家伙对我很亲昵，用小手把我的手指抓得紧紧的，一个劲地往嘴里送。

我情不自禁地亲了他一口，他笑了，我注意到了，他是非常喜欢笑的，他的笑容就像当初的褒姒一样，那么可爱、纯洁。这是我的骨肉，这是我一生的寄托和希望，也是这个世界上最大的秘密。我不仅造就了他的肉体，我还要造就他辉煌的人生。我忽然想到了虢石父，他是一个在朝廷中地位不凡，又极为贪婪的人，正是因为贪婪和权势，我才有机会接近他并借助他，才能铺开伯服通往太子宝座的道路。

虢石父知道我的来意，他漫不经心地用手掂量着我送给他的金子。我猜想他在掂量金子的同时，也在掂量着后宫业已发生的微妙的变化。

我们天南海北地谈着，话题又绕回来，说到了太子。

他说："我们明人不说暗话了，你的来意我是清楚的。"

他对我说："太子已经被逐出外家了，过几天我把立伯服为太子的想法和王说说，先探探王的意图。你放心吧，王非常宠爱褒娘娘，一定会有所考虑的。"

我拱手谢道："全仗先生扶持。"

虢石父说："也不能操之过急，目前最重要的剪除申后的势力，能剪除多少就剪除多少，这一切全靠娘娘自己了，不然，伯服就是被册立为太子了，以后还有后患。我所做的也不是全为了你，我也是为了大周的千秋大业着想啊。"

"先生所说甚是，我们都是为了大周。"

可是褒姒那么单纯，她岂是申后的对手？我只能亲自在暗中帮她，我让家人从褒国捎来了大量布帛，并将这些布帛散发给服侍褒姒的宫人。她们开心地接受了。可做杂役的老宫人余松在我的赏赐面前默不作声，他甚至没有对那些贵重的布帛看上一眼，就慢吞吞地拿着笤把走了。宫里人都说，余松是个疯子，在宫里三十多年了，也没有见过他和谁说上一句话。

可以说，除了申后那里之外，整个后宫里的人都被我买通了。钱能通神，这话在我的身上，无数次得到了应验。做完了这件事，我主要对付的就是申后了。我让一个叫红玉的小厮在申后居住的宫门前盯梢，从此后宫的一举一动我都了如指掌。

我从来没有想到我会这样做，一切似乎是水到渠成。我像一个高明的棋手，在大周帝国的皇宫里得意扬扬地布置着一枚又一枚棋子。从不说话的老杂役余松常常自言自语："天要变了。"他还指着晴朗的天空对宫人们说："天要变了，天真的要变了。"我不理会这个疯子，现在的我踌躇满志，但这种踌躇满志中依然有着对申后势力的警觉。那天红玉告诉我，说申后的宫中进去了一个陌生的老嬷嬷，红玉问宫人，她是干什么的，申后宫里的人说是给王后看病的。我立即意识到事情并非那么简单。因为申后的病从来都是由太医瞧的，怎么忽然让民间的医生去瞧病呢？

守门的宫监也是我的心腹，他们也留心到了这个陌生的嬷嬷，两个时辰以后，她出来了。我就坐在木窗的后面观察着这个老女人。她手捧着彩缯，喜气洋洋，显然是刚刚得到申后的赏赐。我的眼睛是犀利的，我从这佯装高兴的脸色后面，看到了一丝惶恐。这种惶恐从老嬷的躲闪的眼神中暴露无遗。

"赏赐不错啊。"我阴沉着脸，围着她转了一圈。

"老妾为王后诊脉，"老嬷动了一下手里的东西，"王后体恤下人，才有这么厚重的赏赐。"

"恐怕这里面大有文章吧？"

"什么文章？老妾不认识字，哪里懂什么文章呢，公子说笑了。"老嬷睁大了眼睛，似乎不懂我说什么。

我一看就知道她在装傻，冷笑一声："这里面怕是夹带了什么吧？"

"哪里的话，"老嬷抖开彩缯，"不信你看。我们虽是乡下人，手脚还是干净的，怎敢拿王后的东西？"

我不看她抖开的彩缯，却径直走上前去，一把扯开她的衣襟。老嬷死死地护着胸部，我看见她的手捂住的地方，露出了一截白绢。在宫监们抽出白绢的时候，老嬷便脸色煞白，瘫作一团坐在地上了。

白绢上写道："当今天子无道，为妖婢所迷，让我们母子骨肉分离。妖婢生子之后，愈加张狂，买通群臣及宫人，欲立其子伯服为太子。事情紧急，不及相商，你可暂且上表认罪，请求宽赦，只要能来镐京，我们母子重逢后再想办法对付妖婢。"

得到此书，我不禁喜出望外。此乃内通外戚，意欲谋反的证据啊。我将此书递给褒姒，让褒姒等幽王退朝后，在他面前假装啼哭，待幽王问起时，再将白绢递给他看。褒姒对我的话是唯命是从的，便按我教她的方法，将白绢拿给幽王观看。周幽王弄清事情的原委后，认得是申后的笔迹，顿时勃然大怒，传令将送信老嬷牵来，没等她说话，就取出剑，在琼台前将她一剑挥为两段。

老嬷的血流着，分成两股。我亲眼看见这两股鲜血，冒着热气，慢慢地渗入青砖铺就的地面中。

现在申后对褒姒来说，已经不是什么障碍了。周幽王不在的时候，我和褒姒的约会也更加大胆了。但是我总是觉得有一双眼睛在背后盯着我，那是一种绝望而无奈的眼神，是申后？还是那个神秘的杂役余老头儿?

那天老杂役余松扫地时,忽然停了下来,悲愤地对着天空叫道:"昨夜牝鸡司晨,大周将有灾难啊!"

没有人理睬他,人人都当他是疯子。

没有事的时候,我总是去找虢石父喝酒。这老家伙对我是异常的客气,我们熟悉了以后,他总是隔三岔五地请我吃饭。以前,是我将大把、大把的金子送给他,现在恰恰相反,他时时表现出对我的殷勤和曲意的逢迎。我知道这是因为褒姒,褒姒在宫中的地位日益巩固和上升,使我的前途更加光明。虢石父这样的投机小人怎能不清楚这一点?

我们谈着谈着,就谈到了褒姒。

虢石父说:"你知道天子现在最忧虑的是什么吗?"

我摇摇头。

"褒娘娘自从进宫以来,一直没有笑过。大王用尽了法子,也没有使得娘娘开怀一笑。你是她的兄长,你知道这是什么缘故吗?"

我知道什么缘故。因为我知道褒姒憎恶宫涅,她爱的是我,她是一个单纯的人,喜怒哀乐全都写在脸上,你说,整天面对一个不爱的人,她怎么笑得出来?但这些我不能说,倒是我灵机一动,对虢石父说:"褒娘娘忧心的是伯服能不能被立为太子的事。大王千秋之后,少不得是宜臼为君,而宜臼那么恨娘娘,等到那时,申后母子岂不是让娘娘死无葬身之地?有这样一桩心事,褒娘娘哪里还能笑得出来?"

虢石父点点头:"你想得有道理。何不就最近老嬷之事借题发挥,废了太子,也好让娘娘放心,褒娘娘一放心,自然会笑,这样就会让天子开心了。"

听了这话,我拱手谢他:"若先生有此意,我就先谢过了。"

娘娘有此心意久了，此事全仗先生作成，此事若成，先生上体君意，免除了今后的国家之患，那就是我大周的第一功臣了。"

其实褒姒哪里想过这样的问题，始作俑者，操纵事情进程的一直都是我。我不过是假借褒姒的地位探了虢石父一把。我摸透了虢石父的心思，对付这种小人，无非就是功名利禄。

从虢石父家出来，我来到了蔷薇花池边。在花丛中站着，我长长地吁了一口气。这些蔷薇栽种之处，原先是一个牡丹园，可是我讨厌牡丹的华贵，它总是散发着不可一世、盛气凌人的气息。在我管理了琼台之后，我愤愤地让人锄去了它们，并在它们生存过的地方，栽上了蔷薇，这些蔷薇有着旺盛的生命力，它清香四溢，在墙角，在池边，在一切可以生长的地方，恣肆地怒放着。褒姒不在的时候，我常常一个人坐在蔷薇丛里，看着蜜蜂嗡嗡地在花间飞舞。

为了万无一失，我还要拉拢尹球这个家伙。

因为尹虎之事，尹球一直对我有很深的成见，但没有根本利益的冲突。我深知将他拉入我们阵营的必要，多一个朋友比多一个敌人好。

我选择主动拜访。不出我的意料，尹球和虢石父一样，也是一个见风使舵的人，他对我的态度热情得比虢石父有过之而无不及。除大颂褒姒的贤德之外，他还主动为我出主意，怎样怎样地能让伯服当上太子。他说："内有娘娘枕边之语，外有我等协力扶持，何愁大事不成？只是事成之后，全靠娘娘提携。"

说着，叫出帐后的尹虎来，向我赔罪。尹虎拍着胸脯说："公子以后若是有用得着我之处，尽管吩咐，在下赴汤蹈火，万死不辞。"

就这样，我、尹球和虢石父，有时候尹虎也在场，我们称兄道弟，在酒席间，各怀鬼胎。但我相信，我们都是利益中人，为了利益,我们走到了一起。

我告诉褒姒:"我们要成功了。"

可褒姒说:"现在没有什么能给我快乐,你的那些事,都是男人的事,我一点也不感兴趣。"我知道褒姒的不快乐在哪儿,也知道我这样投入地做这件事的动力在哪儿。

终于没多久,在早朝之时,虢石父上前奏道:"老臣听说最近宫中和外戚来往密切,为社稷考虑,我王不得不察啊。"

一句话,正中周幽王的心思。虢石父这老家伙不愧是此中高手,他自己想说的话,却要它从周幽王嘴里说出来。

周幽王说:"王后怨恨于我,恨不得我早死。我早死了,她就可以作威作福了!这是天下之母的德性吗?况且勾结外戚,就是觊觎寡人的江山,这是不是罪大恶极!"说到激奋处,周幽王拍案而立:"你们说说,这样的人,按律该当何罪?"

虢石父抓住了这个时机,既达目的,又做了好人:"王后是六宫之主,其父申侯又是一国诸侯。虽然王后有罪,还请我王格外开恩,按律从轻治罪。如果王后失德,就请天子传下旨意,废她为庶人,另择贤德的妃子,立为王后。这样王后才能真正做到母仪天下,为我大周万民造福。"

"可废申后这婆娘之后,立谁为后呢?"

尹球说:"褒娘娘贤德贞静,立褒娘娘为后,实是众望所归。"

周幽王说:"我现在担心的是太子。他在申国,我如果将他母亲废了,那这小子将来不记恨我一辈子啊,说不定会做出什么事来。"

虢石父说:"我王不必忧心。臣听说一句老话叫作'母凭子贵,子以母荣'。既然太子之母的王后之位已废,那太子就不是太子了!我王顾念亲情,那太子在花园侮辱褒娘娘时,有没有顾念您的亲情呢?若立褒娘娘为后,那伯服自然就是太子了,这样名正言顺，就会得到大家的拥护。我们愿意扶持伯服进入东宫，为了社稷！"

第二天，旨意就下了，褒妃成了王后，立伯服为太子。我后来听说，太子宜臼在申国，听得此事，哭倒在地，被人掐了人中半晌方醒。宜臼心中的失落和伤痛，就是他年轻冲动的代价，也是他侮辱褒姒的代价。

五

一切都如人愿，可从来没有人见过褒姒开颜一笑。周幽王叫来最好的乐师，丝弦钟鼓，让宫人排演歌舞。周幽王端着杯子，瞄了一眼褒姒，只见她仍是皱着眉头，没有一丝笑容。他有点失落和懊恼，忙传旨停了歌舞，让这些人离开，回头看看褒姒。这个绝世的美人楚楚可怜的姿态又让他的失落和懊恼烟消云散。他揽她入怀，轻声地说："爱妃既然不喜欢音乐，我就让他们撤了。你喜欢玩什么，就对我说。"

褒姒扭过头去，说："我什么也不喜欢。"

"不，你肯定有喜欢的事情，只要你说出来，我一定满足你，让你高兴。"

"我真的什么也不喜欢。"

"那你笑一个给我看看。美人的笑一定非常美的。"

褒姒看了看幽王，又看了看在大殿下站着的我。她的眼里有了晶莹的泪珠。此时她一定想起了褒国，想起了我和她在一起的快乐的日子，可能她也想起了那个申后宫中传信的老嬷。忽然她像疯了一样，对幽王说："我喜欢听撕彩缯的声音，你去给我撕那个彩缯，别的不行，就要那个彩缯！"

"哪个彩缯？"

"那个替申后传信的老嬷嬷的彩缯!"

"好,好。你为何不早说?"幽王忙不迭地答应。连忙叫人将那些彩缯拿来,亲自去撕,顷刻间,宫中"嗤啦"的裂帛之声不绝于耳。宫人们看着周幽王笨拙地撕着彩缯,满头大汗,手足无措的样子,全都掩口而笑。周幽王见此,撕得更来劲了。

不一会,那些彩缯全被撕毁了。周幽王回头看看,褒姒依然没有笑。

幽王问:"为何不笑?"

褒姒嘟着嘴:"我笑不出来,我生来不喜欢笑,怎么办?"

我心中像是打翻了五味瓶,不知道是什么滋味。以前在褒国,褒姒是爱笑的,可以说,褒姒是天生就爱笑的,她的笑容美丽,她的笑可以让人忘忧。而今笑容离她太遥远了,这都是因为我,用阴谋之剑,斩断了她的快乐。

对于男人,愈得不到的东西就愈珍贵。褒姒的话,反而激起了周幽王的雄心。他捧着褒姒的脸对她说,不管怎么样,我一定让爱妃一开笑口。

我承认,从某种意义上来说,周幽王比我对褒姒更用心,我将褒姒作为一个商品,一个可利用的工具;而周幽王把她当作一个比他的生命、比他的江山都重要的东西。可事情总是不以人的意志为转移的,褒姒爱的是我,无论我怎么对她,她都是爱我的;而无论周幽王怎么对她,她都是讨厌他的。周幽王始终不明白褒姒为何不笑,他永远也想不到,那是因为我,没有我,她不会快乐,她是不会笑的。事情往往就是这样奇怪。

告示贴出去了:谁能让褒娘娘一笑,将得到千金的赏赐。

整个国家沸腾了。一笑值千金!太史伯阳父摇头叹息不止:"大周灾难不远了,大周亡国不远了。"文武群臣迷信太史伯阳父的话,一时间,他们弃职归田,散去了一半。他们分散到全国各地,把所有的失落感和过错杂糅在一起,全部归结到褒姒的头上。即使在宫里,我所遇到的情形也是一样。那天,我在琼台值日时遇见了老杂役余松,他冰冷的眼神盯着我,将一桶水"哗"地浇在那些蔷薇上,水把花的叶子都冲得翻了过来。他用一种拖长的腔调唱道:

"灾星隐翳,亡国将至,岐丰之地,沦为焦土。"

我的火气忽地蹿上来,本来我是想狠狠地揍他一顿的,但想到他疯疯癫癫的,也就不想和他计较。我拎起剩下的半桶水,对着他的头浇了下去。

在后宫,褒姒依然没有笑。

周幽王把虢石父召来:"什么办法都用尽了,王后始终不笑,你看该怎么办?"

虢石父笑道:"还有一个办法没有试过,不知可行得?"

"快说。"周幽王有点迫不及待,"只要能让王后一笑,都拿来试试。"

"大王还记得烽火台吗?先王为防西戎入侵,在骊山之下置有二十余座烽火台,台中又置有大鼓。一旦有寇,立即命人放起狼烟,这狼烟直冲霄汉,周边诸侯看见烽烟,听见鼓声,就会发兵勤王,到那时,鼓角相鸣,其势非常壮观。"

"你是说燃起烽火,让王后看看那个气势?可这样做是不是有点过分啊?"

虢石父说:"大王不要多虑。这些年来,我大周在我王的治理下,繁荣盛世,一片太平。自我出生起,就没有见过有人敢侵略我大周,烽火台早就成了摆设了,已经没有什么用处了。要是今天我们再把它用起来,博得褒娘娘一笑,那还能发挥一点作用。"

"可是,这能让她笑吗?"

"狼烟一举,诸侯一起奔波而来。最好选择在夜间,大王您想,要是在夜里,那火把会把整个天空都全部照红了。这么多人来,却没有遇到贼寇,您说好笑不好笑?试想一想那些勤王的诸侯和窘态,褒娘娘看了一定会开心的。"

"太好了!"我在周幽王的身边,看见他高兴地咕咚喝了一大杯。可阶下那些一直鸦雀无声的臣子,这下子响起一片争论声。我觉得这些人真是怪性子,这么长的时间可以一言不发,可一说起话来,就像煮了一锅粥。有个叫郑伯友的,红着脸,出列对周幽王说道:"虢石父这个人该杀!烽火台是先王号令各地诸侯的东西,信誉是何等重要!要是无端地点火放烟,是调戏诸侯啊,调戏了诸侯,就失去了信用,以后还有谁相信您啊?"

郑伯友激动起来,向前又走了一步:"失去了信用,要是真的外寇来了,我们点起烽火叫人,诸侯不来咋办?"

"不要拿战争来吓我!"周幽王说,"现在天下太平,凭什么要打仗?国家费了许多钱粮,养了那么多看烽火台的士兵,可烽火台自我出生后,压根儿就没有使用过,那就是个摆设!现在要借这个烽火台消遣一下,你们就这里那里的,要是出了事,有我担负,和你们有什么关系呢,笑话啊你们!"

事情就这么定下了。

那天夜里,二十余座烽火台一起举火,像一条火龙,逶迤数百里,那鼓声也如雷般地擂起来。褒姒和周幽王坐着一辆马车,从琼台驶到骊山脚下。宫女们兴高采烈,像去看一场浩大的演出一般,带上了好多好吃的东西。只有褒姒上车的时候,看了我一眼。我看见她的眼神是幽怨的,我低下头来,不敢再面对她。我心里在想:这烽火戏诸侯真的能使褒姒开颜一笑吗?夏日夜晚的骊山,清风拂面,笙歌四起,天上悬挂着罩满金环的弯月,散着数点星星。只是在遍野的火光中,月亮和星星显得有一丝惨淡。

周幽王在喝酒，宫女在翩翩起舞。我们在一旁等待，等待一出惊天动地的大演出。我偷看褒姒，她坐在周幽王的身边，漠然地看着那些裸足的女子，在亭子里，轻歌曼舞，风情万千。

几个时辰之后，我们忽然听见乐师的弦"砰"的一声断了，宫女们的舞蹈全停了下来，大家一同把脸转向山下。山下，人欢马嘶，不绝于耳。我们知道，这是附近的诸侯点将带兵来了，我真的佩服他们的速度，几百里地，他们几个时辰就到达了。旗子和火把像一条长蛇，从四面八方游向骊山脚下。勤王的诸侯列着队，无比严肃地站在山下，等待周幽王的出现。顷刻，整个骊山下面一片肃静。身披铠甲的将士们拱手待令，打着令旗的传令兵来来回回地穿梭着，从山顶向下看，这些传令兵就像火龙前面戏火的明珠。

可是许多时间过去了，也不见周幽王出来，只见山顶上灯火通明，笙歌再起，觥筹交错，一派歌舞升平的景象。将士们一头雾水：这是怎么回事？不是西戎入侵吗？怎么不见敌寇，却见歌舞呢？

"哈哈，"周幽王站在亭子里，对前来勤王的诸侯宣旨，"哈哈，爱卿们辛苦了，爱卿们辛苦了！"他摇摇晃晃地端着酒杯子，把端着酒杯的手伸向诸侯，"今晚不是因为外寇的事情，是因为多年没有使用过烽火了，今天只是和大家玩玩，验证演习一下。还有一件重要的事情呢，就是为了博得你们的褒娘娘一笑。这么多天以来，她都没有笑。好了，好了，愿意听歌的留下来，不听的先回去吧。"

周幽王说完大笑起来，道："好玩，好玩。"前来勤王的诸侯面面相觑，才知道自己被玩弄了，他们愤愤地解下盔甲，扔到地下。打旌旗的，也把旗子卷了起来；拿兵器的，把兵器倒拖着；最后走的是伙夫，他们挑的锅碗瓢盆，也乱七八糟地滚了一地。

望着他们那种失望的表情和狼狈的样子,我们真的忍不住大笑起来,宫人们都笑岔了气,我偷偷地看看褒姒,她终于笑了!褒姒笑的时候,月亮都躲到云层里了。

我由衷地希望褒姒能笑一笑,这样,能减轻我的内疚。当我看见褒姒笑的时候,我的心里一下子轻松了许多。我说:"笑了!她笑了!"

宫人们相告:"褒娘娘笑了!"

虢石父拱手对着周幽王:"恭喜大王,褒娘娘终于笑了!"

周幽王跑过去,痴痴地看着笑出眼泪的褒姒,激动得手足无措。他转身对虢石父道:"爱妃一笑,百媚俱生,这都是你的功劳啊。不要着急,我周幽王说话是算数的,不用你提醒,我会赏你千金的。"

"传令下去,赏虢石父千金!"

我站在旁边,心里酸酸的。我不能给予心爱的人一丁点儿关爱,而我身边的人却给了她无限江山。褒姒应该笑,为一个这么爱他的人大笑一回。

六

宫中的生活是郁闷的。在郁闷中,许多无名的情绪在我的心里一点点地生长。我像所有的被情敌击败的男人一样,嫉妒、自卑、多疑。我和褒姒见面的次数也渐渐地变少了,其中的原因全在于我,因为我在接到雁儿传来的信息时,也是无精打采的,懒得给她任何的回应。

有一天,雁儿递给我一块布绢,上面写着:"你为什么不理我?"我拿着绢子不语。雁儿说:"王后约你黄昏时在假山后面见。"说完,匆匆地走了。

周幽王一直以为我们是兄妹，我和褒姒的约会，即使被周幽王发现了，也没有什么。但是，要是约会太频繁了，总会让人起疑。所以，我们尽可能地隐蔽一些。即便如此，我也常常觉得我的后面，有许多眼睛在盯着。

褒姒走向我，莲步轻移。这么多日子没有见到我，加上我对她也表现得极为冷淡，所以，当她第一眼看到我时，早已泪雨婆娑。

我的心软了，轻轻地拉住她的手，她的手僵硬了一下。我不知道她是羞怯，还是惶惑得不知所措了，只是感到她温软的小手试图从我的手中抽离，又感到她正将一种震颤输入我的身体。我情不自禁，扳过褒姒的小小的肩膀，紧紧地抱住她。

就在那天黄昏的约会中，我们遭到了暗算。在我抱住褒姒的那一瞬间，我听见一个什么东西"嗖"的一声掠过我的头盔。随后，我看见我头盔上的帽缨从我的头上落下来，那帽缨被风吹着，飘飘浮浮的，像一根颤抖的羽毛，慢慢地落进了池水里。我本能地推开褒姒，用身体挡住暗箭射来的方向。

褒姒已经被吓得花容失色。

谁放的箭？

箭就掉落在我的脚前，我弯腰捡起这支箭，仔细地端详着，它很有特色，和一般的箭矢不同，这支箭不仅短小，而且箭头有倒刺，总之，它是一支不平常的箭，我第一次见到。我仓皇地爬上假山的顶部，瞭望四周。偌大的院子里，没有一个人，除了老杂役余松佝偻着身子在扫着垃圾。

我问他："看见有人来过这里吗？"

他咳嗽着，摇摇头，不发一言。

"有没有见到带弓箭的人？"

他的咳嗽声越来越大，越来越急，像没有听见我的话一样，紧紧地握着扫帚,低着头扫地。落叶和灰尘高高地扬起,呛得我打了一个喷嚏。我知道再问下去也是白搭,这个老眼昏花的宫人,怎么能看见这么敏捷的杀手?我打了一个寒战,仿佛感受到周围一片黑暗,那黑暗中闪烁着无数的眼睛和冷笑。

我懊恼地骂了一句。

我很清楚,明的不行,他们就来暗的了。我发誓要找到这个施放暗箭的人,他一定是想置褒姒于死地。我想除了申后的余孽,那还有谁会这样干呢?而且他们一定藏在宫中,只要找到箭矢,或者说一张弓,就能找到那个杀手。但毕竟是我和褒姒私会时,被人施放冷箭的,所以查找凶手,必须悄悄地进行。我让侍卫们暗中一间一间地搜查,但一个月过去了,我一无所获。

其后一件事情的发生,让我更加谨慎和胆寒了。那天,我忽然听到后宫里有一声凄厉的惨叫,很快就变成了一阵呜咽。

春妃是先于褒姒来宫的,据说也来自民间。来自民间的春妃天生丽质,她的美貌如同牡丹花,热烈而张扬,这和长期在宫中贤淑的女子迥然不同,春妃的别具一格很快就得到了周幽王的宠爱。可是没有多久,褒姒的到来,改变了一切,春妃又很快遭遇到冷落。美丽的女人总是善妒的,她不断地在申后面前搬弄是非,最后她发现申后也不能自保,这一切都无济于事时,她失望了。

于是不甘寂寞的她和镐京有名的浪子郑建勾搭上了。出于对周幽王的愤恨,她选择了大胆地爱。她本来就来自乡间,正处于叛逆的时期,她出宫时和郑建成双成对,毫不避嫌。这种事的后果,使他们付出了惨痛的代价。

春妃和郑建的私通,引起了周幽王的大怒。有一天,满街搜索的卫士终于在一个胡同的小吃铺里将二人抓获。宫人们剁去了春妃的手指和脚趾,那一声声凄厉的惨叫,就是这个倔强的妙龄女子在行刑的过程中发出的。春妃的手指和脚趾散落在地上，像一只只苍白的蚯蚓。她的血在那个老嬷的血曾经流过的地方流着，结局也是一样，那就是慢慢地渗入青砖铺就的地面中。

我不知道那青砖铺就的地面中到底渗过多少人的血？在老嬷被砍为两截之后，我又在春妃事件中目睹了残酷行刑的过程。对于浪子郑建，我看见身长八尺的他被装进一个大竹兜里，几十个大汉围成一圈，大家吆喝一声，用棍子将他活活地打死了，其实我很佩服这个郑建的，作为浪子，在棍棒交加中竟然一声不哼，我想，也许他对春妃的这段情是无悔的。

就在第二天夜里，我听说春妃自杀了，她用三尺白绫结束了年轻的生命。

其后的一天，褒姒见到了我，第一句话就是："哥，我怕。"

我知道，春妃的事对她刺激很大，我和褒姒的事情，一旦被发觉，又将会怎样呢？我不敢想象。从那一天起，我似乎有点恍惚。在恍惚中，我常常大白天就出现幻觉，夜晚的时候，这种幻觉更甚。有一天夜里，我看见浪子郑建背负着一只大竹笼，滚过败落的蔷薇花丛。春妃的影子投在城墙上，妖娆艳丽，雪白的脚踝无比诱人，滴血的手指似乎在召唤着我，妩媚的笑容后面藏着郑建怨怒的目光。

这个后宫里充满了嫉妒、哀怨、暴力、阴谋和血腥。

我又回到小酒馆喝酒。秋风在窗外呜咽，黄花耷拉着，花瓣枯萎。从冷箭和春妃事件以后，我像一只兔子，警惕地对待着身边的一切。

小酒馆里除了一个穿着黑衣的武士没有客人，显然他是从很远的地方赶来，风尘仆仆的，坐在一个角落里饮酒。他的刀靠在桌边，用一块布裹得严严实实。因为只有我们两个人坐在这里，因此，我不敢大意。在我吆喝着小二上酒的时候，那个武士注意到了我，他转过头来，就在他转头的那一刹那，我们几乎同时叫起来："公子！"

"褒遂！"

褒遂单膝跪地，对我行了礼。我问他到镐京来有什么事情，是不是家里出了事了？褒遂说，主公派他来是有要事相告。

我看看四周，对他说："这里安全，你说吧。"

褒遂说："据我们褒国安插在申国的线人报告，申国正在准备一场战争。他们招兵买马，结好犬戎，为报申后之仇，申侯还召集了许多死士，正加紧训练。主公让我们多加提防，特地命我来镐京保护公子。"

"申侯想进攻镐京？"我笑了起来，"就他那点兵力？有点不自量力吧。别说镐京的军队足以应付，要是烽火一举，四方的诸侯一来，申侯能跑得了嘛，岂不是瓮中捉鳖。不过，若是犬戎参战，情况就复杂了。"

这样想着，我并没有把褒遂所说的话当回事："既然你来了，就跟着我吧。"虽然如此，我还是吩咐红玉盯紧申后的一举一动，若是申侯有举动，必然会在后宫有所反映。我之所以被人射断了帽缨，说明申后依然在宫中有一股势力。当务之急，就是要切断她和申国的一切联系。

秋雨淅淅沥沥地下了起来，我坐在琼台的台阶上，看着宫灯在风雨中飘摇。让我静一静吧，我挥挥手，叫褒遂先去歇息。天黑了下来，夜色渐渐地深了。每当这时候，就是我最难熬的时分，我想起老嬷的彩缯，老杂役余松的扫帚，申后锥子一样的眼神，烽火台下失望的诸侯，还有褒姒在骊山上的笑。它们乱七八糟地回旋在我的脑海里，将我的头弄得很晕，慢慢地我在台阶上睡着了。

我做着各种恐怖的梦。我梦见老杂役余松指着我的鼻子说：

"大周的灾难到了。"老杂役余松的身边跟随着一群狰狞的小鬼,他们呜呜地叫着,围着余松转着圈圈。开始那些小鬼们朝我扔石块,我拼命地往褒国跑,那些石块雨一样地落在我脚后。后来褒姒在山脚的转弯处出现了,她对我笑着,笑得让我的心发疼。那些小鬼一看见她,就一窝蜂涌向她,扯她的衣裳。褒姒吓得哭了,这一哭不要紧,引来了申后,她狠狠地把褒姒的手拉过来,用剪刀剪掉了褒姒的手指。我大叫一声,醒了。

那是一个阴沉的下午,周幽王下朝后,站在琼台的第四层上,居高临下,大发雷霆。我听见他骂的全是市井俚语,我真的弄不清大周王和街头的混混到底有什么区别。骂了一会儿,周幽王气冲冲地向后宫走去。我不知道发生了什么,只是觉得与申后有关。瞅个空儿,我问褒姒:"今天宫涅怎么啦?"

褒姒也不知道,一般来说,周幽王什么事都要和褒姒说的,只要褒姒问起。但这一次,当褒姒问他的时候,他却将壶摔了。

我敏感地觉得,一定是发生了不一般的事情。我找到了虢石父。他客气地对我行礼,我们盘膝坐下,家奴上来为我斟了一杯酒。我呷了一口,问:"幽王今天怎么啦?在琼台大发雷霆,一定是发生了什么事了吧?"

"他们到底还是有所行动了。"

虢石父叹了口气:"这个申侯,今天上书给我大周天子,说什么天子宠信褒娘娘,废嫡立庶,要是不收回乱命,亡国不远了。言辞狂妄至极,可见其早有准备,意在谋反,所以敢如此肆无忌惮地指责天子。"

我忽然想起褒遂所说的话,申侯欲作乱的意图得到了印证。在我出神的时候,我听见虢石父笑着说:"申侯这样做没有什么,顶多只是惹得天子生气罢了。这样对他也没有什么好处,只会给申国带来灾祸。另外一种情形就是他要谋反,这并不可怕,他准备十年我也不怕，申国才多大，能撼得动镐京吗？"说完，他哈哈大笑起来。

虢石父并不知道，申侯已经联合了犬戎。犬戎英勇好战，一直是大周的心腹大患。我没有对虢石父说这些，是因为我的心里盼望着天下大乱的那一天。

我装出非常同意虢石父想法的样子，因为我知道，虢石父今天的想法，就是周幽王明天的想法。我希望他们在大意中丧失一切，包括褒姒。

褒遂按照我的指令在一个客栈里秘密准备好了马车，这个客栈在北郊外一个隐蔽的地方。我还买了一匹好马，系在离琼台不远的院子里。没有人的时候，我就一个人坐在院子里的树下，看着这匹马。这是一匹多好的马啊，它驰骋起来一定快捷如风。一切准备就绪，就等着暴风雨的到来了。可是天空每天都是晴朗的，偶尔飘过的只是一两片云彩。我望着天空，为什么不下雨？下得越猛烈越好，我早已厌恶这种煎熬人的生活，如果大雨来了，我愿意站在雨中，发泄掉这么多天以来的郁闷。

我看见宫人们抬着一个大的红漆的木盆进了琼台，后面的宫女们抬着热水、拿着香草。我知道，这是要给褒姒洗浴了，洗浴就是褒姒将被宠幸的标志。我仿佛看见褒姒那凝脂般的肌肤，在出浴后，全罩在一层淡淡的幽怨之中。同时我也仿佛看到幽王那肥胖松垮的肉体。我感到自己无法忍耐了，我大叫一声："天啊，快下雨吧！"

七

似乎有一道闪电划破了夜空，我从这闪电的光亮中，听到了此起彼伏的喊杀声和战马的嘶鸣声。突然的变故把这些抬着热水的宫女惊吓得不知所措,她们慌张地将水桶掉到了地上,热水烫痛了她们的脚,她们呵着气,一个劲地在地上跳动着。

我们感到恐怖,但都不知道发生了什么。

喊杀声和战马的嘶鸣声越来越强烈。镐京城内一片慌乱。后宫里的宫女们在庭院里团团转,胆大的宫人爬到琼台的围栏上,伸头向外面望着。那四处移动的火光将琼台照耀得如同白昼。

虢石父匆匆来到门前,被我拦住。

"快,快,快去禀报天子,说申侯联合犬戎,已经包围了镐京了!"虢石父向背后推了推他佩带的长剑,催促我说,"快,快去禀报!"

事情早在我的意料之中,没想到今天来临了。我对虢石父说:"稍等一会儿,我就去禀报天子。不过,你带着剑,不能入宫。"

我慢慢吞吞地走进琼台,一路上都是慌乱奔跑的宫女,她们像没头的苍蝇,嗡嗡的,四处都是。终于在琼台的顶层,我找到了周幽王。褒姒靠在他的肩上,白色的衣带在夜空中飘荡,如同仙女一般;周幽王扶着琼台的栏杆,向前瞭望着,那烟尘擦着他的面颊,正慢慢地裹紧他站立的这座晶莹的、在当时是最伟大的建筑。

"禀告大王,申侯联合犬戎,已经包围了镐京了!虢石父在台下求见。"

"还不快放烽火!"周幽王大叫道。

虢石父已经进来了,说:"已经派人去点燃了。"他用手一指:"天子请看,烽火已经点起来了。天子放心,很快四边的诸侯就要来了。"

骊山的烽火台上,烽烟如一条乌龙,在天空上盘旋着。顷刻间,这条乌龙变成了二个、三个、四个……在夜色中向前传递着。

"不出两个时辰,诸侯们就来了。到时候,我们内外夹击,这些反贼就会如同瓮中之鳖,无处可逃。"虢石父显得很兴奋。

我看见周幽王的脸色缓和下来了,大笑着,对着台下面乱跑的宫女,骂了一句市井俚语。几乎在同时,他突然想起了什么,对我说:"你去,去将那个娼妇斩首!"

我知道他说的是申后,我拿着剑,带着两个随从就去了后宫,在走过一道道幽深的宫门之后,我终于看见了申后。烛火摇晃,她蓬头垢面地坐在烛影里,背对着我们。我站在她的背后,发现她正用手在衣服的里面捉什么东西。她聚精会神地做着这件事,对我们的到来没有丝毫反应。

这就是从前那个高傲的王后吗?

我们看清楚了,她在捉虱子。每捉一只虱子,她都要将它放进身边的一个小碗里,然后用针将虱子刺死。

现在,在我的眼里,申后就如同一只虱子,我手中的剑就是那根针,我要像她用针刺死虱子一样,将她杀死。我一步一步地走近她,剑在颤抖。

申后没有回头,她依然在聚精会神地捉虱子。

就在我的剑落在她颈部的那一刹那,我手中的剑掉了下来。一支箭射在我的剑柄上,震得我的手发麻。

箭掉到了地上,这是一支短小而又有倒刺的箭。

我回过头,看见老杂役余松站在我的面前,举着那把扫帚。那把扫帚的末端,一支发亮的短箭指着我的胸部。

"原来是你,看来我低估了你。"

"你走开,不然我一箭射穿你的喉咙。"余松压低声音对我说。

我紧紧地盯着那带有倒刺的箭头,它在夜里闪闪发光,那是阴冷的光。卫士四散开来，围住了这个老家伙。

"叫他们滚开！"余松的箭又朝着我进了一步。

我的脚底泛起了一阵寒意。我挥挥手，示意卫士退后。而我自己，就这样和老杂役余松对峙着。在这当儿，我目睹着申后缓缓起身，她拍了拍脏兮兮的衣裳，带着蔑视的目光看了我一眼，然后还是背对着我，慢慢地走出后宫，消失在竹林之中。我的眼睛冒出火来，我是第一次让人这么劫持着，眼睁睁地看着自己的猎物逃脱。可面对着那闪着阴冷光芒的箭头，我无奈地闭上了眼睛。

当我睁开双眼时，余松不见了。他没有射杀我。这是我一直想不通的事情。他是申后的人，完全有理由杀死我。当我去杀申后时，他的箭只射中了我的剑柄，没有射向我的胸膛。

我带着这个疑问回到了琼台。所幸的是周幽王见到了我，并没有问及申后的事情。他大概觉得，让我去杀一个手无缚鸡之力的妇人，必是万无一失。这时候周幽王所关心的，是烽火已经点燃了两个时辰了，还没有见到一个勤王的诸侯。

周幽王有点沮丧地走下琼台，在宫门外迎头遇到司徒郑伯友等一干人。他们怒气冲冲侍立两旁，齐声叫道："请大王诛杀误国之贼！"

"谁是误国之贼？"幽王喝道。

郑伯友道："虢石父烽火戏诸侯，失却国家信义，正是误国之贼！如今西戎入侵，诸侯却无一人前来勤王，实乃先前失信所致。请大王诛杀虢石父这个误国之贼！"

"请大王诛杀误国之贼！"将士们拔剑在手，异口同声。

幽王回头看了看虢石父，刚要启口说话，虢石父上前一步，对幽王说道："如今国家有难，不是辨别是非之时，大丈夫要在国家危难之时挺身而出，为天子分忧！我虢石父不才，愿领一队精兵,阵前杀退申狗和犬戎!"

幽王的嘴角挂上一丝冷笑:"那你就去吧。"

虢石父此番的慷慨激昂,只是权宜之计,是做给郑伯友和将士们看的。因为此时出战,以镐京之兵力,无异于驱羊群入虎口。在慷慨激昂之后,虢石父回头望望周幽王,盼望着周幽王流露出一点挽留的意思。只要周幽王不许,那他虢石父就可以名正言顺地坐在镐京城里,以前的"烽火戏诸侯"的错误,也会被暂时置于一边。哪知道周幽王此时竟置他的生死而不顾,派他出战。

虢石父只得披挂上马,打开城门。那边阵前申侯对戎主说:"这个就是最大的恶贼,不要让他逃了!"

戎主回头叫道:"谁为我擒住他?"

犬戎阵上一名白袍小将应声向前,舞刀拍马,交手只一合,斩虢石父于马下。我在城墙上看见虢石父的头颅骨碌碌地滚着,面孔上的鲜血沾满了沙尘。

还没等虢石父的头落定,戎主一挥手,那草原上的万千铁骑就黑压压地盖过来。我有点慌神,看了看幽王,他正抱着褒姒,登车欲逃。回头一看,城门已经被砸开了,那杀死虢石父的戎将第一个突入城门,尾随宫车追来。我早已被那个戎将的勇猛吓得手足无措了,在他寒光闪闪的刀锋下闪到了一边。白袍戎将发亮的马刀顷刻间就挑开了宫车顶部的布缦。

忽然听得一声大喊:"勿伤吾主!"

斜刺里一支长矛挡住了那急速向下的马刀。郑伯友这家伙真够英雄,竟然不顾被马刀砍到的危险,抱着同归于尽的决心,将长矛插入白袍戎将的胸部,而几乎在同时,他的头颅也被马刀齐肩削去。

郑伯友和白袍戎将战死在一处。

我从角落里跑出来,正遇尹虎。我担心着褒姒,还有儿子小伯服。我问他:"天子在哪里?"

尹虎说:"向北跑了。"

此刻周幽王带着褒姒和伯服,正坐在宫车里向北逃走,我对尹虎说:"你抵挡一下,我去追天子。"

我牵过早已准备好的马,刚跨上马,回头就看见尹虎倒在了戎将的马刀之下。我被吓得大汗淋漓,一个劲地奔跑。出了北门十里许,那喊杀声渐渐地远了,我也赶上了宫车,但我身边的随从一个也没有跟上来。我的心稍稍安定下来,我想,这里该离褒遂的那个客栈不远了,褒遂就会来接应的。

我纵马上前,示意车夫停下来。我用剑尖挑开宫车的布缦,一动也不动地看着车内坐着的大周天子。此刻他如惊弓之鸟,无比慌张的双眼,注视着车外缀着几颗惨淡星星的天空。他的身边坐着褒姒,褒姒的怀里,伯服犹在酣睡。

周幽王看到我撩天车帘子,就问:"到了什么地方了?"

"到了地狱的门前了。"

我冷冷地说着,忽地反身一剑,将背后赶车人的胸膛刺穿。我将剑平端着,安静地看着鲜血在剑尖上凝聚,一滴一滴地往下滴。我用宫车上的布缦把鲜血擦拭掉,而且尽量让这个动作缓慢、优雅。几乎在同时,我看到了褒姒惊讶的眼睛和张开的嘴。作为一个男人,我在褒姒的面前,失去的太多了,其中最重要的是我的尊严。而我眼前的这个男人,正是让我丢失尊严的人。

"你想干什么?"周幽王惊恐而大声地呵斥道。

"我不想干什么,只想干一件事,那就是让你这个昏君从世上消失。你占有了我最心爱的女人,占有了她这么长的时间。她本来就是属于我的,今天我要你把她还给我,还有我的儿子伯服。"

"你是说褒姒？伯服是你的儿子？"

我知道让周幽王明白事件的真相，是一件很残酷的事。但我出于发泄压抑已久的复仇的欲望，我还是大声地说出来，我有一种从精神上摧毁他意志的快意。

周幽王愤怒极了，他从车架上取下了宝剑。可是他太迟了，我只要将剑轻轻一送，就能割断他颈部的血管。就在我运剑刺向周幽王的同时，意外发生了，褒姒用她的左手抓住了我的剑，抓得是那样紧，血从她的手掌里流了下来。我要是稍稍用力，就会让她的左手残废。我看到褒姒的泪水从那闪亮的大眼睛里流了下来："求求你，不要杀他！求求你了。"

我觉得那个声音不可抗拒，迷惘中我点了点头。我说："你把手松开好吗？我听你的，我不会杀他，你放心。"

褒姒松开了手，抱着伯服抽泣起来。我收回了我的剑，轻轻地呼吸了一口气，我感到今天夜里的空气格外新鲜。我撕下一条布带，帮褒姒裹手止血。就在这时，我猛然感到一道剑光从我面前划过，周幽王已拔出他的剑向我刺来，我措手不及，闭上眼，一个念头从我脑中闪过：这回我死定了。

等我睁开眼睛时，我看见周幽王抱着褒姒在撕心裂肺地大哭。周幽王的剑正插在褒姒的胸部，剑柄在不停地抖动。原来褒姒用她的身体，为我挡住了周幽王刺过来的那愤怒的一剑！

此时的大周天子，万念俱灰。他呜咽着用强壮的手拉住了褒姒的裙角，仿佛他的江山、他的生命和他再也没有任何关系了。他的灵魂游离了他的躯体，使他成为一具空壳。直到褒遂赶来，向他的后背猛刺五剑，他都毫无知觉。周幽王死了。死在无名卫士褒遂剑下的周幽王，仍然紧紧地抓着褒姒的裙角。

褒姒也慢慢地闭上了眼睛，一直到死，她都没有说一句话。这之前，她没有看我，也没有看周幽王一眼。她死时的面容是带笑的，就像我在河边林子里看到她的时候，一模一样。她丰腴的肌体，就像露水中的花瓣，在死亡的夜间开放着。我想，只有花朵才配陪伴褒姒。于是，我摘了一大丛蔷薇花，铺在车上，抱着她，让褒遂赶着车，向褒国奔去，我要把她葬在骆驼坪的那个小河边，在她的墓前墓后种上一大片蔷薇。

后来，我听说那个宜臼做了大周的天子，申后也就顺理成章地成了太后。一年后，褒国遭到了入侵，我带着小伯服，在褒姒的墓前搭了个茅棚，隐居下来。再过一年，我就看到了大西周帝国悄无声息地灭亡了。

麻 醉 师

一

　　麻醉师苏醒拿着一叠病历，正在问一个女病人的基本情况。按照医院的医疗规定，这是手术前必须要做的事。苏醒问："你叫什么名字？"那女子嘻嘻哈哈地笑着说："你为什么这么一本正经的？你要是笑起来一定很好看，可是你不笑。"苏醒遇到过各种稀奇古怪的病人，但还是头一次听到病人这样说。他的脸窘得有点发红，轻声地说："请不要答非所问，还是请你回答我的话。"女子说："你手里的病历上不是写着嘛，搞得和警察似的。你要知道，我是你的病人，不是罪犯。"苏醒说："很抱歉，这是我们例行的程序，虽然病历上有，按规定我们是要和人对上号的。"

　　那女病人用手指在空中划了划，说："聂小倩。"麻醉师苏醒手中的笔抖了一下，觉得这个名字有点特别，像《聊斋》中一个女鬼的名字。他瞄了一眼病历，果真是这个名字。苏醒把一张纸递到聂小倩的面前："你仔细看看这上面的条款，麻醉是有风险的，要是同意，你就在这里签上名字。"苏醒指了指那张纸下面的空格。

"你怎么不查身份证？"聂小倩说，"要是我报个假名字的话，你这张知情同意书不就是废纸了吗？"苏醒一愣，他从来没有想到这些，不过要是回头想想，她说得也对，就问："你真的叫聂小倩？这可是大事，你不能骗我。医院没有查身份证的规定，我怎么好查你的身份证？只能靠你自觉了。"

聂小倩又笑了："看你傻傻的，我逗你玩的，你还当真了。"苏醒看了一眼她，也笑了笑。这才发现聂小倩长得很美，尤其是那一对吊梢眉，像是戏剧中的人物，眼睛乌亮乌亮的。苏醒想问她是不是戴了美瞳，不然眼睛咋这么亮，话到嘴边又打住了。他想聂小倩这样开玩笑，是不是太紧张的缘故？有时候，病人太紧张，会有特别的举动的。苏醒看了看聂小倩，说："让你在知情同意书上签字，是必须的手续。你不要过于紧张，无痛人流只是个小手术，不需要住院的。"

进了手术室，苏醒开始给聂小倩打麻醉。手术过程中，聂小倩直嚷嚷痛。做手术的赵大姐说："这个病人耐受性差，是不是麻醉的剂量要加大一点？"苏醒觉得有道理，就加了一点剂量。谁知这一加不要紧，聂小倩开始有点失常了，她一把抓住苏醒的手，骂道："你这个坏蛋，都是你作的孽，你光图自己快活，害得我受这份洋罪，回去我一定饶不了你。"把苏醒的手抓出了一道深深的血痕。

苏醒的妻子冯小莉是手术室的护士，听了聂小倩的话，惊得差点把手上的器械掉到地上。她睁大眼睛望着苏醒，仿佛没有见过他似的。苏醒有点尴尬，推开聂小倩的手，说："病人可能麻醉过度了，出现幻觉，所以乱说话，乱说话。"聂小倩说："我没有乱说话，我没有乱说话，你这个挨千刀的，说要给我幸福，到头来，幸福一点也没了，还给我这么多的痛。"说着说着，眼泪就下来了。

赵大姐说:"聂小倩,你要稳定情绪,这么闹,还怎么做手术?万一出了事,谁负责?"奇怪的是,赵大姐的话一出口,聂小倩真的不闹了。

手术很顺利,赵大姐让聂小倩在病房里休息一会儿再走。冯小莉下了手术台,却无心去收拾器械,一个人坐在更衣室开始乱想。聂小倩住在东区,是个有钱人的模样,为何千里迢迢来我们西区这个小医院做人流?听人说过,病人麻醉状态下说的话都是真话,是百分之一百可信的。聂小倩这个女鬼,长得和妖精似的,到底和苏醒有什么关系,还是因为真的是麻醉的幻觉让她胡言乱语?冯小莉和苏醒的关系一直紧张,两人已经冷战两年多了,谁看谁都不顺眼,难道真的印证了冯小莉的猜测,苏醒在外面真的有什么故事?冯小莉越想越觉得头大了。

在病房里休息了一个多小时以后,聂小倩觉得好多了。她从病房出来,没有回家,却径直到麻醉办公室里找到了苏醒。聂小倩敲了一下门,向里探了探头:"喂!"苏醒看了看她的表情,一脸轻松的样子。苏醒想,她是不是记起她刚才在手术台上说过的话,现在再来和他解释?

聂小倩脸色有点苍白,她对着文件柜上的玻璃镜子照了照,再走到苏醒的面前。"喂,帅哥,谢谢你啊。"接着递给苏醒一张名片说:"苏医生,这是我的名片,留给你一张吧。"苏醒头也没有抬,故意说:"想不到你还这么老土,什么年代了,还发名片。"他看也没有看,就把它塞进抽屉里。聂小倩笑了,说:"苏医生,就给老土留个电话吧,要是有什么事,也好联系。"苏醒就报了号码,说:"别介意,老土的群里边还包括土豪哩,就算不是土豪,也还有土匪呢,别介意哦。"聂小倩也不答话,照着那号码打通了,打通之后才说:"介意什么,我是女人的身子,男人的心胸。算你狠,这下你跑不掉了。"两人都在手机上存了对方的名字。

聂小倩似乎没有走的意思,她就坐在苏醒的对面,一直不眨眼地盯着苏醒看,边看边嘴里"啧啧"连称可惜。苏醒说:"可惜什么?"

聂小倩说:"可惜一个大帅哥埋没在这个小医院里。"

苏醒说:"呵呵,我能够有一碗饭吃就不错了。小医院怎么啦,你别看它小,它能使我找到自己的位置。"

聂小倩说:"你的目标就这么'远大'?"

苏醒有点羞赧:"目标虽然不高,但哪里有更能体现我个人价值的地方呢?我就这点手艺,自然就这点目标。"

聂小倩说:"你要是不嫌弃,到我们公司来,我给你开这里的三倍工资。"

苏醒想你以为你是谁呀,说怎么就怎么。转念一想,听她这口气,这聂小倩莫不是有些来头?就拉开抽屉,拿出那张名片来。只见名片上赫然印着"吴江郡房地产公司董事、好时光娱乐公司董事长兼总经理聂小倩"。

嚇,地产公司的董事,怪不得口气这样大,有钱。苏醒嘴上这么说,心里却在打嘀咕:这么年纪轻轻的,就成了董事、总经理的,一是靠遗产,二是靠年轻貌美吧。假如聂小倩出身于平民百姓之家,或者是平民百姓之家的一个男人,恐怕现在还在工地上打工哩。

聂小倩说:"不能说有钱,也就是不差钱吧。随时欢迎加盟我们公司,怎么样?我主要负责'好时光',你要是找我就来'好时光'就是了。"

苏醒摇摇头,又点点头,犹豫了一下,把那张名片放进抽屉里。

二

　　冯小莉今天在家休息，可没有一点要做饭的意思。冯小莉在单位上一直被人称为贤妻良母是有原因的，其中之一就是她再和苏醒怎么怄气，家中的活计她还是做的，像拖地抹桌呀，洗衣呀，做饭之类的，几乎全都是冯小莉包了。可是这一次，冯小莉没有和什么人怄气，却不想生火做饭。

　　下班回来，苏醒看见冯小莉躺在沙发上，按着遥控器在看电视。回头看看餐桌上，冷清清的。要是往常，只要是冯小莉不上班，在家休息，她必定早将饭菜烧好了。苏醒边脱外衣边问冯小莉："今天咋没有烧饭？"冯小莉说："你口气倒轻巧，难道有什么规定，有的人就该吃现成的，有人命中就是烧饭的？"苏醒说："你不烧饭就不烧饭，我们可以去外面吃，怎么说话丧气连天的？"冯小莉索性把电视关了，穿上拖鞋，说："我今个儿有点不舒服，没有买菜。"苏醒知道冯小莉今天一定有什么事不高兴，不舒服只是借口。因为冯小莉喜欢把事情闷在肚子里，不轻易表露出来。

　　"那我们外边去吃饭吧。"苏醒小心地试探着说。冯小莉眼睛看着电视，说："要去你去吧，我不舒服，不想吃。"苏醒看看冯小莉。冯小莉也不理他，径直走进卧室，"砰"的一声把门关上了。

　　苏醒也不管她，一个人出了门。打个的士到了立交桥边的一家快餐厅，点了一份快餐。吃饭的时候，苏醒满脑子都是离婚的念头。在苏醒看来，冯小莉有三大毛病是他不能忍受的。一是她默不作声，一天到晚就是坐在沙发上看电视，从不主动和他说话。就是偶尔说说话，也是"嗯"啊"啊"的，应付着一样。二是冯小莉在做爱时，总是催促他快一点，仿佛是在交差。每到这时，苏醒觉得很是不快，弄得他一点兴致都没有了。苏醒认为生活中的种种不和谐可能都是源于这件事，物质是第一性的，生理上的瑕疵会导致心理上的残缺。三是冯小莉不生育。其实究竟是谁不生育，他们一直没有去医院查过。但潜意识里，苏醒总认为不生育是冯小莉的错。

李长风副院长是苏醒的好朋友，有一次苏醒和他说起了想离婚的事。苏醒比李长风晚毕业两年，李长风算是他的学长。刚毕业的那两年，两人住一间宿舍，在一个食堂吃饭。苏醒从没有和别人说过离婚的事，只和李长风一个人说过。因为李长风不仅是他的领导、铁哥们儿，还是过来人。前不久，李长风刚刚离婚，所以对离婚这件事，苏醒觉得李长风是最有发言权的。苏醒不像一般的男人，离婚前总是说自己的老婆种种不是，他和李长风谈的只是夫妻俩性格和志趣上的差异。说完后，苏醒看看李长风，希望他能给个答案，可李长风只是叹了一口气，便不再言语了。

从冯小莉的种种举止看，苏醒已认定冯小莉不爱他，既然冯小莉不爱他，那么他们的结合就是个错误。从小到大，苏醒一直被漂亮的女孩子包围着，可是他却鬼使神差地和冯小莉走到了一起。冯小莉不算是一个漂亮的女人，除了五官长得十分周正外，皮肤不是很白。苏醒认为这是命运的安排，自己喜欢的是泼辣的、热情的、外向型的女孩，上帝却给了他一个可以一整天不说话的、性格内向的冯小莉。

正在吃饭的时候，聂小倩打电话过来了，夹七夹八地说了一大通。最后，她对苏醒说："我们好多时候没有联系了，你大概忘记我了吧？今天是我的生日，晚上，你能赏脸来一下吗？"苏醒迟疑了一下，就答应了。

苏醒来到了"好时光"歌舞厅，灯红酒绿的，苏醒有点不适应。聂小倩说："不适应没关系，我们到我的办公室里去。"到了总经理办公室，聂小倩把门关上，两条手臂就抱住了苏醒的脖子。苏醒有点窒息的感觉，竭力地推开她，问："你今天不是过生日吗，怎么没别的人呢？"聂小倩笑笑说："哪里是什么过生日，人家想你了，不这样说，你来吗？"

聂小倩的举动让苏醒不知所措。两人并坐在沙发上，聂小倩身上的香气袭人，那香气一个劲地往他的鼻孔里钻，苏醒的头有点晕。聂小倩咯咯地笑着说："好几个月了，你还是那样，一点也没有变。"苏醒顺着她的话说："你不也是一样，也没有变啊。"聂小倩说："我可变化大了，经历也够曲折的。一年前，我老公死了，老头子临死时，把这个'好时光'的股份全送给我了，可是他前妻的两个儿子硬是要让我净身出户。好在我有老头子的遗嘱，和他的儿子打了半年官司，总算把我应得的这点财产保了下来。现在，这家'好时光娱乐公司'共五个股东，我一个人就占了百分之三十的股份。"

苏醒心中一惊：果然她是富人家的老婆，自己的怀疑没有错。既然一年前她的丈夫就去世了，那么她去我们医院人流的——是谁的孩子？肯定有什么隐情。难怪她要选择那么偏僻的小医院做手术了。苏醒嗫嚅着，想问个清楚，但因为不好意思，没有把这个说出口来。想到这里，苏醒晕乎乎的头已经清醒了许多，对聂小倩说："既然不是你生日，那我先走了。"

"这么急，怕我吃了你？"聂小倩用手点了一下苏醒的鼻子说："现在我们说说正事，你愿不愿意离开你那破医院，到我这里来帮我？报酬好说。"苏醒笑着说："你看上我哪一方面，非要我辞职来这里？"聂小倩说："我没有看上你什么，就是看你顺眼，这是缘分，缘分是没有理由的。"

乌亮的眼睛看过来，瀑布般的头发埋进了苏醒的怀里，这一次，苏醒心中跳得厉害，愣是没有抵抗住。

三

不管是不是因为聂小倩，苏醒打定了主意要离婚。但苏醒希望冯小莉先提出来，这样他自己就减少了一些额外的麻烦和压力。开始时，他故意把衣服、书籍、臭袜子到处乱扔，他知道冯小莉是爱整洁的，一丝一毫的杂乱都会让她不可忍受。但问题是，每次他这样乱扔后，冯小莉都会把这些东西收捡起来，放到它们该去的地方去。最后，苏醒扔得也无趣了，他总是盼着有一天冯小莉说："我受不了啦，这日子过不下去了，离了干净。"可冯小莉竟然忍受下来了，绝口不提"过不下去"这句话。

苏醒找到了李长风，在这个世上，李长风是他最信任的人了，他几乎没有什么话不对这个李副院长说。听了苏醒的叙述，李长风说："你真的想好了，要离婚？"苏醒说："我想好了。"李长风说："你铁了心了？"苏醒说："我铁了心了。"李长风说："既然这样，我就和你说说。女人对男人彻底失望，才肯和男人离婚。只有做到这一点，冯小莉才肯先提出来。"

"那么，到底要怎样才能使她彻底失望呢？"苏醒问。

李长风说："这个你是知道的，还要我说吗？"

苏醒说："我真的不知道。"

李长风道："你只要在外面有女人了，那冯小莉当然就彻底失望了。"

苏醒说："这个不行，如果这样，我有错在先，那不就我一个人承受舆论的压力？要是这样，倒不如我先提出离婚，不要费这么大的事了。"

李长风站起身来，原地转了几圈，突然说："老苏，你说得也是，有点道理。既要让你不担罪名，又要让冯小莉先提出离婚，我看只有一样，事你可以这样做，常常深夜回家，要超过12点，越晚越好，上班拖沓，不守纪律。男人不归家，或者没有事业，一般的女人都受不了。我就是那样，老婆才和我离婚的。"

　　苏醒说："亏你还是领导，撺掇我不守纪律？"李长风笑了："当然，我这样说从领导的角度来说是不对，可现在我们是以朋友的身份说话啊，朋友这样说，不足为奇。"苏醒认为这是个好主意，当天他就开始实施。下班后，苏醒也不回家，就在街上吃了一顿快餐。冯小莉电话来了，问："回不回家吃饭啊？"苏醒说："不回家吃饭。"就把电话挂了。吃完饭后，苏醒无所事事，晚上这么长时间，到哪里去呢？苏醒想了想，就拨通了聂小倩的电话。

　　聂小倩在电话那头说："哟，帅哥，今个儿怎么啦，想起来打电话给我？"苏醒说："今天没事，就是想到你那'好时光'娱乐城娱乐娱乐。"聂小倩笑了："难得啊，我在门前迎接你。"

　　一会儿，苏醒果然到了。聂小倩说："大帅哥，今天玩什么节目，我这里什么都有，跳舞、唱歌、足浴、喝茶打牌、健身等等都有。你选哪一项？"苏醒说："有这么多项目呀，太好了，留着慢慢玩，今天就唱歌吧。"聂小倩说："那好，我陪你。"叫服务员开了一间，两人就在里面唱了起来，就这样一直玩到深夜，苏醒说："我回去了。"聂小倩亲了他一下，说："你路上小心。"

　　到家已经有12点多了，苏醒打开门，冯小莉已睡了。苏醒故意把动静弄得好大，偷偷看了一下冯小莉，只见她翻过身去，又睡了。冯小莉的毫无反应让苏醒很沮丧，他拧开热水龙头，洗洗睡了。苏醒没有想到冯小莉这样冷静，他想再试试看，于是以后几天，苏醒照例在"好时光"娱乐城鬼混，照例半夜回家。冯小莉像没有这回事一样，也不问他夜里天天在外面做什么，到那么晚才回来,电话也懒得打了。冯小莉冷静的态度让苏醒几乎要崩溃了,倒是聂小倩问:"你天天晚上这么晚不回家,家里那位没有反应?"

苏醒不好照实回答,说:"有反应又如何,她又不能限制我人身自由。"

聂小倩把头埋在苏醒的胸前,说:"晚回去好,多陪陪我才好哩。"

因为同在一家单位,冯小莉在手术室,苏醒在麻醉科,两个科室基本上在一起。苏醒想,天天晚上不回家也不是个事,看来这一招在沉着的冯小莉面前是不灵了。得想新的办法,那就是上班的时候,吊儿郎当,不像以前那么负责了。

院长把苏醒找去谈话,讲了一大通,最后警告说:"你要是这样下去,我这个小医院不敢留你了。"院长把冯小莉也找了来,让她劝劝苏醒,在单位好好工作。院长说:"你们夫妻俩都在一个医院,要是不好好干,会给对方丢脸,你在家里找他谈谈,比我说效果要好。免得到时候,大家面子上都不好看。"冯小莉对院长说:"这一阵子他有点发疯,我回去一定好好劝劝他,让他回头,这是最后一次机会了,我心里是有数的。"

冯小莉下班的时候,特地找到了苏醒。冯小莉说:"今天下班回去吗?"苏醒说:"还没有拿定主意。"冯小莉说:"今天你必须回去,我有话要和你说。"苏醒想,一定是冯小莉受不了了,所以和自己摊牌了,就点点头说:"既然这样,那好,我早点回去。"

到了家里,苏醒已经想好了对策。他想冯小莉一定是要问他"你还要不要这个家"或者是"你在单位那样,还想不想好"之类的话。苏醒想,如果冯小莉真的那样问,他就回答说"我就是这样了,你看不习惯?看不习惯就拉倒,各走各的"这样的话。

果然,苏醒刚一坐下,冯小莉就靠过来了,说:"今天院长找我谈了,让我劝你好好工作。放心,今天我不是来劝你的,相反,我很理解你。但是你不能把个人的情绪带到工作中,我要提醒你的就是,病人的生命在你的手中。"苏醒说:"就这些?"冯小莉说:"就这些。"苏醒说:"完了?"冯小莉说:"没有了,我要说的就这些。还有,不要让我太失望。"

苏醒说:"失不失望是你的事,你要是不想过,就拉倒。"可是苏醒说这话的时候,声音小得可怕。冯小莉听没听见,他不知道,他反正看到的是,冯小莉已经进了厨房,把菜油倒进了锅里,"哧啦"一声响。

四

苏醒上班的时候又脱岗了,一个病人快上手术台了,却找不到麻醉师。在这个市郊的小医院里,只有一个麻醉医生,这一下可把院长急上火了。手机都打破了,终于才把苏醒请来了,一场手术做下来,按时间早就下班了。可苏醒从手术室里出来时,发现院长还没有下班,在门口等着他。苏醒又违反了单位的工作规定,院长对苏醒说:"你到我办公室来一趟。"苏醒故意说:"这么晚了,明天一大早我去您那儿,行吗?"

"不行,大家都等在那里,等你一个人。"院长说,"事情今天就要解决。"苏醒说:"既然如此,我跟你走一趟。"进了院长办公室,苏醒发现气氛有点严肃。李长风副院长、赵大姐等都在,苏醒朝他们点点头算是打招呼。

院长示意大家都坐好,然后清清嗓子说:"今天把大家召集到这儿来,就是要研究一下医院的工作纪律问题。鉴于苏醒医生上班期间自由散漫,屡次劝说都不悔改的情况,我建议院委会按规章制度执行。那就是全院通报，扣发一个月的工资和全年的奖金，并请苏醒在全院大会上做检查，以挽回不良的影响。大家有什么意见？"

没有人作声。李长风副院长说："我来说两句。苏醒最近是有点——那个，违反了工作纪律。按规章制度扣发工资和奖金，也在情理之中。但要他在全院大会上做检查，好像医院的工作规范中没有这项规定，既然没有这项，那是不是就不应该加在苏醒的身上？况且，苏醒医生这样做，一定是他遇到了什么事情，因为以前他不是这样的人。"院长说："李副院长这样说，是有一定道理的。但是我认为检查通报是必须的，要让全院职工都要知道，不踏踏实实地工作是行不通的。"院长看了一眼苏醒，说："苏醒，你个人有什么意见可以提，我们是民主的，会给你说话的权利。"

李长风副院长红着脸说："院长，你要是始终坚持做检查，我也没有办法。但是，既然是大家讨论，我认为还是要取消在全院职工会上做检查这一项。"

苏醒站了起来，说："你们也不要争了。对于院里的处理，我没有意见。不过，你们也不要费心做那么多的事了，明天我就辞职。太晚了，我先回去了。"说完，他拉开会议室的门，径直走了出去。

离开了医院，苏醒打电话给聂小倩："聂总，我辞职了，以前你不是让我到你那里干吗，现在还有没有位置啊？"

聂小倩说："那太好了。你早就应该听我的，明天你就可以来'好时光'的副总办公室上班，绝不食言，工资是你原来的三倍。"

辞了职，苏醒并不感到失去了什么东西，相反他觉得自由多了，至少是不和冯小莉在一个单位上班了。回到家里，苏醒看见冯小莉正在收拾东西。苏醒问:"你收拾东西干什么?"冯小莉说:"我想出趟差。"苏醒说:"出趟差?你要到哪里去?"冯小莉说:"你弄出那么大动静,你想想,我还怎么在医院里待下去?所以考虑到你的因素,医院让我出趟差,在外边待阵子再回来。"

苏醒原以为辞了职,冯小莉会和他大发雷霆,没想到冯小莉一副无动于衷的样子。苏醒说:"你不想说到哪里无所谓,只是你的机票订了吗?"冯小莉说:"已经托人订好了票,现在网上订票,方便。"苏醒想到这所有的一切都是自己无事生非引起的,心里有些内疚起来。转来转去也没有什么帮忙的,就开门出去想透透气,他忽然觉得有点沉闷,外面可能要好一些。出了门,他发现手机忘记在家里了,又返回拿手机,一开门发现冯小莉正轻声地在给谁打电话,看到苏醒进来,赶紧把电话挂了。

冯小莉一定是说出差的事,苏醒想,但她一看到苏醒回来,为什么有点慌乱地立即中断电话呢?这有点不合情理,也许是有什么怕我听到吧。由此苏醒回忆起冯小莉最近的举动,似乎有点反常。她也常常夜间出去,有时苏醒到家时,她还没有回来。苏醒想把这件事告诉李长风,并感谢他在院务会上替自己说话。可电话始终接不通,打到院办公室里,办公室的小吴高兴地说:"是苏医生啊,现在在哪儿高就啊?"苏醒说:"是在'好时光'娱乐公司。"小吴说:"恭喜你啊,你一个人跑了,留下我一个人在这里受罪,要是有机会请拉兄弟一把啊。"苏醒说:"我都这样了,你还拿我开涮,快点,我要找李长风,手机联系不上了。"小吴告诉他,李副院长请假了,要好几天才回来。

过了七八天,冯小莉出差回来了,脸上红扑扑的,看上去气色很好。她对苏醒说:"你不是问我去哪儿出差吗,我这一趟是去了海南,看见了大海。大海宽广得很,无边无际的,一片蔚蓝色,美极了,细沙、海浪,还能坐着小艇冲浪,感觉真好。要是没有这一次出差,我想我这一辈子真的是白活了。"苏醒说:"你去了海南,回来怎么一点也不见晒黑呢,保护得这么好?"冯小莉笑笑说:"那当然,你不是盼望着和我离婚吗,我当然要保护好我的皮肤哦,不然,离婚后,我真的没人要了。"

苏醒没有想到冯小莉今天竟然说了这么多的话,而且还兴致勃勃。她怎么知道自己盼望着要离婚,苏醒想自己可从来没有对人说过,除了李长风啊。苏醒坚信李长风是不会把这句话告诉冯小莉的,李长风绝不会,那冯小莉怎么知道,难道女人天生就有什么直觉?想起了李长风,苏醒讪笑着走到房间里,关上门,立即打个电话给他,出人意料的是这次居然打通了。苏醒约他晚上在"好时光"咖啡厅坐坐。到了晚上,李长风果然如约到来了,李长风说:"兄弟,你太客气了,我们谁跟谁呀,在会上,我不替你说话,谁替你说话?况且,那馊主意是我给你出的,我也有责任。欣慰的是,你找到了一份更好的工作,不然,我还有点内疚哩。"

苏醒把冯小莉最近有点反常的举动对李长风说了,李长风顿了好一会儿,对着杯子吹了口气,呷了一口咖啡,才对苏醒说:"冯小莉有时夜间出去,很大的可能就是她一个人待在家里有点寂寞。你常常不在家,你想,一个偌大的房子,里面空荡荡的,谁也受不了。女人是难以忍受寂寞的,她需要解压。冯小莉出去走走,也无可厚非,用不着大惊小怪的,你说是吗?女人是有直觉的,她说你想离婚,也许只是试探试探你。"李长风拍了一下苏醒的肩膀,说:"兄弟,这,你就别多想了。"

五

苏醒在"好时光"上班,就像掉进了温柔乡里。表面上说是副总,其实也没有什么事情可做。聂小倩的各个部门都有精明强干的经理,业务上根本用不着苏醒操心,实际上那些部门经理也没把这个帅气的男人放在眼里,所以一上班,苏醒就觉得闷得慌。聂小倩说:"工作上的事你慢慢熟悉,别着急,你要是闷的话,我带去一个地方。"

原来聂小倩在市郊有一座小别墅,于是她把苏醒带到那里。这个别墅地处幽静,面湖临水,掩映在一片树丛中。聂小倩说:"这里安静,这样吧,今天我亲自为你炒个菜,我们在这里喝点酒,庆贺一下你加入我们'好时光'团队。"说着,聂小倩亲了一下苏醒的脸,让他坐在沙发上看电视。

聂小倩打开冰箱,系上围裙就炒起菜来。她系围裙的样子很好看,苏醒无心看电视,就走到厨房中,在她的身后看着,忽然感受到一种气息,苏醒想了想,那是家的气息。聂小倩的身材很好,凹凸有致,从后面看竟然有温柔的味道。苏醒有些冲动,从后面抱住聂小倩的腰。聂小倩掰开苏醒的手说:"正炒菜呢,别闹了好吗,菜糊了怎么办?"说话的同时,夹起一筷子菜转身送到苏醒的嘴边,说:"你尝尝,味道咋样?"

苏醒尝了一口,太咸了,嘴上却说味道还算好,只是有点可惜。聂小倩问:"可惜什么?"苏醒笑着说:"可惜不能天天吃到。"聂小倩故意沉着脸说:"你们男人总是得陇望蜀,欲望永远不能满足。"不一会儿,菜做好了,聂小倩开了一瓶酒,两个人就坐在一起吃了起来。聂小倩说:"想不到你的酒量也不错,可和我比,你还差一大截。"苏醒有点伤自尊,红着脸说:"那也不是如你所说,还没有到最后,关于喝酒的事,据我所见,男人喝不过女人的很少。"苏醒最后圆了一句说:"不过你是个特别的女人,我们接着来。"

聂小倩说:"你不行了,我们不喝了。"苏醒说:"那不行,今天一定要见个高低。"聂小倩睁着醉眼说:"你要是真的要喝,我们到床上喝,看看到底谁的量大?"苏醒酒兴上来,举起双手同意,说:"那敢情好,我们就去房里继续喝。"说着,拿起酒瓶就到了卧室里。在床上,聂小倩双手捧着苏醒的脸说:"想不到这时候你和平时一点儿都不一样,我就喜欢这样的男人。今晚你就别走了,好吗?"

苏醒说:"那不行,我还是要回家的。"苏醒心想,我不能在外过夜,那样会给冯小莉以口实,让她握住令人难堪的把柄。聂小倩问:"你和冯小莉究竟怎么了,我不会是你们之间的罪人吧?"苏醒说:"我和她的事与你无关,你不要乱想。"聂小倩把苏醒的头抱在怀里,心疼地说:"好吧,既然这样,今天你有点多了,还是在我这里休息一夜吧。"苏醒说:"没事,我的酒还没有喝到位哩,我能行。"一边说,一边挣开聂小倩的怀抱,亲了她一下,就踉跄着向外走去。聂小倩送到屋门口,说:"你要小心点。"苏醒已经走到院子里,在月下桂树的影子里,回头挥了挥手:"你回去吧,我能行。"

回到家里,已经是半夜了。冯小莉却一反常态,没有睡,坐在沙发上看电视。她在灯光下看上去很妩媚,就像苏醒第一次见到她的时候。结婚以后,她的这种妩媚就消失了。今天这个样子,是他们冷战这么多年以来,苏醒首次见到的。冯小莉问苏醒:"今天又喝酒了?"起身倒了一杯开水过来,对苏醒说:"你喝点水吧,酒后很渴,喝点水好。"

对于冯小莉的态度,苏醒有点不适应,不适应之余,还觉得心中有些内疚。刚刚和妻子之外的女人亲热过,现在却受到妻子冯小莉这样体贴的照顾,苏醒过意不去。他用手抱住头,感到头有点痛,许多念头在里面乱成一团,像是要炸裂一样。他端起那杯水喝了一口,心里似乎好多了,头也清醒了许多。苏醒放下杯子,眼睛紧紧地盯着冯小莉说:"莫不是你有话要对我说?"

冯小莉丝毫没有迟疑,说:"是的,本来今天我等你,是有事和你说的。不过,你今天喝多了,明天你好了我再说吧。"

苏醒说:"不行,有话你现在就要说,你是知道我的性子的,等到明天,还不把我急死?一晚上就睡不成觉了。"

冯小莉说:"既然这样,我先问你,是不是很想和我离婚?"

苏醒虽然喝了酒,头晕乎乎的,心里还是一惊,忙掩饰道:"没有的事,上次你也这么问过了,我都没有理你。"他又喝了一口水,镇静了一下,再装着恍然大悟的样子:"哦,是不是你想要离婚,才倒打一耙,赖在我的身上?你听谁说的,我要离婚?"

冯小莉笑了笑:"男人真虚伪。苏醒,不管你说没说,这都不重要了。我们冷战这么多年了,我也受够了,你也不快活,我想清楚了,我们还是分开。更重要的是你也是这样想的。离了对我们两个人都好,你说是吗?"

苏醒不作声,被冯小莉一语点破,反倒不好意思起来,点起一支烟抽起来。几乎不抽烟的他,接连吐了几个烟圈。

冯小莉说:"你不愿意说话也可以,要是同意,你就点点头也成。"苏醒顿了一会儿,对着冯小莉点了点头。

"那好。"冯小莉从茶几的抽屉里拿出一页纸来,说,"这是离婚协议书,你看看,要是没有意见,你就签个字吧。好在我们没有孩子,一切都好商量。"

六

苏醒和冯小莉第二天就到民政局办了离婚手续。毕竟一起生活了四五年,苏醒拿了那张证书后,心里空荡荡的。他想和冯小莉握个手,或者说句什么话,可人家冯小莉却在手续办完后,头也不回地迈着轻快的步子走了,竟然都没有看他一眼。

这一刻,苏醒更加失落了,他有满肚子的话要对人说。这时候苏醒忽然想到李长风,就拨了他的电话。

"喂,老李呀,是我。"苏醒说。电话的那头应了一声:"是苏醒啊,有事吗?"苏醒说:"告诉你一件事。""什么事?"李长风问。苏醒说:"现在你我两个人的境况是一样的了。"李长风说:"你什么意思?"苏醒叹口气:"我终于离了,离婚了,刚刚才办完手续的,这离婚证书还在手上呢。"李长风在电话那头像是松了一口气,说:"唉,总算办成了。你的心愿达到了。离了也好,你不是铁了心了吗,离了也好。"苏醒说:"老李,你对这事还有点好像幸灾乐祸似的,有你这样的吗,一句安慰的话也没。说实话,我心里真还有点难受。"

对方没有回应,显然电话已经挂了。苏醒想,副院长李长风这次不耐烦地挂了电话,说明原来的那个医院已经和他苏醒不相干了。

在学校,是冯小莉拼命追苏醒的。那时候,喜欢苏醒的女生不止一两个,冯小莉既算不上聪明的,也算不上最漂亮的。卫校的女生很多,冯小莉只能算是中等偏上的。但冯小莉的主动性很强。俗话说,女追男隔层纸,这一层纸,轻轻一碰就会破的。而让苏醒感动的,是冯小莉常常主动过来帮他洗衣服,洗被子。她不像别的女生,只会和苏醒一起玩,只会撒娇,比苏醒的生活能力还差。最令苏醒感动的是有一次,苏醒的手机丢了,冯小莉硬是吃了几个月的白菜,省下钱来,给他买了一部新的手机。

毕业后,护理专业找工作要比麻醉专业难得多,好不容易,冯小莉在市郊找到了一家小医院上班,苏醒也跟着来了。冯小莉感到很自豪,这让喜欢苏醒的那几个女生有了挫败感。按照苏醒的专业,他起码能到一家二甲以上的医院上班,但他还是追随着冯小莉来到了西区这家小医院。

结婚的头两年日子过得还算是平静。可到了后来，两个人的纠纷就多了起来。平时苏醒并不管钱的事，冯小莉一直掌管着家里的财政。一天，苏醒对冯小莉说："我想买一台笔记本电脑，你给我五千元钱。"冯小莉半天不吭声。苏醒对冯小莉的寡言少语早就有点反感了，他曾经埋怨自己以前为什么没有发现。

见冯小莉不吱声，苏醒说："你怎么不说话？我想要买一笔记本，你拿点钱给我。"冯小莉说："你要那东西干吗，你又不常出差，整天坐办公室里，要笔记本电脑干什么？"苏醒回答："我要它当然有用，钱又不多，三四千块钱足够了。"冯小莉说："现在没有钱。"苏醒不相信，他记得去年光发年终奖金就发了两万多元，两个人就是四万，那笔钱一直没有使用。"怎么就没了？"苏醒说，"不会的，你不要骗我，应该还有钱的。"

冯小莉吞吞吐吐地说："年前我妈生病，我全拿去给我妈治病了，现在存折上一分也没有了。"苏醒听后生气了，激动地说："给你妈治病我不反对，但那么一大笔钱，你该对我说一声。再说，你家是一个无底洞，怎么填也填不满。这两年，你从来就没有为我着想过，一天到晚拉长个脸，过的是什么日子？"说着说着，就顺手拿起个茶杯，把个茶杯砸了。冯小莉哭了，说："苏醒，你还算个男人吗？你说说，我父母养我容易吗？谁家没有父母，为一点钱，你就这样，真让我错看了你。"

因为钱的问题，两人的隔阂就这样产生了。苏醒越来越觉得他和冯小莉不是一路人，从那以后，加上一件一件其他的事，隔阂慢慢地变成了冷战。

现在，麻醉师苏醒一手拿着电话，一手拿着离婚证，他感到这一切结束了。和冯小莉变成了陌路人，以后他们之间再也没有什么纠葛了。望着冯小莉渐行渐远的背影，他知道，这个女人，还有西区的那家医院,好朋友李长风,赵大姐,以及自己的麻醉专业也许从此和自己无关了,只会存在于记忆的碎片之中,不会再和自己的生活有什么特别的关联,而自己的新起点在"好时光",那也许是新生活的希冀所在。

七

苏醒再也不想让自己贫穷了,现在在"好时光"的收入勉强让他满意。他无精打采地来到聂小倩的办公室,想和聂小倩说点什么,却发现聂小倩正对着镜子补妆。她就是这样,常常会利用一丝丝空闲装扮好自己,不让自己露出丝毫瑕疵。在苏醒看来,这就是女人味,这正是冯小莉所缺乏的。

看到苏醒进门,聂小倩说:"你来得正好,下午有个重要的应酬,等我妆好了,你和我一道去。"

两人一起来到了海天大酒店,这个酒店是"好时光"旗下的,就在苏醒办公室不远处。到了酒店,苏醒才知道,所谓的应酬,就是吴江郡房地产公司董事长江枫宴请建行的孙凤仙行长。聂小倩是吴江郡房地产公司董事,所以江枫打电话,一定要她参加。

孙凤仙行长是个四十岁左右的女领导,说话吐字清晰,气质很好。开席时,孙凤仙行长就笑着说:"江董呀,你们就是客气。请我吃饭可以,可是丑话说在前头,所有的事情还是要按制度办。你们别指望在吃饭的时候说事啊。我们先说好,只吃饭,不谈工作。"江枫董事长是个中年人,大约也是四十岁。江枫点头说:"那是自然,吃饭的时候吃饭,汇报工作的时候汇报工作。遵照行长的指示,今天我们谁也不许谈工作。"江枫说:"行长啊,今天我们呢,也没有什么事,只是多日不见,想在一起聚聚,说说话而已。"江枫一边说着,一边将手向前一伸,做个请的姿势说:"请领导入席。"

席间,江枫递个眼神,聂小倩会意,用脚碰了碰苏醒,两人轮流向孙行长敬酒。孙行长看着苏醒说:"这个小伙不错,长得帅气,以前怎么没有见过?"

聂小倩说:"报告行长,这是我们'好时光'公司新聘的副总,能力是很强的。"孙行长笑了,不过笑得有点隐晦,说:"我就说嘛,我们的小聂眼光总是不错的,善于发现人才嘛。"聂小倩连忙说:"孙行长,你过奖了,我聂小倩搞的是市场经济,这总得要有人跑腿才能挣钱,市场经济嘛,一日不挣钱,一日就没有吃的。不像行长,位高权重,划拉一个字,就够我们这样的小公司吃一辈子的。"聂小倩回头对苏醒说:"苏总,孙行长这样赏识你,你还不敬孙行长一杯?"

苏醒离席来到孙行长面前,说:"孙行长,敝人名叫苏醒,第一次见到您这样的大领导,是我三生有幸,这杯酒我干了,您也就随意点,让我表达一下我的敬意。"孙行长喝得也有六分醉了,拉着苏醒的手说:"小苏啊,你过来敬大姐的酒,我哪能随意呢?我就喜欢你这样的年轻人。大姐送你一句话吧,你要始终记住啊,只有江董在聂总的上面,你作为副总,要摆正自己的位置啊,不能跑到聂总的上面去了啊,这可是我这个大姐的衷心之言啊。"

说的人也许无心,满座的人却笑了起来。苏醒不知道大家笑的意思,看见大家笑,也跟在后面傻笑。苏醒想了一下,站起来说:"孙行长,我年轻不懂事,哪里做得不对,您包涵点。"聂小倩拍了一下苏醒的肩,说:"没你的事。"转脸对孙行长笑着说:"孙行长,您真会开玩笑,您看看,这不,把人家小苏吓着了,还不知道发生了什么事哩。"孙行长说:"别当真,别当真,只是热闹一下子嘛,我有个臭毛病,就是喜欢教导人。"苏醒回到座位上,看了一眼江枫董事长,只有他一个人没有笑,阴沉个脸,把个打火机转来转去。

这一次宴请,苏醒在酒席上真的喝得猛了,没有把握好分寸,头一晕,就伏在桌子上了。客人什么时候走的,他全然不知。醒过来的时候,发现自己已经被人从酒店里弄回来了,现在靠在自己办公室的沙发上。看看表,已经是晚上九时了。他隐隐约约听见隔壁总经理的办公室里有人似乎在吵架,那个声音大的人好像是江枫。

苏醒听见江枫在说:"你听着,聂小倩,你上次怀了我的孩子,为什么要一个人做主,偷偷地把孩子做掉?你有这个权利吗?"

聂小倩说:"我为什么没有这个权力?你以为你是谁呀?你是我什么人?我倒要反问一句,你有什么权力对我这样大喊大叫的?"

这时,江枫声音小了,但苏醒还是听得清清楚楚:"你是在姓苏的那个小白脸那儿做的人流,是不是?"

聂小倩说:"是,是又怎么啦?"

江枫显得有点气愤地说:"原来你们就是那时候搭上的,现在,你还把他弄到这个公司里来了,当什么副总,脸皮真厚,真恶心。这件事你经过我了吗,和我说过了吗,别忘记我也是'好时光'的大股东。"

聂小倩说:"你还吃醋啦?我们这样不明不白的,你有什么资格吃醋?我看你今天还真的蹬鼻子上脸了。告诉你,我想让谁做副总就让谁做副总。谁厚脸皮了?你不和家里的黄脸婆离婚,又要霸占着我,你想得倒美。"

骂完了,苏醒听到了聂小倩在呜呜地哭,两个人声音同时小了下去。苏醒明白了，原来聂小倩在他们医院做掉的那个孩子是江枫的，聂小倩和江枫是情人。难怪孙行长那么说的时候，在场的所有人都笑了。想到这里，苏醒的心顿时凉了半截。这时，他听见聂小倩的房门打开了，两个人的脚步声传了出来。苏醒听见聂小倩在责怪江枫："你声音那么大，就不定给小苏听见了。"江枫说："他醉成一摊泥了，打个雷他也听不到。小倩，你去看看他吧，我先走了。"

江枫走后，又过了一会儿，苏醒听见聂小倩在敲门："小苏，小苏，你醒了吗？"

苏醒装得睡着了，任她怎么喊，就是不应声。聂小倩说："这孩子，还真的喝多了。"径直把门推开，坐在苏醒的身边。看到苏醒睡的姿势有点不舒服，就把他的头放到自己的腿上枕着。聂小倩看着苏醒棱角分明的脸，忍不住用手去摸了摸。苏醒的脸上有一绺头发搭在眼睛上，聂小倩轻轻地把它拂开。

八

苏醒决定到各个公司走走。一是闲着无事，二是无意中知道了江枫和聂小倩的关系，觉得有些气闷。他先到了"好时光"歌舞厅，"好时光"旗下有四五个子公司，歌舞厅是其中之一。

一般来说歌舞厅的下午是没有什么客人的，所以价格也便宜得多。只有几个大学生模样的人聚在包厢里，嚎着嗓子吼着歌，他们很少叫服务小姐，所以服务小姐显得很空闲，三三两两坐在沙发上闲聊。服务小姐们被男人们盯着看早已习惯了，所以苏醒靠在柱子旁边，观察她们的时候，她们根本就是无动于衷。她们还不认识苏醒，以为他是来唱歌的，甚至有个小姐过来问要不要包厢。

苏醒摇了摇头，他是在想聂小倩的事。他感到自己已经爱上了聂小倩，聂小倩真是个迷人的女鬼，可苏醒觉得她的背后有个势力强大、手眼通天的黑山老妖，这个黑山老妖掌握着聂小倩和她的公司的命运。苏醒正在胡思乱想的时候，隐约感到有柔软的脚步声。

"是苏总吧？"一个轻柔的声音在问。苏醒一看，自己的身边站着一个年轻美丽的女人。苏醒说："你认识我？"那女人回答："当然认识啦，你第一次上班那天，聂总开会时，就把你介绍给我们了，你不记得了？"苏醒想了想，在他上班的那天，聂小倩确实召开了一次各部门经理以上的会议，特地把他介绍了一下。他那时在会上还有点忐忑，竟然紧张得没有记住眼前的这个美女。

苏醒说："哦，我想起来了，你是这里的经理。"那女人笑着说："叫我林珊好了。"回转过身，对坐在沙发上闲聊的服务小姐叫道："姐妹们，这是我们新来的副总，今天来我们这里视察来了。大家欢迎。"小姐们夸张地"哇"了一声，一齐站了起来："哇，真帅啊。""哇，真养眼啊。"大家把苏醒拉到沙发上，叽叽喳喳地说了起来："不是视察，是微服私访吧，视察是许多人跟着的，微服私访是一个人。"

"早就听说公司来了一个大帅哥，小女子望眼欲穿啊，想不到今天送上门来了。"

"聂总可真会享受，在什么地方找到你的？"

苏醒仿佛成了花丛中的一棵树，傻傻地站在那里笑。林珊赶开她们说："你们别闹了，你看，苏总的脸都红了。"苏醒说："没关系，大家一起开开心也好。"一个妹子说："还是苏总体恤民情，不，是体贴我们，要是苏总当上了一把手，我们的工资一定大大地加。"另一个说："长得帅真好，你看，苏总一来就当上了副总,我们啊,累死累活这么多年了,连一个领班都没混上。"林珊在她的头上拍了一下,说:"你这个丫头,就是个官迷,有这么说话的吗?"苏醒笑着说:"你这样说,就好像我是吃软饭的似的,你的嘴真毒啊,比五步蛇还毒,也许我还没出这个门,就让你给毒死了。"

"毒死了才好呢,这样才能把你留下来,让我们天天看。"那小姐把脸贴过来,眼睛一眨不眨地看着苏醒的眼睛。

这时,苏醒的电话响了。打开一看,是妇产科赵大姐打来的。"喂,是小苏吗?"苏醒朝林珊她们摆摆手,示意她们不要作声,然后一个人走开了去。"是我,赵大姐,你有事吗?"很久没有和医院的人联系了,所以苏醒今天接到赵大姐的电话觉得有点意外。

赵大姐说:"小苏啊,我没别的事,只问你一句话,你是不是和冯小莉离了?"

苏醒从喉咙管里应了一声。

赵大姐见苏醒承认了,声音变得急促起来,她似乎恨不得从电话里走出来,然后劈头盖脸地把苏醒数落一顿:"冯小莉是多好的女孩子,千里挑一呀,你怎么这样不知道珍惜,一声不吭的这两人就离了?我看你,把冯小莉离了,你哪里去再找这样的女孩?现在的年轻人,怎么就和我们那时候差得那么多!"

苏醒被说得毫无插话的余地,他对赵大姐评论他离婚的事很反感,认为这是干涉别人的隐私。好不容易等到赵大姐停顿的时候,没好气地嘟哝了一句:"赵大姐,你毕竟不是当事人,不知道内情,离婚是我和冯小莉之间的事,你就别掺和了。"

赵大姐一听苏醒这样说,就火了,她说:"小苏啊,你是嫌我多事吧,那好,既然我已经多事了,你就把事说清楚,你是不是让'好时光'那小妖精给迷上了?是的,那小妖精有钱,钞票用不尽,长得也妖气,但是依我看,任她千好万好,她也抵不上冯小莉的万分之一!你是个大男人,傍女人是——我说得不好听哦,是——可耻的!"说着说着,苏醒听见那边把电话忽地挂上了。

苏醒知道赵大姐一直把冯小莉当作女儿一样看待。冯小莉口碑好,在家是贤妻良母,在单位也非常尊重老同志。赵大姐的女儿在国外,所以冯小莉常去她家,和她说说话。赵大姐为冯小莉抱不平,是在情理之中,但赵大姐把苏醒想象成傍女大款的人,让苏醒心中极不舒服。其实,离婚是冯小莉先提出的,罪名却安在了他苏醒身上,这多不公平!苏醒这才回味起刚才那些服务小姐说的话,虽然和赵大姐说得不同,但实质其实是一样的,那就是把他苏醒当作小白脸了。

苏醒有点闷闷不乐,也不再想和林珊她们打招呼,就拿着手机往办公室里走。他想,自己从来没有想过因为聂小倩是个富婆,才到她公司做事的。到"好时光"公司上班,是隐隐中的命运的安排,至于当什么副总,那是聂小倩对他的私心,又不是他要求的。想到这里,苏醒觉得有点委屈,可委屈归委屈,问题的关键是,周围的人也许全都这样看,这让苏醒在委屈的同时,更感到了有些沮丧。

这时候,苏醒的手机又响了。

九

他听到铃声,就晓得是聂小倩打来的。

苏醒问:"有事吗?"

聂小倩说:"哟,这么冷若冰霜呀,人家想你了。"

苏醒说:"你不是有人陪吗,还用得着我吗?我也许只是你有空的时候来消遣一下的人吧?"

电话那头怔了一怔,随后听见聂小倩笑了起来,苏醒听得出,她是鼻涕眼泪一齐笑出来了:"你吃哪门子醋啊,你是听到了什么吧,即使有过什么,也是过去的事了。乖啊,别生气了。"苏醒说:"我有那资格生气嘛,您就别抬举我了。说吧,你有什么事?"聂小倩说:"你快点过来,我对你有话说。"

苏醒来到聂小倩的办公室。聂小倩先是不说话,一个劲地盯着他看。苏醒便任她看,心想看她到底葫芦里卖的是什么药。那聂小倩看了好一会儿才扑哧一笑说:"我的小少爷,真是越看越帅,难怪那天孙行长一个劲地夸你,走的时候还再三叮嘱要把你照顾好,说你喝得有点多。看来,不光是我喜欢你,孙行长也喜欢你。"苏醒被她说得有些不自在,说:"要我做什么,请聂总吩咐。"

聂小倩说:"也没有什么大事,现在机关上不是不能用公车吗,所以孙行长想借我们公司的车用一下,她回老家有点事情。可孙行长不会开车,明天你开车送她去一趟长沙,行不?"苏醒看着她说:"我是公司的职工,只要是公司的事,有什么行不行的?"聂小倩说:"我是怕你辛苦,那好,明天就辛苦你了。不过,我要提醒你,孙行长和她的老公柳局长分居多年了,你可要把握住哦。"

苏醒来到孙行长家的楼下,打了她的电话。孙凤仙行长说:"是小苏呀,麻烦你了,你稍等一下,我就下来。"苏醒在车里左等右等,孙行长也没有下来,就从楼道里上去,只见孙行长拿着大大小小、包装得花花绿绿的礼盒子向他走来。苏醒接过这些礼盒,把东西放在车后备厢里。苏醒等孙行长坐好后,一踩油门,不一会儿,车就上了高速。

孙行长说:"小苏啊,那天喝多了吧,看你伏在桌上,难受的样子，我都担心死了，以后啊在应酬的时候，不要那么实在，应酬嘛，过得去就行了。"

苏醒有点不好意思，说："多谢领导关心，那天我是真心的，想表达一下敬意。"说了一句，就把话岔开了，苏醒说："孙行长，你这么着急回老家，是有什么事吧？"孙行长说："也没有什么，父亲年纪大了，多病多灾的，刚刚来电话说又住院了。唉，你大姐我是独生女儿，接他们过来，他们又不肯，现在啊一心挂两头，搞得人心烦意乱的。"

苏醒说："领导，你就宽心吧，伯父吉人天相，一定没有事的。"孙凤仙说："小苏啊，你就喊我姐吧，又不是在单位，别领导领导的，叫得生疏了。"苏醒就叫了一声"姐"，孙行长应了一声说："我要是真有个弟弟就好了，可惜我没有兄弟姐妹，父母生病了，也是我一个人操劳，没有个帮手，没有个人说说话。"孙行长说着说着，眼圈就红了。

孙行长说："小苏，你结婚了没有？"苏醒手怔了一下，说离了。孙行长说："现在的年轻人干脆，说离就离，倒也爽快。不像我们这些人，放不下，顾前顾后的。"苏醒听了这话，才想起聂小倩说过的话——孙行长和她老公原是分居的，就安慰说："孙姐，我们不比你们，你们是有事业的，有地位的，当然有所顾忌。我们是小人物，没有人注意我们的。"孙行长轻轻地拍了苏醒一下，略带嗔怪地说："别瞎说，什么大人物小人物的，地位高地位低的，你是我的弟弟，就是这么简单。"

两个人一路说着，几个小时后，就到了长沙。到长沙的时候，天已经黑了，苏醒他们没有丝毫耽搁，就赶到了医院，孙凤仙三步并两步，在三楼的消化内科找到了她的父亲。原来老爷子患的是消化道出血，正躺在床上吊着水。孙行长的母亲拉着女儿的手说："小仙啊，我正不知怎么办才好呢，把老头子从床上搬上搬下的,我哪有那个力气?再说我的头都晕了。"她朝四周看了看,问:"怎么小柳咋没有来?你一个人来,也搬不动老头子呀。"孙行长说:"妈,老柳有事不能来,你瞧,我这不带了一个小伙子吗?"孙行长指了指身边的苏醒说:"他还是个医生哩。"

老爷子责怪起了孙行长的母亲来:"你看你,女儿大老远跑回来,累得水还没有喝上一口,你就唠叨得没有完。旁边还有客人哩。"转头对孙行长说:"我这点病没有什么,你用不着回来,耽误了工作。这是老毛病了,我都适应了。"说得孙行长眼泪哗啦啦地流了下来,俯下身子跪在床边说:"爸,你都这样了,还说不要紧,是女儿不孝,让你受苦了。这次病好了以后,你们一定要和女儿一起住,好吗?"

苏醒也蹲了下来,说:"姐,你也不要着急,我是医生,知道这消化道出血虽然凶险,但只要动了手术,止了血很快就好了。来,我把孙伯伯背下来,推到外科治疗,越快越好。"孙行长抹了一把眼泪说:"你不说我倒疏忽了,现在治病要紧。"

手术很顺利,孙行长说:"小苏,你回去吧,公司也许还有事呢。"苏醒说:"姐,你一个女人家,不方便,我还是留下来,服侍孙伯伯,我和聂总请过假了。"孙行长有点感动:"你走吧,我能行,大不了请个护工。"苏醒坚持:"我是医生,要比护工好吧,这几天还要导尿,我在这里比较合适。"孙凤仙听了这话也就没有多说了。

孙行长的母亲对孙行长说:"老头子多亏了这小伙子,我看他比小柳强多了。要是小柳在这里,哪能不顾这屎尿臭?"拉着苏醒的手,瞅了瞅,说:"这几天没顾得上瞧瞧,多俊的小伙子呀,找对象了吗?"苏醒笑了笑,没有出声。孙行长说:"妈,你一见面就问这个干什么?"孙行长的母亲说:"问问这些不打紧吧,这孩子,我喜欢。"

十

过了十来天,孙老爷子的病快好了。孙行长对苏醒说:"这几天让你累坏了,今天晚上,姐请你吃大餐。吃完大餐,我们明天就回去。"苏醒说:"姐,孙伯伯住院花了许多钱,你就不要再破费了吧。"孙行长说:"你这是说啥呢,这一顿,姐是一定要请的,以表感激之情,你就不要推辞了。"

两人来到长沙的徐记海鲜酒楼,靠窗口找了个包间坐下。菜一上来,孙行长把菜夹到苏醒的碗里:"小苏,这次要不是你,我真的没辙了,谢谢你啊。"

苏醒说:"这点小事,姐,你就别说了,公司一再交代我要照顾好你,我只是尽责罢了。况且我还是你弟弟呀。"

孙行长叹了口气:"我和我家老柳分居多年了,我的父母还不知道,他们还指望老柳来伺候父亲呢。我几次话到嘴边,都忍住了,不忍心他们那么大的年纪还为我操心。"孙行长喝了一口水,用餐巾纸擦了擦嘴说:"今天,不知道怎么地,我把这件事和你说了,我和老柳分居的事,以前我从来没和人说过。"

苏醒说:"姐,你和我说是不要紧的,我也不会说出去的。"

"就算说了出去也没关系,日子还是这么过的。"孙行长忽然笑了起来,一脸轻松地说,"我们不说这些事了,说些高兴的。小苏啊,连我妈都说喜欢你,看来女人啊没有不好色的。"说着,有点忘情地把苏醒的手拉过来,放在自己的手心里,放在自己的胸前说:"这次辛苦你了,小苏啊,以后,你要是有什么难办的事情,就和姐说,姐能帮到忙的,一定给你帮忙。"

苏醒心里扑通扑通地跳了起来,感到孙行长的手心潮湿了。可他不敢把手抽回来,任她就这么握着,一动也不敢动。

从长沙回来的那天,聂小倩又把苏醒带到她的小别墅里,苏醒说:"这回你不会又亲自做菜吧?"聂小倩回答:"我这个人,长到这么大,从来就没有做过菜,上次是第一次,这次嘛是第二次。"说着,打开冰箱,变魔术似的端出几盘菜来。

聂小倩说:"这是我从饭店里早准备好的,不到酒店茶楼里吃饭,是因为我想要一点家的感觉。和你两个人在小天地里,真好。"

苏醒有点感动:"谢谢你。想不到你还挂念着我。"

那当然。聂小倩把头挨在苏醒肩膀上:"大家都说我是个女强人,可我觉得我一点也不强,反倒是很孤独寂寞,真想有个肩膀靠靠。"

平日里聂小倩一走进公司,大家都低声不语。在苏醒的印象中,她是很威严的女人。可现在苏醒更觉得她是一只依人的小鸟,正散发着无限的温情。

聂小倩说:"苏醒,你知道吗,市里新近规划了一项重点工程,我们的吴江郡房地产公司正紧锣密鼓地想进驻这个项目。可是公司的流动资金出了问题,你知道,房地产就是资金堆起来的。这阵子,江枫都忙晕了。"

听到聂小倩提到江枫,苏醒有点莫名其妙地不高兴。他推开聂小倩说:"这几天我真的有点累了,我们先吃饭吧。"聂小倩为苏醒满上一杯酒,说:"这十来天你一直在医院侍候那个孙家老爷子吗?"苏醒点了点头。聂小倩心疼地摸摸苏醒的头说:"难怪你说累坏了,真的是辛苦你了。不过,你这么累也许对公司来说是值得的,公司不会忘记你的。现在公司正在四下弄贷款,而孙行长是个最最关键的人物。要是能从建行贷到款,就能挽救'吴江郡',挽救了'吴江郡',你就是吴江郡房地产公司的大功臣了。"

苏醒揶揄地笑笑:"我真有那么大的能耐?"聂小倩含蓄地说了句:"这么多天,孙行长对你不错吧?她可是分居多年的人了。"苏醒有点生气,说:"你怎么这样看我?"聂小倩说:"我不就是开个玩笑吗,把你让给她那么多天,我这不是有点嫉妒嘛。不过真的,不管怎样,也许你比我们更能在孙行长面前说上话。"苏醒说:"那也未必。你们有江总在,还用得着我这无名小卒出马吗?你这样抬举我,我真是惶恐得很。"

听出了苏醒话中的醋意,聂小倩就故意轻描淡写地说:"大家都是一个公司的,公司好则大家好。虽然你没有股份,可你是看我的面子,帮的是我。"看着聂小倩面泛桃花的脸,苏醒有点按捺不住,借着酒兴追问道:"你到底是喜欢江枫呢,还是喜欢我?"

聂小倩忽然感伤起来,她幽幽地对苏醒说:"你听说过吗?俗话说男人是一棵树,女人是一根藤,藤当然是缠在树上的。关键是树和藤要配合好,它们之间才能和谐。你说说,要是男人没了,那就是树没了,藤能往哪里缠?当然要缠在别的树上了。话说回来,藤要是不争气的话,别的藤就要缠到你的树上了,这还是有竞争性的。是不是?我老公去世后,我无枝可依,是江枫给了我许多照顾,帮我打赢了官司,我才有今天啊。而对你呢,我是真的喜欢。说完,又把头靠在苏醒的肩上。"

苏醒说:"你说得太复杂了,我听得头都晕了。"

十一

江枫躺在床上,聂小倩倒在他的怀里。江枫说:"小倩,你的那个什么帅哥和行长进展得怎么样了,你能等,可公司的发展等不及了。"聂小倩半天都没有回答,把头扭到一边。江枫说:

"你这是怎么啦,现在打退堂鼓呀?你可要记住了,你在公司是有股份的。我在'好时光'也是有股份的,我随时可以让那小子走。"

聂小倩说:"你还真的别这样,股份对我来说是不重要的,我和你们男人不同。我只是在想,我们这样做是不是有点不道德?"

江枫笑了:"这年头了,你还说道德,道德值多少钱?你要这样说,傻子都会这么问你。我们现在要看的是,苏醒的英俊相貌值多少钱。按孙行长那饥渴劲,我就不信他们在长沙没有——那个。你说呢?"

聂小倩用手指点了一下江枫的额头说:"你把别人当成和你一样啊?再说,即使他们那个了,孙行长会因为这件事,贷给你那么一大笔款子吗,我看你是做梦吧?她是一个有原则的人,人家是商业银行,有风险控制的。"

江枫说:"话是这样说,可总比我们一点儿门路也没有要好。那个孙凤仙,软硬不吃,钱也不要,物也不要,就是一个金刚不坏之身。这样下去的话,只要银行不支持,吴江郡房地产公司就是死路一条。算我求求你了,你让你的那个帅哥去找找孙凤仙,不管多少,先弄点资金救救急。"

聂小倩说:"你这样说,好像我能控制他似的。"

江枫亲了聂小倩一下说:"我相信你是有办法的。还没有到那一步,真的到了那一步,我还有撒手锏的。"

吴江郡公司的情况的确有些糟糕。因为当初选址错误,房屋质量差,楼盘卖得不好,而银行的利息还是要付的。现在的情形是,开弓没有回头箭,往前走,开发更大的项目才能让资金运转起来,而开发更大的项目需要的还是资金。

资金,资金,那就是房地产的血液。聂小倩知道资金很重要，她想现在做点什么，来报答江枫以前为她争取的"好时光"的财产。

苏醒从长沙回来后，躺在床上，狠狠地睡了几天。当他醒来时，已经是中午，他拉开窗帘，忽然发现外面的草地全绿了。宽敞的街道上车一辆接着一辆，像一条从不间断的河流，日复一日，年复一年地流淌着。人行道上有张破旧的报纸被风吹着，仓皇得不知向哪里去，终于它被吹到马路上，被一辆一辆的车碾得皱巴巴的。苏醒想，那张旧报纸也许就是大地的废屑。人也是这样，当他没有用的时候，他就会和这张旧报纸一样，被时光的车轮碾碎，成为大地的尘埃。

手机响了一下，苏醒打开一看，原来是孙行长发来的短信：小苏，这几天还好吗？之所以没有联系你，是因为怕影响到你的休息。前几天你真的太累了。今天你要是没有什么事，到我办公室来一趟，行吗？

苏醒回了一个：姐，你等着，我就来。

每一个城市，都是以银行的楼最高。苏醒在建银大厦22楼找到了分行行长办公室。他正要敲门进去，却被一个女子拦住了。那女子问："先生你找谁？"苏醒白了她一眼："我找你们孙行长。"

"有预约吗？"女子又问。

苏醒说："是行长打电话让我来的。"话还没有说完，就听见孙行长在叫："是小苏吗？杨秘书，你让他进来吧。"

行长的办公室出奇地大，楠木的办公桌纤尘不染，桌上放着一盆吊兰，嫩绿的叶子一直拖到地上。她身后的书橱里摆满了硕大的精装书，这显得主人华贵而清爽。

苏醒笑着说："姐，原以为只有我们学医的才啃大部头的书，想不到你们学经济的比我们还要厉害，不但书的块头比医书大，而且本本都是精装的。"

"姐姐那是做个样子,你瞧瞧那些书崭新的样子,就知道我没有看过。我哪有工夫静下心来看看书?现在看书对我来说,已经是一种奢侈了,而书对我来说,仅仅是一种摆设。"孙行长坦诚地回应了苏醒对书的评论。

孙行长给苏醒倒了杯水:"你提起医书,使我想到学医的事,当一名医生,是我父母的期望,也是我儿时的梦想。只可惜阴差阳错,本来应拿手术刀的手,现在数钱了。听说你以前是个麻醉师?"

"是的,我从医院辞职才几个月。"

"为什么要辞职呢,医生是一个高尚的职业啊。"

苏醒看了看孙行长,低着头说:"现在医患关系紧张得不得了,医生是弱势群体了。"

孙行长说:"作为姐姐,我还是想让你从医,那要比你现在单纯得多。不过,做哪一样事都有它的苦处。年轻想干一番事业还是很正常的,人往高处走,水往低处流,你到收入高的地方是可以理解的,但收入高的地方风险大,所以一定把握原则。呵,我是不是有点夸大其词或者说教了?"

"姐说得对。"苏醒说,"姐,你说的真不是说教。我最近也有点空虚,你说他们到底看上了我什么了,对于企业经营,我一点也不在行。我也不知道'好时光'是一家什么样的公司,好像它还受'吴江郡'制约。听聂小倩说,公司现在缺钱得厉害,不过这不是我关心的问题。我只是觉得他们之间怪怪的,还想——"

本来苏醒想说"他们还想通过我找你贷款",可又觉得说出来不合适,就硬生生地把话吞下肚子。孙行长说:"我知道你要说什么。小苏啊,这吴江郡房地产开发的小区,由于偷工减料,导致质量有问题,纠纷不断,被我们银行中止信贷了。我们要对公司负责,不能增加坏账了,这是原则。江枫找我不下数十次了,都被我回绝了。"

苏醒喝了一口水,幽幽地对孙行长说:"姐,你找我有事吧?"

孙行长从柜子里拿出两盒西洋参来,递给苏醒,说:"前些日子你够辛苦的了,姐想起来就有点过意不去,你拿过去补补。"

苏醒接过那两个盒子,鼻子酸酸的。

十二

聂小倩把双腿搭在苏醒的大腿上,穿着黑丝袜的长腿在灯光下十分诱惑人。苏醒忽然觉得聂小倩就是一朵云,捉摸不定,让人感到一不小心她就会无影无踪了。苏醒抵挡不住黑丝袜的诱惑,他一把将聂小倩抱在怀里,吻了起来。

苏醒捧着聂小倩的脸,定睛地看着。那是一张精致的脸,轻闭的眼睛,微翘的嘴唇。他禁不住说了声:"小倩,你真美,像《聊斋》里的女鬼。"闭着的眼睛睁开了,聂小倩扑哧一声笑着说:"你终于赞美我了,难得啊。"亲了苏醒一下,接着说:"我是女鬼,你就是聊斋里的那个书生,是来救我的。"说话的时候,聂小倩似乎想起来了什么,说:"醒,我对你说的那件事你考虑得怎么样了?"

"什么事?"苏醒问。

聂小倩说:"公司准备派你去找孙行长弄贷款的事。这也没有什么,就是你去会让她放心吧,只要能贷到款,公司不会亏待她。这话你说方便些。"

苏醒心想,要是"吴江郡"真的如孙行长所说的那样糟糕,自己再去找孙姐，岂不是害了她？就推辞说："昨天我去过她那里，试探了一下，她好像有些顾虑，态度也很坚决。我想我是不适合的，她也不会听我的。"

聂小倩说："醒，江枫控制着整个'吴江郡'集团，这次你不去，他是不会放过你的。"

苏醒说："那他想怎么着？"

聂小倩说："他会辞退你的。"

苏醒说："充其量也就这样吧，那很正常。我没有为公司做一件事，拿公司的工资，我很惭愧。他辞退我，我不会怪他的。"

聂小倩嗫嚅着，说："可是——"

"可是什么？"苏醒追问。

聂小倩拉着苏醒的手，说："醒，听说你都称孙凤仙'姐'了？"苏醒说："是的，有什么不对吗？"聂小倩叹了口气，说："醒，我是相信你的，无论怎么样，我都是相信你的。"说完，聂小倩忽然一本正经起来，对苏醒说："苏经理，请你到'吴江郡'江枫董事长那里去一趟，他有事找你。"

态度变得真快呀，多一本正经呀，苏醒想，这个聂小倩就是天上的一朵云。

苏醒来到江枫的办公室。敲了敲门，就听见里面说了声："进来。"苏醒推门进去，只见江枫面对着窗口，在抽烟。苏醒问："董事长，你有事找我？"江枫转过身来，说："呵，是苏总呀，坐，坐。"

苏醒在江枫的办公桌前坐下。江枫递过一支烟来，苏醒摆摆手说："谢谢，我不会。"江枫笑着说："是男人，就得抽烟、喝酒、担责任啊。苏总啊，你说说，你来公司这段日子，公司给你待遇怎么样？"苏醒说："很不错。"

"那你为什么不接受公司派给你的工作啊？"江枫单刀直入。

苏醒说:"我觉得我完成不了这项工作。"

江枫说:"你不去怎么知道你完不成呢?我认为你应该先试试看。"

苏醒默然不语。两个人就这样坐着,谁也不说话。大约五分钟后,江枫从抽屉里拿出一张照片来,对苏醒说:"苏总,我想这个你有必要看看。"就递给了苏醒。苏醒接过一看,不由得大惊。

照片上,孙行长把苏醒的手呵在手心里,放在她的胸前,在局外人看起来,有点暧昧。这是在长沙徐记海鲜酒楼吃饭的情景。苏醒涨红了脸,说:"你跟踪我?你派我去开车,是一个圈套?"

江枫笑着说:"这张照片对你倒没有什么,可对你的行长姐姐就是个麻烦了。我江枫是守信的人,只要你能说服孙凤仙帮我们'吴江郡'渡过这一难关,什么都好说。"

苏醒叫了起来:"你真卑鄙!"

江枫说:"年轻人,光叫唤是没有用的,我们现在重要的是想出解决的办法。你说是不是这样呢?"

苏醒不知是什么时候走出江枫的办公室的。他伤心的是,聂小倩一定知道江枫跟踪他和孙姐的事,也许她就是同谋。他更伤心的是,因为自己而害了孙姐,让孙姐受到了胁迫。他不吃不喝,躺在床上好几天,但依然是无计可施,唯一能做的,就是离开这纷扰之地。他回到宿舍里,整理起行李来。

"你要走吗?"聂小倩推门进来了。

苏醒没有回答,他觉得已经没有必要回答了。聂小倩说:"我知道这样做是不道德的。不过你可以放心,昨天我趁江枫出去的时候,已经偷偷地把他电脑中的照片删除了,印出来的照片,我也给它撕碎了,再也没有事了。"

苏醒的眼睛亮了一下,还是没有出声。聂小倩说:"你留下来吧。"苏醒说:"谢谢,谢谢你帮了我。这里不适合我,我还是要走的。"

把聂小倩留在公司的大门口,苏醒背着行李箱,走到出城的大道上。他打定主意,要离开这个城市,到一个新的地方去。在离开这个城市前,他打个的士,想去西区看一眼自己工作过的医院。

快到西区医院的时候,苏醒看到了林荫道上迎面走来了两个人,是李长风和冯小莉!冯小莉的手挽在李长风的胳膊上,一副小鸟依人的样子。这个样子苏醒似乎有点熟悉,他在和冯小莉谈恋爱时,冯小莉也是这样。苏醒让出租车司机停下来,他躲在玻璃后面看着他们。李长风和冯小莉的气色很好,特别是冯小莉还化了点淡妆,挺着大肚子。冯小莉分明是怀孕了!

"妈的!我一直在麻醉别人,现在却被别人麻醉了!"麻醉师苏醒从心底里骂了一声,不想却骂出声来了。出租车师傅以为这人有点神经质,就问:"你到底还走不走?"

苏醒说:"走,怎么不走?走得越远越好。"

肋 骨

一

每当看到自己心爱的女人的时候，我总是在心里说："带上我吧，我是你的肋骨。"

我是在这个夏天的一个下午到达这座城市的。那天我喘着热气，走遍了每一条街道，愣是没人瞧我一眼。我摸摸兜里面花了二百元钱买来的硕士证书，想起了那个街头上办证人对我说的话："你用我的这个证去广州，保证你很快就能找到工作。干这事，我已经有好多年了。"可现在都三天了，这个证书还没有发挥一点作用。

我知道我能进友丰药业公司完全是因为我的外貌。我皮肤白皙，温文尔雅，个头高挑。应试的时候，那个考官胖子问："学历？"我心虚地答："硕士。""专业？""历史。""对不起，我们是药业公司，不需要学历史的，你走吧。"我想我大概又要再一次遭遇像前两天相同的冷遇，沮丧地收拾起东西，准备走开。

"等等。"有很轻柔的声音对我说。我回过头来，看见一个年轻的女人向我走来。她的眼睛直直地看着我，像审视着一件商品，我分明感受到了她逼人的气息。凭我对女人天然的直觉，我想她看中我了。"收下他。"她对胖子命令道,口气不容置疑。我不敢看她,等她走后,听胖子说,她叫夏雨,是个非常有魅力的娘们儿。胖子还很神秘地告诉我:"以后你就知道啦,既然在一个公司,今后我们就是哥们了,我叫文昌,李文昌,文章的文,昌盛的昌,你呢?"我回答:"陈村。"我有点讨厌胖子飞溅的口水星儿,总是像喷雾一样扑面而来,我匆匆地和他告辞,就去公司报到了。

我很快被分到人力资源部工作,兼顾总经理办公室事务。雨是这个部的经理,就坐在我的对面。她是我的上司。这个从重庆来的女子,有着巴山蜀水的天然秀色,如丝的长发飘逸在雪白的香肩上,眸子里深藏的眼神会一下子看穿你的心思。她身上微微散发的香风,一次一次地让我心襟摇荡。我狠命地压抑着心中乱七八糟生长的情绪,我告诉自己:我是为生存而来,得用心去工作。

"你得先去租一间房子,有个安身的地方才好。"她说,"今后你得听我的,这个公司正是成长的时候,需要我们去奋斗。"

她的脸上忽然出现了很美的微笑,因为她总是板着面孔的,偶尔一笑,顿时使我觉得倾国倾城。"你叫什么名字?""陈村。""哦,好记呀。""是的,很普通的名字。""学历史的硕士?看过《大明宫词》吗?"我暗暗笑道:"看过。"她脸上的笑却很快凝固了,挥了一下纤纤细手:"我喜欢武则天。"随即站起来,说:"记住,以后在公司里,你就是我的人了。"

年轻的雨没有看我一眼就走了,我望着她亭亭玉立的背影,感到一股无形的霸气,我同时觉得自己正要进入一场暴雨中,我害怕着,又渴望着,涌起了一种从未有过的亢奋。

二

在宝成里一幢老式红砖楼里,我终于租到了一间房子。一楼全租给外地人了,二楼是房主自己住的,我住在楼上的一个阁楼上。房主人蓉是一个花朵一样女人。纯白的苏州丝绸遮过了膝,雪白的脸上那么和谐地安放着鲜艳的红唇。我感觉她总体是平静的,要不是见她高高隆起的胸部不安分地一起一伏,多了些妖冶和丰艳,她倒是非常符合我心目中古典公主的形象。中午太阳照着的时候,蓉一般都要抱着小狗出来在走道里散步,这时候我注意的是她颀长而性感的脖颈,衬托着整个头部像一枝盛开的百合。

小狗似乎是一条纯种的波斯狗,温顺地蜷伏在蓉的脚下,偶尔从她怀里嗖地蹿出去,像撒欢的孩子。这时女人总是弯下腰,重新抱起它,一只手抚摸着它的头,朝着楼下凝望。白衣的蓉似乎有着无尽的心思,这个神秘的女人让我涌起了解她的欲望。

这个近三十岁的女人,很少走出这个阁楼,她如同一只小猫,慵懒地待在家里,像是等候着什么。一个乡下来的叫晴儿的小姑娘,整天为她做饭、浆洗和上街买东西。一天,我在楼下碰到了晴儿,她正拿着为女主人买的冰淇淋上楼,我招呼她:"嘿!好啊!"晴儿愣了愣,对我回头望了望。

"买东西呢?"我问。

"是啊。"

晴儿非常愿意和我说话。从她那儿我了解到,女人的丈夫五年前去了美国,从此便杳无音信,给她留下的就是这幢楼房。她靠着租金过日子。说着说着,晴儿咚咚地跑上楼,在楼上的扶梯上对我嫣然一笑。我惊奇地看了看她,打开烟盒,抽出一支烟来，心想：真是一个奇怪的女孩。

对了，我忘了问那条狗叫什么名字了。

在广州，我除了上班还是上班。只有晚上，这幢低矮的红砖楼才能给我精神和肉体的休息和安宁。一天，雨对我说，她已经掌握了公司2%的股份了，她说她的目标远不在此，她有一个宏大的目标，不达到，是不肯轻易罢休的。她需要的是这个公司，而不是在其中做一个小小的董事。我也慢慢地预感到，我是她阴谋中的一个棋子，正被她驱使着一步步走过界河。虽然我明白这些，但我不得不被她驱使，因为我要生存，另一个重要的原因就是我不能抗拒雨强大的魅力。

我认为自己的确是个人才。我为公司策划了一套营销方案，解决了公司所有的库存，短短的时间里，我就被任命为营销部的经理。我深深地体会到了民营公司的用人原则。雨呢，设宴为我庆贺。在一家红红的酒吧里，雨给了我无法言传的娇媚。一会儿她笑得无限灿烂，一会儿她又如雨打梨花，忧郁地将酒一饮而尽。我可以随她高兴，但我受不了她的忧郁，女人的眼泪就是征服男人的武器。虽然她只是隐约地有泪光闪烁，但我早已是心疼不已。

我搜罗了肚子里所有的笑话，说给她听。十分霸气的雨，此刻像一个单纯的小姑娘在听，听凡·高的耳朵是怎么飞翔的，尼采的语言像晒腊肉的铁丝，弗洛伊德的恋母情结。女人到底是女人，转眼她又笑得花枝乱颤。当我说起我的童年，清清的小河，残暴的父亲，我是怎样地在一天清晨背井离乡，流泪的母亲偷偷送我到渡口。雨仿佛亲临其境，又落下了豆大的眼泪，轻轻地用手摸了一下我的头，然后伤感地、慢慢地将头靠向我的胸脯。那一刻，我的心渐渐地收紧，抵挡着，把她推开。

一瞬间，我感到好累。我想回到我的阁楼休息。我告别了雨，回到那座红砖小楼前。街头的灯光灰暗灰暗的，我快步走上二楼，猛然听到蓉的房间里，有什么声音，出了什么事？借着酒劲儿，我从她没关严实的窗帘缝里，朝里面一看。

三

蓉躺在沙发里，一只小狗依偎在她的怀里。我是不经意间看到的，看到的时候，浑身的血也涌了上来。我感到我的四周，有许多水涨起来，淹没了我，水草伸展着，裹住我的手和腿，一丝也不能动弹，然后慢慢地没有了呼吸。

我天生对女人充满了爱怜。在阁楼的灰暗的天花板上，一遍一遍地浮现着蓉的影子。在这个性泛滥的时代，性欲的压抑给人以变态感，会毁掉一个女人的一生。

那天晚上，我一夜没睡。

广州的下午出奇地热。友丰总部的会议厅里却非常沉闷。在董事长缺席之时，例行的董事会正在讨论将净利润全部转入资本公积金问题，雨正使出浑身解数，反对推行这个方案。她尖锐地发言，却被资深的董事们不置可否。她频繁地向我抛来了媚眼，我假装视而不见。我刚刚当上部门的头儿，不想因此得罪众人。但是我真的感到雨生气了，会议结束后，她唰地一甩长发就下了楼。

紧接着，我接到三个电话，要我去那家酒吧。

我知道我的末日来临了。我硬着头皮赶到那儿，发现雨早已坐在那里。她先是狠狠地盯着我，然后忽然笑起来："没事，就请你来坐坐。"我真的很意外，吃惊地问："真的没事？""没事。"她显得异常的平静。我本来想对她解释，并晓以利害："在董事会上，大部分人都不同意，靠我们俩是不行的，希望你能理解我。如果一味任性，只会适得其反。"但现在看来是没有解释的必要了。暗暗的灯光照在她的脸上、肩上，仿佛让我重新看到了昨晚的蓉。雨和蓉一样，也是女人，虽然雨在事业上拼命地努力，但是在这个时候，我真的觉得失落的她，是楚楚无依了。

她突然问："你知道吗？"

"知道什么？"

"我此时的想法是什么，你猜猜。"她显然在我来之前就喝了很多，斜睨着一双媚眼问道。

我想她此时肯定在想让我做那只小狗，蓉的那只小狗。这一天来我脑子里挥之不去的那只小狗。我故意不说，装着很茫然的样子，摇摇头。

"笨！"她说。同时她慢慢地坐到我的身边，仰着头，伸到我的下巴下面，轻轻地说："我此时的想法就是我在两年内得到公司30%的股份。我不怕你知道。我对你有信心。"

可怕的女人，我暗暗地在心底惊呼。惊呼的同时，我感到一个掌影飞来，眼睛里冒出了几个火星。

啪！我的脸上挨了重重的一巴掌。那张漂亮的脸顷刻就乌云满面。乌云之后，她的眼泪哗哗地流下来了："原来你是个胆怯的男人，我真是错看你了！空有一副外表罢了。开会的时候，你倒会装着看不见啊，我恨你！"

"我恨你，我恨你，我恨你。"

一连说了几个"我恨你"，同时我的背上也被捶了好几下。

女人说恨你，你应该为之高兴。她们不会为不相干的人付出情感的，即使是恨，她们也是很吝啬的。果不其然，她泪流满面的同时，一只手正轻轻地摸着我的脸。

四

  我的头很晕。这个时候，我又想起了蓉昨天的样子。一开始的最简单的试探，就是这样的直接的方式。没有 kiss，没有玫瑰，甚至简短的交流。现代人的快节奏，已经撕毁了前人织就的浪漫的面纱。我有一丝感动，它热乎乎地从丹田里升起，一时，竟忘记酒吧中还有许多人的存在。

  晚上 8 点钟，我带着刚刚退烧的脸颊，又回到我居住的那个小楼。蓉站在二楼的走道上，抱着那只小狗，凝望着街头。"乖。"她轻轻对狗说着，有些用力地按了按它的头。"光阴的味道"从她身上散发出来，它是一种法国香水，满溢着柔媚的女人味。"乖。"当我从香气中走过的时候，她又轻轻地说了句，使我忍不住回头再看了一眼这个女人。

  雨给我的刺激还在，而蓉的香水味的刺激就在眼前。我忽然想起昆虫在吸引异性的时候，就是用气味作为媒介。蓉除了她的香水味，还加上她薄薄的白绸裹紧的膨胀的胸部，使我不能自持，终于又回过头来看看她。

  蓉说："才回来啊？"

  "嗯。"我说，"还没休息啊？"

  "出来散散心，天热哩。"

  我把公文包放在我的房间里，走出来和她有一搭没一搭地说起话来。她在说话的时候，不时地摸着小狗的头，说乖，听话之类的。在走廊的这边，我瞥见她房里的摆设，窗帘是白色的，台布是白色的，在暗红木质家具上，白色透明的酒杯里半盛着红红的葡萄酒。在灯光下，红白两种色调形成了很大的反差。

  我忽然有种想做坏事前的兴奋。说："好整洁干净啊。能参观你的房间吗？"

蓉放下小狗，敛了敛白绸衣，平静地笑了笑："好啊。"

蓉说："喝点酒吧，低度的？来，坐沙发上。"

我说："不了。我刚喝过。要么来点清凉点的，饮料也行。"

她转身从冰箱中拿给我一瓶可乐。我喝了一口，心里凉爽了很多。看着蓉拖着拖鞋来回地走动，安静得没有一点声音，我又想起了那天我看到的情形，总是挥之不去。我带着可乐味，很快进入正题："你很漂亮。"我盯着她雪白的脖颈，幽幽地说。

蓉说："是吗？"她腼腆起来："不是呀，我左耳下有颗痣的。"

我侧过身来，的的确确看到她的左耳下有颗小小的黑痣，在这整洁干净的脸上，黑痣显得更加醒目，像百合花上的小小的花斑。蓉侧过来的时候，也带来了诱人的"光阴的味道"，我真想在她的小小的黑痣亲上一下。

可蓉又缩了回去，她和雨不同，比雨含蓄、胆小，比雨神秘。

我说："这痣挺好的。它是绿叶，你的脸是红花，红花要有绿叶衬托。"我这样说是真心的，蓉实在很美，一种很忧郁的、病态的、性感的美。

蓉没有回答，很羞涩地呷了一小口酒。从此平静了，谁也不说话。

我站起来，说："我回去了。"

蓉说："好吧，晚安。"

在我出门的时候，听到她轻轻地对门外喊了一声："回来吧，花花！"我一惊，猛然触到我一桩心事。

五

　　花花是蓉的狗。月儿的狗也叫花花。月儿是我姨妈收养的女儿，因为智力障碍，被人抛弃了，山里好心的姨妈就把她领回家收养了。十六岁以后，月儿出落成一个水灵水灵的大姑娘，虽然聪明了一点，但有时也傻傻的。这成了姨妈一块心病，有一天姨妈把我叫到身边："村儿，要是你以后有了出息，就把月儿带走吧，姨妈老了，死了以后，谁照顾她呀，唉。"

　　从此，姨妈的话成了我的一块心病。所以蓉在喊花花的时候，就使我想起月儿来。她小学毕业就辍学了。她长得清秀无比。双眉如黛，两眼如月，笑起来如阳光一样灿烂。我惊讶于她的牙齿，那一排如玉的洁白，更使她的脸上异常晴朗。那年我在乡下养病的时候，月儿整天跟在我身后，喊着"哥哥"，睁着漆黑的大眼睛听着我的故事。

　　月儿竟然能听得懂鸟的声音，当我和她踏着晚霞走在山间野花烂漫的小路上的时候，她随手摘一片树叶，就能模仿正在鸣叫的鸟的声音。有时她对我说："哥，那是鸟找妈妈哩。"有时她又说："鸟儿在哭呢。"家中有一把二胡，月儿也能照着录音机，把歌曲拉出来。月儿的美是纯洁而单纯的美，使人不敢亵渎。我甚至在想，月儿是属于这大自然的，如果把她带到城市，这块璞玉就会让墨迹污染。

　　有一天，月儿问我："哥，月亮上有人吗？"

　　我说："有啊，有个美丽的女人，她叫嫦娥。"

　　月儿问："嫦娥有花花吗？"

　　我说："只有月儿有花花，嫦娥没有，她很寂寞。"

　　"那她为什么要到月亮上去呢？"月儿用手托着腮，一心一意地想着。

花花始终跟在月儿的身边，有时候她们坐在一起，一坐就是半天。这只狗静静地听着月儿讲着故事。这些故事都是我对月儿讲过的，又被她复述了一遍。在别人眼里，月儿是傻子，而对我而言，她聪慧得像仙女一般。我常常感叹：她是一个不属于凡间的女子，她应该在月亮上生活。

月儿喜欢摆弄我的那个随身听，她对那个小匣子里的东西着迷了。什么歌，她只要听几遍都能唱出来。她在音乐上真是天才，我想：要是她从小受到很好的教育，她一定能成为一个歌唱家的。

月儿说，哥是来养病的，好吃的东西要留给哥哥。她说的时候，花花总要对着她叫上两声，仿佛它已经听懂似的。

我在姨妈家休息了半年，病终于好了，也吃尽了姨妈家所有好吃的东西。月儿给了我无比细心纯洁的照顾，要不是月儿，也许我的病还没有好。山坡上，枫树下，小桥边，留下了我、月儿和花花的影子。有一天，我用猎枪对准一只兔子，被月儿一下子挡开了，她不忍心我伤害小动物。她善良的心、她那无邪的笑，让我重新发现了生命的美丽。我走的时候，苍老的姨妈拉着我的手，千叮嘱，万嘱咐："村儿呀，要是有机会，你就把月儿带走，找个事情做吧。她是个傻子，看门还行。我在世不久了，不能照顾她了。月儿和谁也不讲话，只是恋着你的，你要记着好好对她啊！"

我看见月儿站在姨妈的后面，一直不说话，大滴的泪珠挂在腮上。我暗暗地说："姨妈，即使你不说，我也不会丢下她的。"

走的那天的早晨，天异常地晴朗，朝霞给大山披上了一层金色。我匆匆地上了去城里的班车，看见在车窗外，姨妈、月儿、花花站在山峦的顶上，挥着手，瞬间定格。

六

　　我躺在床上,盘算着如何把月儿弄到广州来。我想到友丰旗下有个金鑫宾馆,把月儿放在那儿也许能行,正巧昨天胖子李对我说,金鑫宾馆最近要招一批服务人员。这也许是个机会。

　　第二天我把我的想法告诉了雨,对她说,宾馆要招人,你看我妹妹咋样?

　　雨狡猾地问:"真是你亲妹妹吗?"

　　我坚定地说:"是的。长得很漂亮的,就是文化有点——不高。"

　　雨一笑:"那我们要她干什么!来了就是做事的。"

　　我说:"可以在宾馆里走动走动,也不要多少工资的,能吃饭就行了。其实她也不笨的,就算帮我一个忙,好吗?"

　　雨答应下来。我赶紧捎信到了乡下,让姨妈把月儿送来。

　　三月转眼就过去了。我迅速地升到了董事会秘书。我知道这件事雨起了不少的作用。为了报答她,我心甘情愿地加入了她的阵营。

　　那是一个风和日丽的下午。雨打电话要我去她那儿。在红红的扶梯上,雨披着轻纱展示了她所有的媚态。她拖着红色的拖鞋,鲜艳的唇闪着迷人的光芒。开裂的裙裾里面雪白的大腿若隐若现,红色的内裤像热烈燃烧的火把,瞬间点亮了我的双眼。她的眼里残存着一丝兴奋中的忧郁,我说过,正是这种忧郁最容易侵入男人的身体,唤起他们心中与生俱来的、固有的对女人爱怜。

　　她说:"把门关好。"

　　我转身关上大门。

她笑了："傻站着干什么？上楼来吧。"

我一声不吭跟着她上楼。这时候我像一个玩偶，又像一个傀儡，完全是迷茫的，只是有一股摄心夺魄的力量，牵引着，让我不能自已。雨和在公司里一样，总是主动的，她在任何人的面前，都是主角。

雨一把抱住我，没有半点羞涩和迟疑。这一切尽在我的预料之中。我像是进入了云雾之中，只觉得身上的衣服正被一件件地脱下。我孤独的心像一只漂流许久的船，进入了风和日丽的港湾。有个声音在说："雨啊，我要把我整个身心都给你，你就是我的生命，我愿为你付出我的一切。"

我疲倦了。我非常困。雨仍兴致未减，推摇着我，和我说起公司的事来。

她说："村，我又得到了公司3%的股份，这样我已有5%了。"

我说："奖励的吗？"

我知道，公司有奖励制度。

她说："不是，是人送的。"

我问："是谁呀？这么大方！"

雨笑了笑，没有回答。可是我隐隐地觉得事情并没有看起来的那么简单。是呀，为什么没有人好好地就送股份给我？可是我非常困，也就没有深究。

七

蓉照例穿着白色的绸衣，站在走道里对外凝望。花花有时也会跑到我的房间里，可是一听到蓉的叫唤，便飞快地跑了回去。

广州的秋天仍然很热，中秋节也姗姗来到。我听见蓉的房间里传来了优美的钢琴声。同时也传来了蓉忧郁的歌声，蓉的忧郁是永远的，雨的忧郁却是暂时的，雨的忧郁打动人只是那一刹那，而蓉的忧郁却能深深地进入人的内心。

我产生了和蓉共抚一曲的愿望。一轮明月悬挂在天上，月光泻进来，照在她白色的衣裙上、白色的床单上、白色的台布上，更增添了琴声的孤独和凄凉。

蓉对我说："想听我的故事吗？"

我点点头。

蓉开始诉说起来。那时的蓉，是市剧团的一位红得发紫的演员，她发现每天都有一个帅气的男子在看她的演出。这年头看演戏的人可以说是很少了，可这个男子基本上是每天都来，默默地在一个固定的地方站着。虽然他们之间没有说过一句话，却像相识很久一样了。有一天，他终于捧了一束鲜花，并用这束花把蓉领回了家。那个家，就是这个红砖的小楼。从那天起，她就预感到这个男人不一般。这个男人平静而无语，深奥得令人不可捉摸。在这个男人的面前，她总抑制不住内心的煎熬，在心里说：我把什么都给了你吧！

她看看我，说："你坐到我的身边来。你在听吗？我不会是祥林嫂吧？"我回答："在听哩。"于是她接着讲。

那男人果真突然像疯了一样，男人推开她，让她站着，靠在墙边，点燃一支烟，坐在椅子上欣赏起来。蓉闭着双眼，仍能感受到他的眼睛没有一刻离开过她的身体。蓉忽然骄傲起来，觉得有种欲望已经远远地越过了她原有的激情。

这个最完整地欣赏过她的人，后来成了蓉的老公。她一刻也离不开他，他不在的时候，蓉就静静地站在屋子里，或者长时间地在镜子前面欣赏着自己。后来，蓉怀上了他的孩子，是个女孩。不幸的是，那年中秋节，这个孩子爬到栏杆上，掉下了楼。

孩子死了，男人在他父亲的逼迫下去了美国，从此再无音信。

"他是真爱我的。"蓉最后强调。

蓉把脸转过去，看着窗外皎皎的月亮，自言自语："我为什么要对你说这些呢，让你知道我是个自恋的人？"

我轻轻地抱起她，俯耳说道："我知道。"

八

从此，我产生了一种从未有过的罪恶感。我回到阳光下，便感到自己龌龊不堪。我恨透了自己，从此狠命地工作，赢得了公司上上下下一致的赞许。

胖子李打电话给我："陈哥，有人找，快来呀。"

我问："在哪？"

胖子李说："像是乡下来了水灵妹子，陈哥，你真有福气！"

我知道，是月儿来了。依然是扑闪的大眼睛，一眨不眨地望着我。送她来的姨妈，走的时候对我说："村儿，月儿全靠你了。她孬，多照看着点，大城市可不比俺乡下，可别让她吃亏了啊！"

雨热情地把月儿安排在金鑫宾馆。她像大姐一样，端详着月儿："真是仙女啊，仙女下凡啊。"

一个月后，钟董事长兼总经理从外地休养回来了。他迅速召集各部门负责人了解情况，大家都小心翼翼地对他汇报了近期的工作。他特地让雨坐在他的身边，踌躇满志地安排下一步工作。我看见雨在会议厅里亲热地挽着他的胳膊，嘴上的口红亦异常鲜艳。我顿时觉得雨的口红很刺眼，揉了揉眼睛，仍然是很不舒服。雨的打扮也比平时更加娇艳，在董事会沉闷的气氛中，雨像是暴风雨到来之前的一枝怒放的荷莲。

大家小心翼翼地汇报着最近的工作，一个接着一个发言。

"陈村,你说说吧。"钟董事长问我。

我没听见,我已经被雨对钟老头的媚态刺激得坐立不安了。我看到的是雨对老头的千般柔情,她简直忽略了我的存在,甚至连看也不看我一眼。我死死地盯住雨,一动也不动。

"陈村,你说说吧。"老头子再次问我。

"哦。"我猛然醒来了,结结巴巴的,一反常态。老头子犀利的眼睛看着我,看得我心里真发毛。"我,我有点不舒服,对不起。"我慌乱地说。

会议很快结束了。我看见雨像一只快乐的小鸟,钻进董事长的车里。

雨是董事长的女人!我觉得这个世界上充满了谎言,原来人们都知道这件事,唯有我蒙在鼓里!滚滚红尘,谁能将那份爱遗忘?只有女人,昨天她在和你卿卿我我,今天她会装得一点也不认识你。女人是个善变的动物,你看得见,摸不着,当你醒来的时候,你会发现过去的事是一场梦!

我疯狂地找到了胖子李,说:"告诉我,雨是不是董事长的女人?"

李说:"是的,是太太以外的那种女人。"

我愤怒地摇着他的肩:"为什么不对我说?"

胖子李幽幽地说:"我说过,她是有魅力的女人。怎么了,你着了她的道了?你吃了豹子胆了,敢太岁头上动土?"

胖子李接着说:"话说回来,这也不能怪你,我也曾经被那妮子迷得神魂颠倒呢!奶奶的,是个尤物。"他咂咂嘴,像要流口水一样。

他有点幸灾乐祸地嘿嘿笑着。

我没有理他,走开了。我想到了蓉,心理平衡起来。是啊,雨并没有欠我什么,我们彼此彼此,我在和雨好的时候,不也和蓉在一起吗？想到这里，我加快脚步，向宝成里那个小红砖楼走去。

九

我跑到蓉的房间里，仿佛怕人把她抢去似的，猛地把她搂到了怀里。蓉用手点了一下我的鼻子："怎么啦？"

我的眼泪哗地流了下来，把头埋在女人的怀里。女人掏出手绢，为我擦拭脸上的泪水。谁也没有说话。

蓉问我："有不开心的事了？能告诉我吗？"

我摇摇头。

蓉安慰我："那就想开些，好吗。"声音很轻柔。

蓉很善解人意，我不说，她是不会问的。她对我说起她以前的事情，那一段铭心的事情，总是不能释怀的往事。

她对我说起的就是她老公的事。那个男人是个画家，他有一排整齐的肋骨，清晰得像小摊上排列的肉串串。她非常欣赏他激情前的那一份宁静。他总是让她站着或者躺着，点起一支烟来，欣赏着，如同一个酒鬼喝酒前的眼神，也如同一个雕塑家在完成自己的作品后油然而生的那一份惬意。十分钟后，他便由一个艺术家变成了一只狼。

原来文明和野蛮只隔了一张纸。每当他变成狼的时候，蓉说她就从内心产生了一种战胜他的欲望。她嘲弄地看着他，从艺术品的角色中走出来。而在看到他结束后那满足的微笑的时候，她觉得开始占上风的他，最后是那么不堪一击，她甚至有点可怜他了。

蓉说："你和他不同。"

我在心里想，这个小女人对情爱有着这样深深的体验，这样悠久的回味。

蓉说:"说实话,我有时喜欢他这种暴力行为,有时又有点厌恶。女人是男人的肋骨吗?我看不是,男人才是女人的肋骨。"

蓉又说起她的女儿。她翻出她女儿的照片,抚摸着女儿的脸,露出忧郁的表情。她说:"要是她活着,也该有八岁了吧。"这是一本旧相册,里面大部分是蓉在剧团时的剧照。那时的蓉冷冷的、在昏暗的台上,踩着观众扔掉的鲜花,一副春风得意的样子。

我们喝着酒。白色的台布上洒了一点红色的渍迹。

蓉说:"换一块台布吧,我讨厌污迹。"

她又从衣柜里拿出一块新的白台布来,把那块脏的扔进了垃圾袋中。我谨慎着,生怕再有一滴酒洒出来,因为我面对的是一个有洁癖的女人。

蓉往我的杯中倒了点酒。我问:"你爱我吗?"

她说:"不知道。"

"那我和你?"

"我们在一起是美好的,不是吗?不要往深处去想。"

我觉得我不该问这样的话,这是多余的话。

我面前忽然出现了雨的影子。我只触及她们的表面,她们的肉体,而她们内心的东西,仍然是她们自己的。她们仍然在一如既往地做着她们的事,她们生活得很快乐,她们的忧郁是在脸上的,那就是对付我的武器。我只是她们的一根肋骨。

我们坐着,进入了沉默。突然门铃响了,我们惊慌地站起来。

十

蓉打开了门,出现在门前的是月儿。

"哥!"她扑过来,穿着一身新买的衣服,拉起我的手又蹦又跳。我对蓉介绍说:"这是我妹妹。"她说:"是吗?"转身拉起月儿的手说:"好靓啊,来让姐姐看看。"月儿一脸茫然地被蓉摆弄着。

我对蓉说:"我回去了。"

蓉说:"好。"又对月儿说:"有空来姐这儿玩。"

我拉着月儿到了我小小的阁楼里,问道:"月儿,习惯吗?"她点点头。我说:"哥不在你的身边,凡事要机灵点。"她又点点头。昏暗的灯光下,她的大眼睛一闪一闪的:"哥,我只想和你在一起。"

"傻孩子,哥不是一直和你在一起吗?"

月儿点点头。

"有事可以打哥的电话嘛,哥忙,但会常去看你的。"

"哥,"月儿的声音软得像露水从叶子上掉下来,"我漂亮吧?"我回答:"漂亮。"月儿扯扯她的衣服,说:"我新买的,有工资了。我还买了一条围巾,天冷了,哥,给你的。这是一条红色的围巾,和你挺般配的。"我说:"呵,月儿长大了。"我拿着围巾,心里涌起了一股暖流。同时我也很欣慰:城市使一个白纸般的姑娘骤然"聪明"了起来。

"哥,总经理要我去他办公室上班,给他拿拿报,打扫打扫卫生,叫我明天就去那儿上班。哥,能不能去呀?"

我心中一惊。这老色鬼!莫不是看上月儿了?全宾馆那么多人,偏偏选上月儿。月儿能做什么?况且又是个乡下刚来的女孩，除了清纯、美丽之外，再也没有什么了。

我问："是谁对你说的？"

"宾馆的经理啊。他还说我的造化来了。"

"你见过钟总吗？"

"没。"

"那他见过你吗？"

"没。"

我想，我大概多虑了。我对钟总的了解不多，也许是因为雨的缘故，我对他有一点敌意和偏见吧！我对月儿说："去吧，好好干。"我看着月儿扑闪的、不设防的大眼睛，又一次发现了自己的无能和懦弱。我明明知道月儿此去大有蹊跷，但拼命地为自己找到了许多借口。

晚上我送月儿回家的时候，又经过了雨的那个楼房。还有什么值得留恋？我和雨现在根本就是生活在两个世界里。她的窗口透出暖暖的光来，像是红灯区招摇的红霓。这灯光对我而言，曾经是那么熟悉，但在今晚，却像血一样鲜红。

我努力地去想象雨出卖自己的痛苦，想象她面对钟总那苍老的身体时厌恶的表情，来冲淡我滋长出来的嫉妒。我发现我失败了。雨窗口的灯光依然是那么柔和，粉红的窗帘被秋风吹动着，像雨挑逗的眼睛，而窗下梧桐的沙沙声，犹如情侣的窃窃私语。我蓦地流出了泪水。

晚上，我做了一个梦，梦见雨在鲜红的地毯上，挽着钟总，走向高高地摆在宫殿中的发光的椅子。

十一

我在主楼后的那棵榆树下见到雨。雨显然有点惊慌，但这仅仅是不易察觉的一瞬。忽然她冲着我涨红的脸笑起来，一直笑弯了腰："看你，哈，看你像别人欠了你一大笔钱似的。亲爱的，我欠你的了吗？"

我说："你的梦想是不可能实现的。钟总那么老奸巨猾。你和他，是小鸡和老鹰的对阵。你的青春能和这个企业相当吗？在一个沧桑的男人面前，他更珍惜的是他奋斗得来的地位。一个男人放弃了金钱和地位，就等于放弃了他的一切。难道说这简单的道理钟老头会不懂吗？放弃你不正当的想法吧！"

雨收起了笑容，一步一步逼向我："我知道你看不起我。那么，你能给我什么？你能帮我完成我的梦想吗？你不能。他还能给我一丝希望，而你却连希望也不会给我。我的梦想是什么，是什么？你知道吗？我来自巴蜀一个贫穷的山村，我的家乡有一种花叫金银花，黄黄的、白白的，但你能在很远处就能看见它，为什么？因为它能借助树木，攀缘着树枝，爬到树的顶端！然后把千里森林踩在脚下！正因为这样，你才能看到它柔美的身姿、闻到它醉人的清香！只要我做，我就有成功的机会！"

雨继续说着："红颜不等于江山，但红颜有时比江山更美。你是学历史的，你就应该知道武则天。我的美貌为我铺展了通向友丰顶峰的大道。老头子享受了我的青春，我就要享受他的王国。你帮帮我吧，我现在是这样的无助，我需要有人扶我一把，你帮我实现我的梦想吧，我是属于你的。"

雨是真心的。

雨的眼泪使我的心顿时软了下来。我无法抗拒她的魅力。我拥她入怀，深深地叹了一口气。我就这么轻易地原谅了雨。变幻莫测的雨，永远有着超乎寻常的魅力。

这天下午，我陪着雨逛了一趟商场。我欣赏着从电梯上缓缓而下的雨，乌黑的头发如同瀑布泻将下来，在粉白的双肩上弯成了优美的弧线。她时而流连在化妆品柜台前面,时而将衣架上的衣服放在身上比试。她有时轻盈地走到我的身后,一下子挽起了我的胳膊,活脱脱的,一个天真的小姑娘。我们像是一对热恋中的情侣。我突然想起了钟总,这时我仿佛听见他在我的身后窃窃地、莫测高深地笑。

雨在一个柜台前停了下来,突然对我说:"闭上眼睛。"

我问:"干吗?"

雨说:"叫你闭上就闭上。快闭上。"

她的口气不容置疑。

我闭上了眼睛,感到什么东西披在我的肩上了,同时有细腻柔软的手指轻轻地摸着我的脖子。我产生了冷暖交替的感觉,这种感觉永远给人以新鲜的味道。它给人温暖又给人刺激,给人回味还给人幻想。

"好看吗?"雨把我推到镜子前面。

啊,原来是一条红色的围巾,和月儿送给我的一模一样。女人的心是这样的相似!雨把围巾围在我的颈上,看来看去,笑得很灿烂。她把围巾变换着各种方式围着,忽然,飞快地亲了我一下,又用手点了一下我的额头,说:"我要把你围住,再包裹起来,带在身边。你就真正是我的东西了。"

十二

我真的不知道该怎样评价自己。我已经不止一次骂自己卑劣了。我围着雨新买的围巾,突然觉得无精打采。我是个诗人,我想此刻我更接近达达主义的晦涩和空虚,我不禁想起了他的一首诗歌:"你好,哀愁/可爱的身体之爱/爱情的威力/爱情的出现多可爱/像无形的魔影/失望的头/美丽的面孔,哀愁。"

快回到我的阁楼的时候,我听到我熟悉的歌,是用树叶吹出来的。悠扬的旋律把我带进了晚霞下恬静的乡村,白尾巴的花花从瓦屋里跑出来,欢快地用前爪抱住我的双腿。哗哗的小河流过了古老的拱桥。

是月儿!是她坐在我房间前的台阶上,呜呜地吹着。

她看见我,站了起来。月儿的头发被染黄了,衣着也很时尚。要不是听到她的歌声,我简直认不出她来了。从她乌黑的大眼睛里,我仍可以找到以前的那份纯洁,不过,我也从中看到了她从没有过的虚荣。

我挨着她坐了下来,轻轻地把她的手拉过来,抚摸着她手背、指节、指甲,抚摸着她饱满、快要胀破的手心。这只手白里透红,粉红的纹柔软地穿过掌的中央,隐隐地可见血液在洁白的皮肤下流动。我觉得她的手是这个世上稀有的珍宝。可是,今天当我捧起它的时候,指甲花的香味飘进了我的鼻孔,一下子冲淡了我所有的感觉。

"钟总对你好吗?"

"还好。"月儿低下头,沉默着。

"想花花吗?"

"嗯。"

忽然,她猛地扑到我的怀里,泪流满面:"哥,抱紧我,我好冷。"她浑身抽搐着,身体一起一伏。我不明白发生了什么事,问:"那老家伙欺负了你吗?""没有。""那你哭什么?告诉哥。"月儿使劲地摇头,一声不吭。我只好搂着她,任她哭着。我关上房门,说:"哭吧,月儿。哥在你身边,把委屈都哭出来吧。"我被月儿搂得死死的,胸襟部已湿了一大块。反正没有人听见,我就没有推开她。

她突然抬起头来,望着我,大眼睛一眨不眨地审视着我,几分钟后,她像疯子一样又搂住了我的脖颈。

我突然觉得月儿陌生起来,又感到她是那么熟悉。对月儿,我没有半点情欲,只有一份爱怜和关心,我甚至觉得对月儿连想一想情爱都是罪过。我已经分不清雨和蓉了,岂能再——

月儿看着我,纯真而深情。我说:"傻孩子!别这样。"我竭力地避开。月儿说:"哥,我已经大了,再也不是孩子了。"声音像游丝一样飘着。我看见月儿闭上了眼睛,大颗大颗的泪水从她的腮上滚落下来。我捧起她的脸,感到是在一痕不着的雪地里,捧着一个纯洁的祭祀。

我轻轻地伸过唇,把她的泪珠含在嘴里,咸咸的、甜甜的。

我又轻轻地把她推开。那一片吹奏歌曲的树叶,被风吹着,落到了红砖的楼下。

月儿带着失望的眼神走了。我看见灯光照着她头顶上淡黄的头发,形成了一层柔和的光圈,几根刚才弄乱的头发,竭力地挣脱出来,在光圈中孤零零地飘动。

十三

我走进了钟总的套间。这是他第一次正式地亲自召见我。一进门,他就用友好、高深的眼光看着我。

他说:"你很有才干,也很大胆。"

我笑了笑。办公室里的地毯鲜红如血,可我并不觉得陌生,因为我在梦中已经见过,现在只是感受到肃穆和恐惧。

"喝点这个吧,里面放了枸杞子的。"他冲了一杯茶,看了看我。

我忽然觉得这老头和蔼可亲又神秘莫测。

他接着说:"枸杞对我们都有好处,确切地说,对男人都有好处。"

我的后背慢慢地冒出汗来。

他说:"叫你来没别的事情,只是叫你品品茶,带枸杞子的茶。这茶我已经品了三年了,你要是欣赏的话,可以从这儿带一包回去。"

我一脸茫然,摸不透这老头葫芦里到底卖的是什么药,我又干干地笑了两声。非常地不自在,我连声说:"不敢,不敢。"

老头子话锋一转:"有什么不敢的?我很欣赏你的胆量。既然你不要,那你出去吧。好好做事情。听说你的诗写得很好?"

我说:"不是,很一般的。"

"写写诗可以的,不要把心思花在女人的身上。出去做事吧。"

我突然像泄了气的皮球,走出公司的大门,在大街上漫无目的地走着。钟总肯定知道了什么。他的话锋像刀一样,一刀一刀地划开了我心中糊起来的那层脆弱的薄纸。我也无法预料我以后能在公司待多久,混迹在乱糟糟的人群中,我在证券营业部的长椅上坐了下来。

炒股的人都伸长脖子,看着屏幕上红蓝相间的数字。他们的祈盼是那么地明确,可破灭又是那么快。人总是充满了各式各样的欲望,这些欲望使这个世界变得多彩。一位股评家在现场讲解,预测着股市的走向。我忽然觉得股评人士和先知一样,他们在预测着别人今后的事情,而不能看见自己的前途。

此刻的我,也是一片茫然。

我又想到了枸杞子。这个生长在荒漠上的植物,竟生出如此鲜红的果实。它一直给予猎艳好色、成功富有而又精力衰退的男人自信。今天在我的面前,枸杞子的鲜红蔓延着,爬上股评家身后的屏幕,像一滴滴血,在财富中流淌。

我拨通了雨的电话。

我说:"雨,他知道我们的事了。"

对方沉默。

我说:"不过,他好像是在试探,没有挑明。"

雨说:"那以后我们双方都要谨慎一点。"

"好吧。"

雨又说:"你的月儿现在可不得了啊。"

我急了:"她怎么了?"

可雨已经挂了电话。我想此刻她一定在静静地抽着烟,或者猛地摊开桌子上的报告,仰起头叹了一口气。

我沮丧地赶回家去,走在这初冬拥挤的街上,在太阳柔和的照耀下。我望着路两边将落未落的梧桐树叶,心中充满了挥之不去的压抑。

十四

Hold fast to dreams

For if dreams die

Life is a broken-winged bird

That cannot fly

我忽然记起这首诗歌来。我知道雨会紧紧地抓住她的梦想的,在我和她的抱负之间,她会毫不犹豫地选择她的梦想。而蓉呢?她的门正虚掩着,从门缝中传出的音乐,是充满着和弦的激情的旋律,这个女人会将她所有的欲念非常委婉表达出来,让人通过不同的方式了解她的内心。

我轻轻地走过她的门口,脚步并没有停顿。我点起一支烟,靠在床上,烟的光点在黑暗中,一明一灭的。我知道,蓉是在召唤我,烟的亮光中闪烁着她渴望的眸子。有本书叫点一支烟燃烧孤独,而我却是愈烧愈感到内心的空虚。我换上运动裤,带着篮球,到某学院的操场上,执拗地把球一记一记地投进篮里。

我满头大汗。当我回来的时候,蓉的歌已经停了,白衣的她站在门前,手里拿着一条雪白的毛巾。她说:"擦擦汗吧。看你,怎么啦?"

雪白的脸上带着怜爱的表情,玻璃碎片镶嵌在它的上面,那是她的眼睛。这雾气中的迷蒙,隐隐地有暗火在燃烧,燃烧着干渴、眩晕、欲求和激动。我兴奋地揽她入怀,将她的脸放在我湿润的胸脯上,汗的气息使她如坠梦中。

蓉也在 hold fast to dreams,这是在空虚的欲望中滋长的梦,她抓紧它,使自己处于一个无休止的回忆状态。沉浸在回忆中,就像是生活在温暖的梦中,无疑会产生那种幸福的感觉,这让她有着不可抑制地讲述的欲望。可是我错了,在蓉开始讲她的故事的时候,我才发现,爱回忆过去的人,不是因为过去非常幸福,而是因为过去有一段难以解开的忧郁的结。蓉的男人有强烈的处女情结,而当年风华正茂的蓉,在进剧团时就被那歪脖子团长占有了,因此,蓉的男人总有一种抹不去的阴影。这是他去美国的原因之一,其实他们是真的非常相爱的。

我们就这样相拥着,蓉在我的怀里睁着眼睛,呼吸着我的气息,回忆着往事。汗水味和香水味混合着,令人头晕目眩。

这时候,我的手机响了,是胖子李打来的。丁零零的声音正式宣告狂欢的结束。我不耐烦地拿起来,问:"有事吗?"

"村哥,不好了,出事了。"

"慢慢说。"

"月儿不见了。今天有人看见她捂着脸从钟总办公室里出来,出了公司大门后就不见了,钟总让我去找,一下午都没找到。"

我一惊,狠狠地骂了句:"混蛋,为什么不早说?"一种可怕的预感袭击了我。我猛地推开蓉,在她惶惑、惊慌的神色中跑出了门。

十五

我找遍了附近的角角落落,也没有看见月儿。我等了一夜也没等到她,天亮的时候,直觉告诉我,月儿出事了。她是个柔和的女孩,没有受过大的委屈,她是不会出走的。肯定是那老头对她不利!想到这,我的血涌了上来,蹬、蹬、蹬,一脚踢开总经理室的大门。

我激动地对钟老头说:"你对她做了什么?"

钟总伸出手来,往下按了按:"坐吧,别激动。我总觉得月儿这两天情绪不对,是不是你们之间有——"他顿了顿,干咳了一声。

"你可真会装蒜!"我怒吼起来,一把上去揪住了他的领带。这时候,我听见房间外面骚动起来,依稀听到"在公园的水塘里有一具女尸,好像是友丰公司的月儿",有人在喊:"快让陈村去辨认。"我的脑袋嗡地一下,就什么也不知道了。

月儿自杀了。我非常清楚她死的原因,决定为她讨回公道。我辞去了公司的职务,成天奔波在法院和警局之间。我的一个很合理的推断就是:钟总强暴了月儿,月儿不堪其辱,羞愤自杀了。可警局认为证据不足,那个秃顶的警官对我说:"法律是重证据的,尸检中没有发现死者生前有被强暴的迹象。要是感情问题,很大程度上就和个人有关了。只要不是谋杀,警方是不好多插手的。况且,现在的农村女孩,个个开放得很,怎么会有人因这种事而自杀呢？可能是这个姑娘本身就有精神上的毛病，听说她好像有——"

我心中的怒火已经烧了起来，真想狠狠地抽他一个耳光。

那个秃顶依旧在摇头晃脑："不能凭这个推断怀疑钟总啊。他可是有地位的人啊，代表的是我市最大的民营企业友丰的形象啊。"

我走在街上，第一次感到那么孤独和无助，也感到自己是那么渺小。月儿的死，最后竟不了了之。我觉得有一股强大的力量挡在我的面前，向我昭示着生命的贵贱。整整三个月过去了，月儿的事还没有一点头绪，我已花光了几个月来所有的积蓄。我彷徨无依，整天呆坐着，看蓉的小狗花花懒惰地晒着太阳。

我想起了姨妈，这个看起来非常苍老的女人，一生唯一的希望破灭了。她一直担心她死后月儿要怎么办，现在不需要了。我想起了雨，已经许多日子没有见到她了。这个精力旺盛的女人，她的烈火一直为了她的未来燃烧。而蓉呢，每天都在我的身边，依然穿着月白色的绸衣，"光阴的味道"在春天更加温柔。她只是偶尔看看我，抱着那只小狗，像一团纯白的雾。

有一天，蓉过来说："花花病了，它快死了。"说着，女人的泪流了下来。我看见那只小狗的确精神很差。

我说："看过兽医吗？"

"没。我不出门的。"

"那我带它去看医生吧。"

我抱起花花，在夜色浓重的街头寻找着门诊。狗雪白的毛不染一丝杂色，在橘黄的路灯下，闪着冰冷的光。突然我感觉到它颤抖了一下，睁开眼睛像是寻找着什么，发出一阵凄美的呜咽，随后就不动了。

十六

花花死了，不是死在朝夕相伴的人的身边。不知它死前的那一声呜咽，蓉是否听见？生，是那么自在，死，又是那么简单。见到小狗尸体的时候，蓉却很坦然，仿佛她早已知道似的。她见我一进门，就转身把自己关进了浴室，哗哗的水声响了好长时间。

胖子李打来了电话。

"陈哥，你在吗？"

"在。"

"出事了！钟总死了。雨被拘留了。"

"什么？"我简直不敢相信。我很快找到了胖子李。胖子李说："这是报应。月儿被钟总害死了，钟总又被雨害死了。"胖子李说："这老家伙真会享受，他的身边全是绝色女子。可惜他有心脏病，上帝不可能把好东西全部给他。"

胖子李幸灾乐祸地说："他有心脏病，又服兴奋药，肯定会出事儿，他家太太反说是雨谋害的。"胖子李接着说："雨是无辜的。雨被拘留完全是无辜的。"

最后他恨恨地说："活该！"

我去看望雨，见到她的时候，她非常憔悴。她无语地看着我，依旧充满着居高临下的气质。雨，一个生活在梦想中的女子，用自己柔弱的手挖掘陷阱，等候猎物，最后发现掉进去的是自己。

她说："一切都过去了，那森林中的金银花，还有你。"

我看着她的眼睛，从包中掏出那件围巾来，说："我会永远带着它的。"

我又说："有机会我会来看你的，只是恐怕我也不行了。因为我已经是茫茫然了，眼前的变故真是太快了，简直让人目不暇接。"

　　雨是女人。女人，总是离情感很近，离权力很远。当她们被人金屋藏娇的时候，就丧失了自我，从那一刻起，便很难走出来了。雨这样一个心比天高的女子，却面对的是命比纸薄的现实。如今，不知她的梦醒了没有？在这个时候，我真想当面这样问她："你爱我吗？"

　　我沮丧地回到我的那个红砖的小楼上。蓉已经洗完澡了，静静地坐在桌旁，像一尊纯白的雕塑。她围在身上的薄薄纱巾的一角，在微风中轻轻地动着。晴儿也不知哪儿去了。坐着的蓉，已经不再为失去花花难过。显然她是在等人。

　　"村，坐在这。"她挪了一下位置，对我说。

　　我靠着她坐下来。在她的身边，我还可以享受一下生活的温馨。我疲倦的心，流浪许久，真想在蓉的港湾里小憩片刻。灯光很暗，我忽然感觉到了窗外滞重的夜色在今晚非常让人压抑。

　　蓉说："我男人从美国来信了。他说他这五年一直在美国监狱里，所以没脸给我写信。明天他就要回国接我了。

　　蓉说："其实我是很爱他的。"说完后，很礼貌地对我说："谢谢你这些日子陪伴我。我这一去也许再也见不着你了，希望你能保重。今天是情人节，在这个日子和你告别，我真的很难受、很遗憾。"

　　我说："没关系。只是这变化太快了，我没有一丝心理准备。"

　　我们都流下泪来。在这个情人节的夜晚，我们相互为对方擦拭掉泪水，分开了。

　　第二天，我一大早就起来，没有带任何东西，扔掉那用二百元买来的硕士证书，只身一人，踏上了回家的火车。一声悠扬的汽笛，让我泪流满面。三个女人的影子，在这不止的人流中，飘飘扬扬，散若云烟了。

貂　蝉

　　我已经很久没有接收过慢性铅中毒的病人了，但我清楚地记得这些病人都有一个明显的特征，那就是在牙龈边缘上都有一条蓝黑色的"铅线"，严重的铅中毒患者还会有轻度的精神障碍——出现幻觉。在幻觉中，他们会出现错位现象，共济功能失调，步态不稳，走起路来摇摇晃晃。

　　直到前几天，我们职业病防治院破天荒地连续收治了好几个病人。他们白色的牙齿深处闪着蓝黑之光，显然这是非常明确的"铅线"。胡妍妍自作主张，没有向院长老吴汇报，就把这件事编在简报里。想不到分管市长和卫健委包主任都看过简报，包主任还亲自给我打来电话，让我去他那里，然后他在办公室召见了我。

　　主任对我说："这些慢性铅中毒的病人全来自一个叫洮镇的地方。你去洮镇出一趟差，了解一下那儿铅中毒的情况，这是卫健委的决定。"我说："告诉我们院长老吴了吗？"主任说："我会告诉他的。"

　　这并不是一趟美差，在我看来，主管部门直接点名要我去办一件事，还是第一次。院长老吴肯定不高兴，何况我和他的关系现在很僵。前几年，洮镇的环境污染问题，一直是大众关注的焦点，有个镇长还因为环境的问题，被开除公职。据说，这个镇长被开除公职后，就疯疯癫癫的，到处对人说《三国演义》中的故事。我去洮镇，该找谁呢，如何弄清病人的确切数字呢？我想，大家对铅中毒的事件心知肚明，不好办啊。弄不清是我工作失职，弄清楚了，会影响到很多人啊。

说起我和老吴来，也不是从一开始我们就关系不好。相反，开始时我和老吴的关系十分融洽，我能到这家单位上班，全仰仗他的帮助。没过几年，他又提拔我为科室的负责人直到副所长。从这种意义上说，我应该对他感恩。一直以来，我对他唯命是从，以为没有什么能撼动我对他的忠心。然而，事情并不是顺着我的意愿发展，没过多久，我们的关系逐渐恶化。恶化的原因全在老吴。我对老吴的态度一直如初，但他不行，他因为一个叫胡妍妍的女人，对我心存芥蒂。

说曹操，曹操到，手机响了，巧了，翻开一看，正是胡妍妍发来的微信。

"晚上有空吗？我在老地方等你。"

所谓的老地方，就是"口吕品"酒楼。我和胡妍妍经常在那里约会。进楼时，我们通常是一前一后地进去，再找个僻静的包间喝酒、拥抱。胡妍妍说，人多恰恰是最好的掩护，后来也确实证明她的话是正确的。对我这个木讷的人来说，胡妍妍的风骚恰恰是最令我痴迷的。这是个熟透了的躯体，像一颗葡萄，已经到达了它汁液饱满的阶段。我抱她时，仿佛是用手握住一颗紫红的葡萄，稍一用力，汁液就会喷溅而出。但我慢慢地发现，这颗葡萄越来越有一种陈旧感，在它的上面残存着老吴的味道。老吴和她在一起时，也可能有这种感觉。这样，我和老吴的关系便渐渐冷淡了，再后来，老吴一次又一次地给我穿小鞋。

胡妍妍微信头像闪了一下，她微信的昵称就是"貂蝉"。这个昵称倒有点切合实际，她会使两个关系亲密的男人反目，而且她真的做到了。

我回复道："有事吗？"

胡妍妍连连发来了三个红唇。看着这三个红色的符号，我潜伏在身体里的欲望，又蠢蠢欲动了。

"找你非得有事吗？"胡妍妍接着说，"我就是想为你饯行、饯行呗，免得你到了洮镇，再遇到什么美女，如貂蝉之类的，会控制不住。"

胡妍妍怎么知道我要去洮镇？一定是从老吴那里得到的消息。一想到这里，我心中被胡妍妍微信头像撩起来的火苗，一瞬间就熄灭了。借着醋意，我回复道："我没空！不过我肯定会在洮镇遇到一个真正的'貂蝉'的，你就等着吧。"胡妍妍不敢说话了，回了个冤屈的、满脸流泪的表情，就再也没有言语了。可胡妍妍一旦默不作声，我的心里又空落落的，真是个怪事。

洮镇的确是一个很秀美的地方。小镇背靠郁郁葱葱的大青山，山下有一条小河，进镇的公路就在山下，沿着河流蜿蜒前行。在城里生活得久了的人，都会有一种隐居乡村的想法。在乡下，搭一间小屋，种一块菜地，面朝青山，春暖花开，也是一种十分惬意的生活。我开着车，眺望着窗外的景色，暂时忘记了胡妍妍那个满脸流泪的表情。

我想，应该先把自己安顿下来，再开展工作。在一棵大槐柳边，有一家三层小楼的民宿，大槐柳的下边，就是洮河。洮河的水，经过洮镇，哗哗地向西流着。在民宿的门前，挂着一串串大红的灯笼，灯笼下坐着一个花白头发的中年人，像是在打瞌睡，又不像在打瞌睡。这时，虽然还没有到冬季，但中年人已经穿了件皱巴巴的、黑色的皮夹克，一点也不合时令。更引人注意的是，在那件皮夹克的皱褶处，有好几处露着白色的布丝，显得脏兮兮的。

我停下车,问:"师傅,这里可以住宿吗?"

花白头发的中年人的嘴向后一努,点了点头。我进去一看,民宿里根本没有人,我又跑了出来,对他说:"屋里怎么没有人啊?"

中年人没有回答,他有点警觉地问我说:"来洮镇干吗?不过,不管你来干什么,你在洮镇,啥事都可以找我。"说话的时候,中年人咧开嘴,露出两排白白的牙齿。就在那一刻,我看见了他牙齿上有一道蓝黑色的"铅线"。

我明白了,这个中年人也是个慢性铅中毒的病人。在洮镇这个地方,一定不止这么几个铅中毒的病人,而这些病人,一定会有比旁人更切身的经历。要是这个中年人肯和我说铅中毒的事,那就是再好不过了。

我说:"我是个医生,为了治疗铅中毒的病人,我来洮镇是了解病人的情况的。"

中年人说:"你是个医生?医生也来了解铅中毒的事?一拨拨的人来,都说是为了解铅污染的情况。遇上我,你算是遇对人了。你先住下吧,不过,我不是这家店的人,店里的人在打牌哩。"

中年人吆喝一声,对着街上不远的牌桌上喊了一声"张妈"。张妈见到我,扑哧一笑,对老头说:"你这个老神经,还真有点用,以后有人来的话,就喊我啊。"我弄不清楚他们的关系,只是接过大妈递过来的钥匙。张妈说:"水你自己烧,饭呢,隔壁有家饭馆。"草草地安顿了我之后,她就迫不及待地出去打牌了。

中年人说:"我叫王允,这里的民宿可不比城里的宾馆,条件不好,只有一个老妈子服务员,但住的人少,还算干净。"

我说:"老王,我可没有那么讲究,我来是工作的,只要把任务完成就行了。"

王允抬起头来,对我说:"不要喊我老王,叫我王允。"

我说:"这有区别吗?"

王允说:"你看看这家民宿的牌子,就知道有没有区别。"

我这才抬眼看了一眼门口的招牌,果然牌子上写着"貂蝉居"三个大字。王允说:"你是读书人吗,看过《三国》吗?知道王允和貂蝉是什么关系吗?"我说:"当然知道王允和貂蝉是什么关系,只是在这里猛然看到这个民宿的名字,觉得怪怪的。"我接着说:"就是想和你说说铅中毒的事,你要是愿意的话,到我房里来吧,我们慢慢地谈谈。"

王允站了起来,走路的姿势有点蹒跚。我泡了一杯茶给他。他呢,开始坐在我的房间里,讲他的故事。

1. 王允说的

刚才对你说过了,我叫王允。三国时,王允是个司徒,司徒是个大官,我呢,只是个小学副校长。但是我们也有个相同之处,那就是都有个干女儿。我的干女儿姓刁,本是刁家的女儿,叫刁闰闰。老刁的妻子很早就去世了,老刁本人又长年瘫痪在床。是我在刁家无望的时候,一直帮助老刁,供他女儿上学,一直上到高中。在我的心里,他女儿就是我的干女儿,在刁闰闰的心里,我就是她父亲。老刁死后,我就是她名副其实的父亲了。没想这个女孩子出落得非常漂亮,谁见了都会呆怔半响。所以我就喊她貂蝉,许多人也跟着我这样喊。他们只是这样喊而已,很少人知道我的意思。因为在洮镇,正经地读过《三国演义》的人并不多。

黄镇长肯定也不知道我为什么喊她貂蝉,他从不读书,满脑子都在想搞政绩。那是十年前的事了，他招商招来了一家公司，在洮镇组建了大兴铅锌冶炼公司。一年后，厂子建成了，开始投产，效益不错，镇里人的收入也随之大幅增加了。那家公司有个副总，是个小白脸，叫吕凤生，听说是个大学生。董事长的名字我忘记了，唉，老了，记忆力不行了。但不管他叫什么名字，因为他是董事长，所以至少有个董字，有个董字就行了，有个董字才不妨碍我讲的这个故事。

没过多久，大青山就被这个公司挖了个大口子。村民们大多都进了这家公司上班、挣钱。大家欢天喜地的，盖起了楼房。可谁也没有注意到，洮镇呢，再也没有了蓝天白云。洮河里的水，总有一股硫酸味，根本不能喝。河里没有了圆润的鹅卵石，全是从山上冲下来的碎石块。这还不算，家家户户的屋顶上灰蒙蒙的，尘土覆盖了一层。菜也不能吃了，铅灰沉积在上面，一吃就生病，就是这个慢性中毒的病。

我找到了黄镇长，想不到他说："先克服一下子嘛，有得必有失，挣钱的时候，你咋不说话了？再说，这也不是和你一个人有关系呢，用不着你出头。"

"铅锌污染的问题和我有着很大的关系。我每天都把教室的窗子关得紧紧的，那灰尘还是从缝隙里钻进来，孩子们的脸都成花猫了。"

"那你要怎么样呢，难道把厂子炸了？"

"我不是这个意思，但总这样下去是不行的，这个事情总是要解决的。"我固执地说。

黄镇长拍拍我的肩："老王啊，不，你喜欢别人叫你王允。王允啊，解决这个问题是要一大笔钱的，企业嘛，是要效益的，至于铅烟、铅灰的事，等等再说吧。"

这样一等就是好几年。我终于受不了啦，每天在家生闷气，晚上也翻来覆去睡不着。女儿貂蝉对我说："爸，你犯不着和他们生气，身体是自己的，污染不污染是大家的。我们家又没有盖大瓦房，也没沾大兴冶炼的一点光，你一个穷教师，住不下去就走呗。别人都不说，要是只有你一个人跳上跳下的，人家还以为我们是怪物。"我对女儿貂蝉说："那是他们不知道污染的厉害，铅污染可不是好玩的。走？走到哪里去，这里是我们的家园，我在这里一辈子了，难道还要我走，就是走，也是他们走。"貂蝉低着头，轻轻地说："我们还是不要出这个头，我看他们那个小吕经理，人还是蛮好的。"

当时，我没有细想貂蝉的话，只是一心要把这个污染大户揭发了。我去了区里的环保局，有一个戴眼镜的副局长接待了我。

"你说的事情很重要，过几天我们去实地看看，该罚的罚，该停的停。你放心好了，我们会保护老百姓的利益的。"

我心里踏实了，兴奋地回到家里等待消息。果然，没过两天，我听说区里来人到洮镇，专门调查大兴冶炼公司污染的事。可就是那一天，大兴冶炼忽然停产了。我第一次见到了没有浓烟的天空，久违的天空是那么蓝。没等我笑出声来，第二天，它又恢复了原状，呼呼地冒白烟。据说昨天停厂是为了检修。我觉得这里头有猫腻。过了几天，我又到了区环保局，找到了那位戴眼镜的副局长。

副局长对我说："前几天，我们派人去了洮镇，在镇里工作人员的陪同下，对大兴冶炼公司进行了粉尘检测。"他递给我一份检测报告，铅印的文本上面，盖着一枚红色的大框，框里写着两个字：合格。我惊讶地看着这份检测报告，有点不相信自己的眼睛。

"哦，我想起来了，"我对副局长说，"你们那天去检测的时候，大兴冶炼公司根本没有生产。所以你们检测不到真实的数据。你不知道,那里的烟尘真的很怕人的。还有洮河里的水呢,你们采样了吗?这样,你不是白跑了一趟吗。"副局长有点不高兴了,他说:"我们有我们的工作程序,是在当地政府的配合下去采样的。不是你叫我们怎么做我们就怎么做,那样的话,我们不就是让你牵着鼻子走吗?那还怎么保证公正性呢?"我说:"我不是这个意思,是——"副局长说:"我还有事,不能陪你了,有事你先找洮镇的政府解决吧。"

走出环保局大楼,我真的有点失望了。我想到了媒体,对,现在只有媒体能帮我了。貂蝉说:"干爹,你这样四处跑也不是个事,不如在网上捅一下,也许就捅到了要害。借助舆论有时会有意想不到的作用。这样吧,我给你在论坛上注册个名字,你看用什么网名好?"

我王允虽然从没上过论坛,但我知道论坛里的名字都是虚拟的,我对貂蝉说:"用堂·吉诃德吧。"我一直觉得自己像一个中世纪的骑士,披着铠甲,手持长矛,正和风车单打独斗。但是在论坛里,我也许不再是一个人战斗,我振臂一呼,恐怕会应者云集。注册成功后,我精心地写了一篇文章,题目叫《尘烟蔽空,美丽乡村成地狱;拨云见日,去除污染见蓝天》,帖子发在该论坛的民生栏目。自发帖以后,我一直紧盯着跟帖的情况。让我意外的是,一天过去了,应者寥寥。查看了点击率,也不过十来次,似乎没有人关注。第二天再上来一看,帖子早被后来的帖子淹没了。

我真的有点失望,关上电脑,一个人到河边散心。在民生论坛上,"堂·吉诃德"再也无心发帖了。然而,我突然从失望中站起来,坚定地做出了决定:不能在镇里转悠了,我要到市里去,去市级报社碰碰运气。我想起我有个学生,大学毕业后,就在这家报社负责报纸的头版。到了报社,没有费多少劲,我就找到了他。学生见到了我,很是高兴:"哟,老师呀,这么多年没见,你一点也没变,精神倍儿好。"其实,这两年为了大兴公司铅污染的事,我头发白了一大半,背也驼了,眼睛也暗淡下来,没有了神。我知道学生说的是假话,但只能苦笑了一下。

我想也不用拐弯抹角了,直接把要找他的事说了一遍。我说,能不能委托你请个记者,去我们洮镇采访一回大兴公司,然后把真实的情况在报上报道一下,没有别的意思,就是要引起公众的注意,只有这样,最后才有人管这件事。听我讲到一半的时候,我那个学生脸上的笑容就开始慢慢消失了,等听完我的话后,他的脸已经变成了一张苦瓜脸。他似乎早就清楚我的来意,所以他诚恳地对我说:"老师啊,不是我不肯帮你,这里面确有你不知道的苦衷。大兴公司是我市的利税大户,明星企业。"他拿出一张报纸对我说:"我们前天刚刚去采访过那个企业,你看,这个报道占了整个版面,里面全是褒扬他们的东西。油墨还没有干,现在我们再去报道他污染的事情,那不是自己打自己的嘴吗?再说,我们外出做报道,也不是随心所欲的,那是要单位的领导批准的。你想想,这种情况,我们领导能批吗?"

我说:"你们新闻工作者不是有揭露社会阴暗面的职责吗,怎么——"

"哎呀,老师,你说得不错,但——"他从抽屉里拿出一条烟来,转了话头,对我说,"老师啊,我知道你喜欢抽烟,学生也没有什么孝敬你的,这条烟,你拿去抽吧。"

不知怎么回事,现在我只要一听到烟,我的头就痛了起来,喉咙发痒,想吐。我知道我的学生这是想赶我离开了,于是,我推开他的手,微笑着对他说:"我早就不抽烟了,这个,还是你自己留着吧。"

我漫无目的地走在大街上,沮丧极了。突然,我看到了一件让我惊异的事情——在公园的亭子里，我看到了女儿貂蝉，她正在兴奋地跑着，在开满鲜花的小径上小跑着。貂蝉实在太美了，她比鲜花还要美，我甚至产生了这样的错觉：在貂蝉经过的地方，花朵一朵接一朵地在凋谢着，因为它们也为貂蝉的美丽而感到羞惭。

我揉了揉眼睛，再睁开眼时，我发现貂蝉正靠在一个人的怀里，那个人正是吕凤生。难道他们两个人好上了？

2. 见到了貂蝉

王允说的故事还在进行中，胡妍妍又发来了微信，"貂蝉"的头像闪了一下。

"遇上美女了吗？"

"没有遇上美人，遇上美女她爸了。"

"那敢情好，离目标近了一步。"

"我真的遇上美女她爸了，他正在给我讲他女儿的故事呢，巧得很，那个美女也叫貂蝉啊。我就纳闷了，是美女都叫貂蝉，还是叫貂蝉的都是美女啊？"

"管那么多干啥，你只要好好地听就行了，要做好和美女见面的准备，了解好她的背景、爱好、性情哦，以备不时之需。"说着，胡妍妍还发来了一个抠鼻的表情。

我顺势发了三朵玫瑰给她，就不再回复胡妍妍的微信了。你要是回复，她就会不停地说，没有结束的时候，这就是女人的天性，爱唠叨。况且，当一个人正和你娓娓而谈时，你却不停地和另一个人微信聊天是不礼貌的。

胡妍妍是在我进单位后的第二个月进来的，她是学护理的，所以在防治院的办公室工作。本来我和她并没有什么接触，只是有一次她在办公室晕倒了,老吴打电话给我,要我快来。那时候,我和老吴的关系还很亲密,他只要遇到事情,第一个就找我。我也是第一次看到这么漂亮的女人,心怦怦直跳。我仔细检查了胡妍妍的身体,并没有发现什么异样。我对老吴说,不要紧,是美尼尔氏综合征,休息休息就好了。美尼尔氏综合征就是眩晕症,虽说非常难受,但不久会自愈的。病人胡妍妍躺在沙发上,说不出话,一动不动地望着我的脸,时不时,还对我眨一下右眼,像是恋爱中的调情。

美尼尔氏综合征也挡不住胡妍妍的那份轻佻,她骨子里就有迷惑男人的基因。自从见过胡妍妍后,我脑子里全是她的影子。我完全让她控制住了,甚至做好了为她献身的准备。可是我忍受不了她和老吴暧昧的关系。在我们亲热的时候,我常会在我们的影子里看到老吴夹着烟,阴狠地望着我。

王允敲着桌子:"你在听吗?"

我从思绪中醒来,茫茫然回答:"在听啊。"

王允说:"本来我想和你讲讲《三国演义》中连环计的故事,既然你没什么兴趣,老是走神,我也就没兴趣讲了。天不早了,我该走了。"我留他再坐一会儿,王允有点生气地拒绝了我的请求,不肯再说了。我看见他离开"貂蝉居"时,头也没有回过,摇摇晃晃地消失在街道里。后来我才知道王允坚持要走的原因,是因为他估计到貂蝉要回来了。

我躺在床上,刚打开电视,忽然听到外边有女人喊:"张妈,张妈。"一直没有人回应。女人又自言自语地说:"这张妈死到哪里了?这个张妈!"

我打开门,说:"你找她?她在打牌呢。"

女人对我嫣然一笑,我惊呆了。我没有见过这么美的女人,比胡妍妍还要漂亮。我立即意识到她可能就是王允的女儿貂蝉,是"貂蝉居"的老板。她对我说:"你是新住进来的客人吧,吵到你了吧?"

我说:"没有。我是来这里工作的,可能还要住上几天。"

貂蝉说:"没关系,服务不周的地方,你多多担待。"

第二天,我一大早就去了大兴冶炼公司。这里已经停产了,到处都是生锈的铁器,红色的泥沾在鞋子上,怎么跺都跺不掉。采矿造成的山体滑坡,摧毁了一半的厂区。时不时有老鼠'哧溜'一下从裤脚前跑过。院子里的草,乱蓬蓬的,在泥地里倒伏着。我拍下这一片荒凉的场景,心里试图想象着它从前生产时繁忙的样子,但总也想不出来。

我懊丧地回到"貂蝉居"。貂蝉问我:"你到大兴去了?"我说:"你怎么知道?"貂蝉笑笑说:"你看你的鞋子,只有那个地方有这样的泥巴,谁见了都晓得你去了那里。"貂蝉冷不丁又问:"你是为大兴污染的事来的吧?"

我点点头,心中灵光一闪:听王允说过貂蝉是大兴冶炼副总吕凤生的女朋友,她一定会知道更多情况的。我试着拉近关系:"貂蝉姑娘,你看,我手机里也有一个名叫貂蝉的,看来叫貂蝉的都是美女。"我说的虽然是恭维之言,但也是由衷之语,只是有点唐突。我把胡妍妍的微信给她看,她看了又扑哧一笑。我又接着说:"我和一个叫王允的校长认识,他说起过你。"

貂蝉睁大眼睛,有些吃惊地说:"你认识我干爹?我怎么没听说过你呢?"

"当然啰,对于《三国》,他倒背如流,他还对我说过连环计的故事。"我看着貂蝉,试探着说。

貂蝉脸红了起来,好半天不说话,最后轻声地说:"都过去了。"

我对她说:"关于大兴的事,你能不能对我说说呢?你看,我是个医生，来洮镇是给大家治疗铅中毒的。"

"你不是记者？"

"不是。"

貂蝉说："说什么呢？在别人的眼里，我就是个狐狸精，是个妖女。我还能说什么呢？"貂蝉顿了好一会儿，说："只要不见报，我可以给你说说。我憋了好长时间了，也该对人说说了。"她似乎很爽快，掸了掸耳根下的茸毛，自言自语："从哪里说起呢，就从我干爹王允说起吧。"

3. 貂蝉说的

你知道的，我干爹王允最爱读的是《三国演义》。有一天他从城里回来，气冲冲的，不吃不喝。那天我也去了市里，买了几件礼物想送给他，可回到学校时，我就发现他坐在那里生闷气，对我不理不睬的。我不知发生了什么事，但猜想他有可能是上访十分不顺，所以不敢惹他生气，就回到我自己家里。

可没有过多久，干爹就来到我的家里，看得出来，他是从学校里一路小跑来的，头上还有大大小小的汗珠。他兴高采烈地喊我："貂蝉！貂蝉！"他从来不喊我刁闰闰，喊我貂蝉。大家都这样喊，我听着，听着也就习惯了。

"貂蝉，干爹终于有突破了，是受《三国》的启发。我先来给你讲一段那个故事，那个叫连环计的故事。在东汉末年，有个奸臣董卓把持朝政，在朝廷上肆意妄为。司徒王允眼看董卓就要篡夺东汉王朝，于是就设下连环计，将貂蝉先后献给董卓和他的义子吕布。貂蝉十分美貌，像你一样的美貌。由于董卓和吕布两人都是好色之徒，貂蝉周旋于此二人之间，把这二人撩拨得神魂颠倒，使他们反目成仇。最终忍无可忍的吕布将义父董卓杀害，解除了朝廷之危局。"

我说:"你的意思我明白了,你是要我做那个貂蝉?'"

干爹说:"你真聪明,世上有些事总是这么巧,你是貂蝉,你又遇到了吕布,就是那个副总吕凤生,吕凤生就是吕布。董事长呢,姓董,不知道他叫什么,就把他当作董卓。你看都全了,岂不是天意?"

我有点生气了,白了一眼:"亏你想得出来!有你这样的父亲吗?"

后来,我在吕凤生的安排下,进入了大兴冶炼公司。凤生说,你这气质、这颜值、这才华,坐办公室最好,最适合公关了。他对我总是百般照顾,百般体贴。压根儿就没有想到我是带着使命来的,是我干爹派来的间谍。

这个公司是吕凤生一人负责,董事长很少来公司办公,但他在这里有一间办公室,在镇上有一个三层的小楼。我装着傻傻的样子问吕凤生:"在公司你就是个副总,这不算是最大的官吧,那么公司最大的官是谁呢?"凤生笑了,刮了一下我的鼻子说:"傻丫头,当然是董事长最大了。"我又问:"咋这么多天,我都没有见到过他呢?"吕凤生的脸阴了一下,瞬间又笑起来:"这里只是董事长的一个子公司,况且空气不好,董事长当然很少来呀,大大小小的事都是由我负责。"我倒在吕凤生的怀里,撒娇道:"既然空气不好,我也不要你在这里上班。"

在吕凤生的怀里撒娇,不是做作,我是不由自主的。我知道这空气中飘荡着铅灰,水里流着硫黄,害怕吕凤生因此生了病。吕凤生摸着我的头,轻轻地说:"我不在这里上班,我到哪里去呢?和其他事情比起来,生存是第一要素。要挣钱呀,没有钱,就什么也谈不上。"他从办公桌里掏出一个小盒子,对我说:"你闭着眼,我要给你一个惊喜。"

就是不说，我也知道这盒子里装的是条项链，吕凤生玩的是很老的套路。我心里非常清楚，很是高兴，但表面上装得很单纯。我闭着眼睛，感觉到脖子上凉丝丝的，心想，这不是项链是什么？这时吕凤生说："你可以睁眼了。""好美的项链啊！"我抚摸着项链，抱住凤生，亲了一下他的脸，就躲开了。我说："你真好。"我知道我这也是很老的套路，但一时也想不出什么新的表达方式。

这以后没几天，我还真的见到了董事长。吕凤生说："小刁，你把这份文件送给董事长，他今天过来了，就坐在那间没有标牌的办公室里。"我有点惊讶："董事长来了？"吕凤生说："你不是没见过董事长吗，这下可能见到了。"

我拿着文件夹，在门口敲了一下门。里面回了声："进来！"我推开门，看见一个人正低着头，看当月的财务报表。我把文件夹放在桌上时，他竟连头也没有抬一下。我说："董事长，我出去了。"听到我的说话声，他才抬起头来。他看到我之后，眼睛就一直没有离开我的身体。这使我非常紧张，我甚至怀疑我做错了什么，或者怀疑我是不是他失散多年的故人。他有两个很大的眼袋，挂在眼睛的下面，但这丝毫也不影响他目光的犀利。

他笑着问："你叫什么名字？"我说："我名叫刁闰闰。"我又补充了一句："但他们都不这样叫我。"董事长问："那叫你什么？"我回答："貂蝉，他们都叫我貂蝉。我不喜欢那个'刁'字，叫貂蝉总比叫刁某某好。"

"有意思，貂蝉？你这个小丫头还真有意思，也难怪，你还真有貂蝉那样倾国倾城的容貌呢，名副其实，名副其实。那我以后就叫你貂蝉了。"我说："董事长，貂蝉只是一个绰号，您别当真。"说真的，有时候，我是有点呆萌，也就是这个呆萌，成为我最拿手的杀人武器。我接着说："要是说我姓刁就是貂蝉的话，那么董事长您就应该被叫作董卓了。"没有人这样说话的,这话要是别人说了,董事长肯定勃然大怒,但从我嘴里说出来,味道就不同了。董事长听了,反而哈哈大笑,一点也不恼,连说几句:"还真是,还真是,想不到你还读过《三国》。不错,不错,你是貂蝉,我是董卓,那你今后就叫我董卓好了。"我说:"你不介意?"董事长说:"有什么介意的,这是缘分啊。"其实,我只听过《三国》,只听过我干爹说过的《三国》,至于把董事长称作董卓,也是我干爹说的。

我明显地感觉到"董卓"被我的美貌打动了,在我的美貌面前,他当然什么都不会介意的。我不知道董事长叫什么名字,后来我才知道他叫董周刚。这一次,董周刚待在大兴公司十多天了,就是不肯走。我想,这可能是因为我。我每天去送文件时,他都要留我坐一会,和我说东说西,显得十分幽默健谈。我和董周刚的关系越来越近,吕凤生也高兴,他从没有想到已经五十多岁的董事长会打上我的主意。直到有一天,董周刚要带我出差去,我才感到事情有点严重。

那天,董周刚打电话给我,他说:"貂蝉啊,我要到省城出趟差,你跟我一起去吧。"我迟疑了一会,没有立刻答应他。他又说:"一切还是以工作为主,这是公司的需要嘛。"在我的心里,董周刚是一个非常成熟、稳重的男人,在他的身边,我会有一种从未有过的安全感。自从我母亲去世后,父亲长年瘫痪在床,我就一直生活在恐惧和不安之中。即使干爹王允对我十分关照,但我还是感到身如浮萍,似乎无处生根一般。我觉得我要是真的和董周刚去了省城,吕凤生定会不高兴。

于是我坚决地拒绝了他,我知道董周刚是另有企图。董周刚没有说什么,他总是那么宽容,能容忍我所有的一切。他挂电话前,说:"你不去也好,下次有机会再去吧。"我把这件事告诉了凤生，他一把抱住我说："你做得对，别看董事长他一本正经的，谁又知道他安的什么心呢。"

但我多想去一回省城啊，长这么大，我还没有到过省城哩。去省城的欲望一旦从我的心底生出来，就再也难以遏止。我把这件事又告诉了我干爹王允，没想到他竟然对我说："你去，一定要去。这是个好机会，不能放过。"我明白干爹的意思，他就是想在吕凤生和董事长之间制造矛盾，好从中取利。没想到干爹为了他自己的利益，连女儿都可以出卖。我气得眼泪都出来了，对他吼了起来："你就不顾你女儿的名声了，要是你女儿受到欺负，你怎么办？你心安理得吗？"

干爹显然被我的歇斯底里镇住了，好一会才反应过来。他说："好女儿，我不是这个意思，不是这个意思。"我说："不是这个意思，那是什么意思？"他顿了一会，慢慢地说："你是一个聪明的孩子，只要你机警些，你不会吃亏的。答应我，你和你那个董周刚去一趟吧。"看着干爹可怜巴巴的样子，我觉得他真的老了，老得让我不能拒绝他的任何请求。

两天后，我没有和吕凤生打招呼，就独自和董周刚去了省城。

4. 遇见黄小坚

貂蝉说到这儿，我的电话响了。电话是院长老吴打来的。貂蝉对我莞尔一笑说："你忙吧，我们以后再谈。"

老吴问："你去洮镇调查什么铅中毒的事，和我说了吗？"

我说："卫健委包主任看过我们院里的简报，打电话给我，让我去洮镇的。我要回去向你报告，他说他自会和你说的，所以我就径直来了。"

老吴恼怒异常："谁让你报铅中毒的简报的？"

简报不是我编的，我不知道这件事。我感到冤屈，对老吴再三解释说："简报都发出去一天了，我才看到。"可老吴的声音越来越大："一定是胡妍妍干的。她一点行政经验都没有，有人就是利用她这一点，我看这件事是有人指使的。唉，这个简报是针对我老吴的暗箭吧。"停了一下，他又说："我就纳闷了，卫健委为什么不派别人去，偏偏派你去？"

至于派不派我去，和我有什么关系？也许年纪大了，老吴看问题总是上纲上线，我在心底笑了一声，觉得老吴也怪可怜的，不必和他计较。我认为这时候，没有必要再回答，也不想争执，把事情弄大。于是，我拿着手机，也不挂掉，也不发一言。

过了一会，老吴冷静了下来，口气也似乎温和了许多，他用一种探询的语调问我："你调查得怎么样了，有进展吗？"没等我回答，他就接着说："这个铅中毒事件的调查是市里交代下来的，主管部门派你去是先摸个底，你得到的第一手资料，不能向外透露，资料一旦公开了，就被动了。还有不能引起群众恐慌，要外松内紧，铅锌污染事件刚刚平息，我们不能再因这个事给政府添麻烦。"

"这个我明白，我才刚刚住下来，还没有开展工作。"我故意在电话中埋怨，以证明不是我想来的，是领导逼着来的，"我也想不通为什么派我一个人来，要是多来几个人就好了，那样我就可以以免费体检的名义，顺便在暗中给他们检查血铅。这样才不至于引起群众的误会。你看，我一样东西也没有带，怎么开展调查？我又不是记者，带一支笔就行了，我是个医生，得有诊疗设备才行。"我继续发牢骚，似乎是给老吴听的："为什么派我来，难道除了我，就没有人了吗？"

我在"貂蝉居"吃过晚饭，心中一直闷闷不乐。卫健委包主任撇开院长老吴，直接派我来洮镇，的确有点异常。是看重我，还是开始对老吴不信任？不得而知。一般来说，领导是不会这样做的，但领导既然这样做了，一定有他的道理。所有这些，对我这样的纯技术人员来说，想要悟透其中的奥秘，简直比登天还难。我想，我还是出去走走，看看洮镇的景色，散散心。

洮镇很小，十几分钟就逛到了头。抽了一支烟，我又从街道的那头逛了回来，在洮河边的那棵大柳树下坐了下来。水流声很大，白花花的水很耀眼。我掏出手机，准备看看微信，有没有胡妍妍的消息。果然，那个"貂蝉"的头像闪来闪去，像是迫不及待要和我交流一样。"你知道吗？我今天被老吴克了一顿，真冤枉啊。本来我是为了表现一下，编个简报，没想到犯了老吴的大忌了。"后面是两个流泪的表情。我发了个："老吴会克你？怕是不舍得吧？"胡妍妍发来："其实，去年老吴就知道铅中毒的事了，他一直没有说出来。我应该想到这些，是不是不能说。去年我院就收治了三个铅中毒的病人，谁也没有注意。今天，我的确欠考虑，利令智昏把简报发了，酿成大错了。"我见胡妍妍认真起来，就安慰她："多大点事呢，你生下来就是来对付我和老吴的，是我们的克星啊。我看啊，最后你非要闹得我们两个火并，你才罢休。"

正聊得起劲呢，忽然背后有人说了句："干什么呢，一个人坐在河边发呆啊？"我回头一看，身边早坐着一个头发凌乱的人，脸色很憔悴。他递给我一根烟。我接过并朝他致意，他说："你是从市里来的？"我点点头，关了手机。问："您是……？"

来人警觉地问："你来洮镇有公干吧？"

我说："我是来摸摸这里铅中毒的情况，看看铅中毒疾病的流行状况，以便领导决策，组织全面系统的治疗。"

"那你怎么不去政府部门，让他们帮你，一个人在街上乱窜？你有介绍信？"他似乎在责怪我。

我轻轻地说:"据说这里有个镇长因为环境的问题,被开除公职,看来当地政府有可能袒护企业,所以我打算先看看,了解个大概以后,再和当地政府联系。"

那个人哈哈一笑,将凌乱的头发往后一甩:"我就是那个被开除公职的镇长,名字叫黄小坚。"我心里一惊,知道自己失言了。哪知黄小坚根本不在乎,反而称赞我说:"不错,你是我第一个见到的不先和当地政府联系就敢来洮镇的人。不过你只是个小人物,即使这样做,又能有多大的用处呢?"他显得有点懊丧。

我站起来,想和他握手,但被他躲开了。我说:"久闻大名,我来洮镇的工作还要你多多指教哩。"

"那当然。"黄小坚又大笑起来,把烟头往河里一扔,烟头"嗞"地一下熄灭了,在水中打着旋。这时候,黄小坚忽然往水中一跳,把烟头从河里捞出来,埋在河滩的砂石里。我被他奇怪的举动惊呆了,望着他一动不动。他歉意地笑笑,说:"要环保,要环保,不能乱丢烟头。"

我也笑了起来,我的职业病又犯了,暗想这是不是铅中毒引起的精神症状呢,我帮黄小坚把一双精湿的鞋子脱下来,边脱边问:"你能说说你是怎么被处分的吗?"这个问题,一般来说,是很难问出口的,但看黄小坚疯疯癫癫的,我也就没有什么顾虑的了。

"你问我这个问题?我要先问问你,你为什么住在那个妖精家里?她可是个不祥之物啊,谁摊上她,谁就会倒霉的。"

"她是这样的人?你这样认为?"

"不相信?我一说你就知道了。"想不到的是,他对我的要求竟然没有推辞,打开话匣子说了起来。

5. 黄小坚说的

怎么说呢，我也不知道从哪里说起。大兴铅锌冶炼公司是我们这里的利税大户，作为镇长，当然要维护好它呀。可这个董周刚就是不争气，利用我的这个心理，把污染治理放在一边，还明目张胆地偷税漏税。他就是想把钱赚够了，就卖厂子走人。

哦，董周刚就是大兴铅锌冶炼公司的董事长。这小子满肚子坏水，他有时也送我一点钱，但被我拒绝了，不是我不好财，是怕他会用此要挟我。可是我有个弱点，就是好一点酒，董周刚和我相处的时候，基本上都是在酒桌上。其实，说句实在话，他不用求我什么，相反，是我们有求于他。你看，洮镇街上的人行道，就是他赞助的，你想象不到以前洮镇的街道是个什么样子。

说到底，我就是董周刚的报信员。一旦上级有环保方面的检查，都要先和镇里联系，我知道消息后，会立马通知董周刚。这件事别人不知道，连吕凤生也不知。我们是单线联系。我这样做只是想让大兴的效益好一点，我们镇里也会有好的回报。哪知道这小子还来阴的，做了阴阳账，偷了一大笔税。

你知道王允吗？自从有了王允，董周刚对我热情起来，请我聚聚的时间也多了。环保检查时，大兴就停产，还故意做出正在生产的假象，加上我从中周旋，一般来说，每次检查都能过关。董周刚对我说："政府不是说要改善营商环境吗？别的我都不怕，就怕那个王允时不时地找麻烦，你给做做工作，把事情解决了吧。"我知道这事难办，但有一次，我在酒桌上喝昏了头，竟然答应了大兴公司，由政府解决王允的上访问题。

我找到了王允，先打招呼："老王，不，王允校长，你在忙啊？"他扭头看看我，继续抹他的桌子。我在他的对面坐了下来，说:"王允校长啊,今年学校的经费比起往年来,有所改善了吧?"王允说:"这财务的事,得去问正校长,我只是个副职。"

我讪笑道:"王允校长啊,你看看,我们学校面貌已大为改观了嘛。这一切,没有钱哪里行啊,你要是没有钱,一定是寸步难行。钱从哪里来?"

没等我说完,王允插话道:"你别说了,我知道你要说的是钱从大兴来。可不能光要钱不要命呀。命都没有了,要钱何用?你看看,那么多学生,每天都吃你的铅灰,难道不是罪过吗?"

我有点心虚,硬着头皮说:"这件事中间,有个平衡的问题。空气和水治理好了,企业的效益就没有了,企业的效益好了,才能有钱治理污染。不管怎么说,我们还是在创业的初级阶段嘛,要从大局着想,从洮镇群众的幸福生活着想。你看村民们建的大楼房,在过去这是不敢想的!没有大兴去解决他们的就业问题,他们能住得这样舒服吗?"

王允说:"我们尿不到一个壶里,请你走吧,我还要上课呢。"

你想,我一个堂堂的镇长,低声下气去求一个小学教师,我低到极点了,用一个作家的话来说,就是低到尘埃里了。他竟然还说什么尿不到一个壶里,你也不想想,我愿意和他尿到一个壶里吗?我为这个人民老师的觉悟如此之低,感到不可思议。我心里的气也不知怎么地,一下子涌了上来,拍着他的办公桌子大声说:"好你个王允,你只要好好教你的书就可以了,做好你的本职工作,不要多管闲事,不要跑上跑下的,这样影响不好,丢我们洮镇的脸。丢脸!你知道吗?你要是再去上什么访,我可是有好果子给你吃。"

我走的时候,听见王允冲着我淡淡地应了一声:"你尽管大发淫威吧,我等着,等着吃你的好果子。"

我离开学校后,气冲冲地去找董周刚。一般来说,董周刚是不在洮镇的,可今天巧得很,他刚从省城回来,还没有走。这家伙听了我的话,却哈哈大笑起来,说:"我的大镇长啊,这事并不奇怪呀,你要知道,撼山容易,撼一个人的心难。我本来就对你这次出马,不抱什么希望。"

"那你还要我去?存心的是吧?"我没好气地说。

"我只是想让你去敲他一下,有没有效果都不妨碍什么。其实,那个王允已经不重要了,走,我们到酒店去,等会吃饭时,你就明白了。"

我们一起到了洮镇酒店,整个洮镇就这一家拿得出手的酒店,也是董周刚最常来的地方。董周刚说:"等一会儿我给你介绍一个人,保你大吃一惊。"我笑道:"什么人啊,还这么郑重,不是你老董的风格。"话音未落,只见一个人闯了进来,香风扑面,让人眼睛一亮。我瞪眼一看,这不是王允家的干女儿貂蝉吗?

"这,这是怎么回事?"我转头看看董周刚。董周刚笑道:"诧异吧,这是我们新任的办公室主任刁主任。"

我笑着,一连三问:"办公室主任?貂蝉?王允他开窍了?"

貂蝉咯咯地笑,为我斟了一杯酒:"镇长呀,我父亲他怎么了,他一直是个通情达理的人呀。"

我哼了一声,说:"通情达理?我看就是头倔强的驴。这下真让我大开眼界哦,倔驴肯让女儿来大兴?不告了?"

"什么告呀告呀的,多难听。我老父是反映问题,当然啰,现在他女儿在大兴公司,他还怎么去反映呢?"貂蝉敬了我一杯酒。

董周刚哈哈大笑,对我说:"看你那蒙了的样子,吓着了吧。事物总是变化的,有什么好奇怪的。我这次和貂蝉刚从省城回来,联系几个客户,出差了两天。"

"带美女出差?真有你的。"我把杯子对他扬了扬。

董周刚正经起来,对我说:"你别想歪了,你不知道这丫头有多厉害,我连手都没有碰着哩,白跑了一趟。"

正说着,门被"砰"地推开了,一看竟是副总吕凤生。吕凤生满脸漆黑,拉个凳子坐下了。董周刚说:"凤生,你怎么啦?是不是公司有什么事?"吕凤生瓮声瓮气地说:"没什么事。"

董周刚说:"没事就一起喝吧。"吕凤生也不说话,满上一杯就独自咕噜一口,眼朝着貂蝉不动地看。貂蝉端起酒壶要给他倒酒,被他一把挡开了。吕凤生说:"你去省城出差了,和董事长一起去的?咋不和我说一声?我怎么不知道?"拿过壶来,径直往嘴里倒了一大口。看着吕凤生失态的样子,董周刚气上来了,喝道:"你到底咋啦,发啥神经?"

我一看这事不是明摆着的吗,吕副总吃醋了。我都看出来了,董周刚难道看不出来?也不能怪他们,这貂蝉就不是个人,是个妖精,只要是男人,都抗拒不了。我连忙打圆场,说道:"副总今天肯定遇到烦心的事了,你看,公司这么大,够吕总操心的了。大家都吃饱了,散了吧,明天还有事。"董周刚站了起来,对貂蝉说:"走吧。"又对吕凤生说了句:"莫名其妙。"就出去了。

我对吕凤生说:"吕总啊,今天怎么啦?这么失态。是为了貂蝉吧,我就知道,你和貂蝉郎才女貌,是绝配啊。你看看,董事长这是怎么回事吗?"我说着说着,没想到吕凤生"呼"地站了起来,一把拿住我的衣领子,眼珠子快要突出来了。

我说:"你要干什么,冷静,你冷静。我只是随便说说,你不要当真。"我抓住他的手,慢慢地掰开他的手指,把他扶到椅子上。等吕凤生坐定后,我赶紧一溜烟走了。

6. "乡里乡亲"小饭馆

"你说这个貂蝉是不是妖精?"说到这里,黄小坚忽然举起手来,两脚不停地跳着,叫道:"为了这几句话,吕凤生还要打我,他还要打镇长!"黄小坚激动起来,一边叫一边跑,瞬间就不见了。我这才意识到他的精神有点不正常,可能是间歇性发作吧,刚才还好好的,怎么话没说完就跑了呢。

我回到了"貂蝉居",躺在床上,想到自己这一趟是不是有点背离了主题?我到底是来统计铅中毒病人,还是来调查大兴公司的情况的?是不是因为貂蝉两个字,才让我有了不可遏止的探究的欲望?

我准备下楼吃晚饭。"貂蝉居"不管饭,要吃饭,必须去隔壁的饭馆"乡里乡亲"。下楼时,我发现王允早就坐在那里了,炒了两碟小菜,独自喝着酒。见了我,他招手让我坐下来,对我说:"我们一起吃吧,喝两盅。"他拿个酒杯放在我面前,满上酒,随后又端起杯子,和我的杯子碰了一下,说:"干了。"

三杯酒下肚,王允说:"今天你查了多少个铅中毒的病人了?"没等我回答,他立马接着说:"要是真查起来,洮镇的人都或多或少地中毒过,就怕你们不是认真地查,或者查了不上报。"

"这不可能。我来只是先了解情况,要对铅中毒进行诊断,是要采血的。"

王允说:"现在,你们怎么做,对我来说都不重要了。自从我让貂蝉去了大兴公司后,她对我就有了隔阂,见了我也待理不理的。其实,这里有一点是和《三国》中不同的,《三国》中的貂蝉和吕布是通过王司徒认识的,而我们家的貂蝉是本来就和吕凤生相爱的，我只是附加给她一小点任务而已。因此，我不能算对不起我的女儿，只是让她完成对她来说是一件很简单的任务。"

我说："你真是个谋略家。"

"你是讥讽我呢，还是已经看不起我了？"王允说，"貂蝉为报答我的养育之恩，答应我去做这件事，她是冒着丢失爱情的风险去的。当时，我昏了头，一直追问着事情的进展，催她，逼她。越是问得勤，貂蝉越反感。我真的是为了我的学生、为了洮镇的居民吗，还是为了我的固执、为了我的面子呢？我已经弄不清了。"

王允喝了一大口，继续说："黄镇长第一次找我说大兴的事，被我撑了回去。第二次他来的时候，我改变了策略，对他热情了起来，偶尔还褒奖一下大兴。这个黄疯子以为是因为我的女儿进了大兴公司，我才转变了态度。"他坐在我的办公桌前喝着茶，笑着说："你这个王允王校长，咋变得这么快呢，我都不相信这是真的了。你想想，你女儿貂蝉已经进入公司高层，成为大兴的一份子了。大兴兴，你、我、洮镇都兴，大兴亡，你、我、洮镇都得亡，你是大知识分子，是懂得这里面的利害的。"

王允朝对面看了一眼，愣了一下神。我顺着他的眼光看去，貂蝉居里的张妈拉了一下闸门，将门关了一半。原来，貂蝉回来了，等她进门后，张妈把另一半门全关上了。

"她总是这时候回来。"王允说，"我每天这时候在这里吃饭，就是为了看她一眼。她不理我了，但她总是我的女儿呀，我放不下的。"

我叹了一口气，说："你们真的僵到这种程度？"

王允并不回答我的话，继续沉浸在他的过去里。他说："你知道吗，有一天黄镇长对我说，王允啊，既然你和大兴的董总冰释前嫌了，我来做东，大家杯酒释恩怨，一醉解千愁如何？"我心里一转，这可是个好机会啊，何不借此再添一把火，把董、吕再烤一遍？于是我欣然同意了。

我有点好奇，问王允："你有妙计了？"

王允说："妙计谈不上，《三国》中早就有了。既然是黄镇长做东，那我就不客气了。我特意让女儿貂蝉坐在那个董什么董事长的身边。他看起来非常高兴，对我没有一丝一毫的警惕。席间，我再三敬酒：董事长对洮镇的贡献，大家有目共睹，黄镇长也时时对我们说，如果没有董事长，就没有大兴，也没有富裕起来的洮镇。董周刚笑着说，王校长言重了，董某在洮镇投资办厂，一直仰仗洮镇的父老乡亲和政府的支持。没有他们，我大兴也不能取得今天这样良好的效益。来，我来敬你们一杯。貂蝉在旁边，也一个劲地劝酒。董周刚兴致来了，竟来者不拒，不到半小时，就有点喝多了，站起身来，走到我身边，用手拍了拍我的肩说，王校长啊，从今天开始，我们是一家人了，你女儿在我公司，你就放一百个心，我会好好地待她的。"

王允接着说："我看时机差不多了，就给吕凤生发了一条短信：'我们在洮镇酒店吃饭，你们的董事长怎么能这样当着我的面，对我女儿如此轻薄？你不是她的男朋友吗，还管不管？还敢管吗？'对方没有回音，半天过去了，只是回了个发怒的表情。饭局结束后，我对貂蝉说，董事长今天喝得有点多，你送送她吧。那个董周刚对我笑着，踉踉跄跄，结结巴巴地说，是有点多，有点多。你说得对，好，好，让貂蝉送我，貂蝉送我。我知道此刻吕凤生就在酒店的外面，我还知道此刻他的眼睛里一定冒着大火。果不其然，在我们走出酒店的时候，我看见吕凤生站在一棵树下，朝这里张望。没有人注意到这个，黄镇长没注意，董周刚没注意，只有我注意到了。"

我像听一个故事，正听到关键之处哩，讲故事的却卖起了关子,不说了。我急了,一个劲地催闷头喝酒的王允说:"后来呢,后来发生了什么?"

"后来,后来也没有发生什么。王允说,我看到董周刚被貂蝉搀扶着坐进小车里的时候,就假装转身往回走。这时吕凤生走了过来,拉着我的手说,王校长,董事长没有对貂蝉做什么吧?我说,有我在,他能做什么?我就是看不惯董周刚那个色眯眯的嘴脸。现在他们同坐一个车走了,我担心啊。我老了,保护不了我女儿啦。你要是男人,就追上去。貂蝉一个女孩子,没有人保护,多可怜呀。"

我和王允正说着,忽然看见貂蝉进来了。王允止住了话头,闷头喝了一口酒。貂蝉说:"王医生,你在这里吃饭啊,真对不起,住我的店,还得在外面吃饭。乡下就是这样,你多担待一点啊。"我说:"没有什么,这不,吃饭时碰上你老爹,就一起喝了几杯。"

貂蝉说:"看你们喝得起劲,不介意我也加入吧。"

我连忙说:"不介意,不介意。"侧过身,给貂蝉腾了一个座。

这父女俩坐到一个桌子上,显得有点尴尬,好长一段时间都沉默着,似乎空气都有点凝固了。最后还是貂蝉先说话。她对王允说:"老爸,你不要再一个人喝闷酒了,真的想喝,也要少喝点。"

王允受宠若惊:"你原谅我了?"

"为了你的那个破事,我的名声都臭了。在这条街上,人人都可以朝我吐口水!你说我恨不恨你?可恨也罢,不恨也罢,我的一辈子算是毁了。我算是理解了什么是行尸走肉了,你知不知道?"貂蝉喝了一大口酒,皱着眉咳了起来,"只有离开洮镇,我才能活过来。我现在想啊,人生一世,有什么可记恨的?你养我这么大,没有你,我的命早没了。我表面上不搭理你,心里还牵挂着你哩。"

我想，他们这是要和好啊，连忙倒上一小杯酒，递给貂蝉说："你就用这杯酒，敬一下你的老爸。这杯酒过后，什么隔阂都没有了。是不是？"

貂蝉举起酒的时候，王允早已把杯中的酒咕噜一口喝了。这一杯酒下去，王允伏在桌子上，不省人事，他彻底地醉了。

7. 我去找黄小坚

第二天我早早醒了。我坐在床上想，昨天夜里，要不是貂蝉插进来，王允早把所有的事情都告诉我了。貂蝉是有意来打断我们的谈话的，还是无意的？我也不想再考虑这件事。我想知道董周刚和貂蝉上车后，吕凤生做了什么。现在去找王允，肯定不行，他还宿醉未醒呢。

我想到了黄小坚黄镇长，他也许会对我说点什么。

我又来到洮河边，在那棵大柳树下坐了下来。我不知道黄镇长今天来不来这里，即使他不来也没有关系，我喜欢坐在河边，听河水哗哗地流淌，这是一种享受。

我在河边坐了两个多小时，也没有见到黄疯子。一个人独自在河边消耗掉早上最好的时光，在整个洮镇，也只有我一个人。坐得久了，也觉得有点无聊了，起身要回去。当我刚走几步时，就看见有个人哈哈地傻笑着，从树丛中钻了出来，拦在我的面前。

不是别人，正是黄小坚。他哈哈笑道："我在这里看你多时了，你来之前，我就在这里守株待兔了，我知道你要来找我，我故意不出来。哈，等急了吧。"他有些得意，歪着头，斜眼看我。

我想，别看他偶尔有点疯癫，思维还是很清晰的，仍然有很强的判断力。

我说:"你既然来了,就坐下吧。别人看你有点疯,我看你一点也没有疯。"

黄小坚更大声地笑起来,笑得眼泪都要出来了:"要说疯子,我看世间人都是疯子,但没有一个人说自己是疯子。我承认自己有点疯,这恰恰证明我是清醒的。真正的疯子,是沉浸于其中而不自知的。"

"说得有些道理。"

"那当然。那王允老是看不起我,认为我不读书,其实他不知道,我偷偷地研究过哲学。关键是我把我所学的东西,都付诸实践了。而他,王允,他只是个书呆子,学了也是白学。学了不用,岂不是白学了。"

我说:"你这样说,我就不同意了。那王允会用连环计,你怎么反而受牵连,栽在他的手里了?"

黄小坚一时语塞。我感到我有点过分了,忙转过话题,对他说:"我就想知道,那天晚上,你不是请王允和董周刚他们吃饭了,饭局散了以后,发生了什么?"

"发生了什么?"黄小坚反问我,"你说呢?"

他顿了一下:"那时,我正在酒店里记账,出来时,看到了王允正在和吕凤生鬼鬼祟祟地说着什么,没等我走近,吕凤生就骑着单车急吼吼地走了。吕凤生怎么来了?一定是王允作的怪。我预感到要发生什么事情,忽然有一种不可遏制的冲动,我要去看个究竟。可好歹我也是个镇长呀,洮镇的一把手,跟踪别人的事让人知道了,岂不有失身份。但我酒意上来了,大脑不受控制,好奇心驱使着我,让我的脚停不下来,没走多少路,我就来到了董周刚的住处。"

"你看见了?"

"没有,出乎我的预料,吕凤生已比我先到。我没有看到他的人,但看到了那辆单车被丢在人行道边。我看到了在董周刚住处的门洞里,董周刚和貂蝉在拉拉扯扯,好像是董周刚要貂蝉进去,而貂蝉不肯。两个人站在门前,似乎有着说不完的话。后来,我看见董周刚拉过貂蝉,把她抱在怀里,这次貂蝉没有挣扎,抱了好一会儿。最后,两人分开了,貂蝉径直朝街上走了。这让我有点失望了,我有点丧气地往回走,转过一个街角时,我就听见吕凤生的声音了!"

黄小坚瞪大眼睛看着我。我说:"你接着说,我在聚精会神地听呢。"

"远远地,吕凤生在大声地叫着,貂蝉在一旁哭。只听吕凤生说,你去呀,不是差点进了老家伙的房里了吗,怎么回来了?貂蝉哭诉道,他是董事长,对我有过分的举动,我也没有办法啊。我是费了好大力气才脱身的,你这个短命的,还怪我。一边说,一边梨花带雨地哭。哭着哭着,貂蝉又打了吕凤生几下,说,我要你这个男子汉有何用,人家欺负我,你屁也不敢放一个!吕凤生看她这样,气也消了,拉过貂蝉,把她拥在怀里,恨恨地说,这老东西,明明知道我们的事,还不知廉耻纠缠你。他偷税漏税,在环保上阴一套阳一套,勾结某些人欺上瞒下。只要我说出来一件,也够他受的!他不仁,莫怪我不义了。"

黄小坚说到这里时,我心中暗想:"王允的连环计发挥作用了。"

黄小坚凑到我的耳边,轻声地说:"我听到吕凤生说这句话时,心中一惊。原来这个董周刚除了环保的事外,还有偷税漏税的事!吕凤生说的某些人中,就有我呀。我这么一惊,汗都出来了。"

黄小坚接着说:"过了一天,我特意去了董周刚的办公室。

董周刚倒是悠闲自在，大清早就在练书法。我应不应该告诉他，不能为了女人而出乱子，或者对他说他的副总已有反心，要多留意了呢？环保问题虽然涉及我，可我并没有收大兴的任何贿赂，我袒护大兴的出发点是为了洮镇的经济发展，这应该没有什么事吧。至于偷税漏税，我一概不知。所以话到喉咙时，我硬生生地把它忍住了。"

我问："你没有说？"

"董周刚看我来了，把字递给我看，大镇长啊，你看看，我的字总写不好，这东西要的是灵气，光靠努力是不行的。许多东西呀，拼的就是天赋，天赋高，就用不着努力啦。我说，董事长的书法又精进了，天赋加努力，写出的字，观之若骏马腾空而来，若蛟龙飞天流转，真是笔走龙蛇，有特色，大气啊。董周刚笑了，你就吹吧，还吟起诗来了！反正吹牛不上税。我听到'上税'两个字，心中咯噔一下，半开玩笑地对董周刚说，你现在真是自在呀，王允那老小子不上告了，清静多了；你呢，又抱得美人归，咋世上的好事都让你占了呢？不过，人在高峰时，一定要低调，居安思危，方能无患啊。"

黄小坚接着说："董周刚又笑了，说今天你咋一反常态，说教起来了？我说，最近看了点哲学书，有所感触，有所感触。"

我心中忽然一惊，这个黄镇长黄小坚扮演的不正是《三国演义》中李儒的角色吗？这时候，我的手机里貂蝉的头像又闪了起来，我知道，胡妍妍又来了。

胡妍妍问："这几天过得还好吗？怎么每次都是我主动呼你，这好像不是你的风格啊？"

我回了句："我正有事呢。"

"和貂蝉在一起有事？"

胡妍妍有说不完的话，我干脆不看手机，把手机揣进口袋里。我对黄小坚看了一眼，示意他说下去。黄小坚见我收起了手机，就接着对我说："你是不知道，董周刚这个人自负得很，他根本没有想到吕凤生会反水，成为他的死敌。我忍不住还是说了句，老董啊，你在公司内部要搞好安定呀，不能为了一个女人，使公司出了纰漏，那就得不偿失了。可这个董周刚根本没有听进去，一直在写他的字。我猜他可能会有些反感，我自己呢，反倒觉得有点自作多情了。"

我口袋里的手机响起来了，是胡妍妍打过来的。我一按接听键，就听到了她凶巴巴的声音："你竟敢不回复我的微信，是不是天高皇帝远，我管不到你了？"

"我这不是有事吗？"

"告诉你，你好日子到头了。明天我就要来洮镇了。"

我一惊："你来干什么？"

胡妍妍说："我明天带十个人来，负责采集居民的血样标本。"

"明天吗？这么急？我还没有和镇政府取得联系，你来了怎么开展工作？"

"那我不管。是老吴派我来的，下了任务，晚一天都不行。"话没说完，胡妍妍的手机啪地关上了。

我回过头来，就在我打电话的时候，黄小坚已经走了，这家伙，走的时候竟然屁也没放一个。

因为胡妍妍要来，我决定下午去镇政府一趟，接待我的是分管工业的副镇长。他见了我，并不热情。我们在办公室坐下，他泡了一杯茶递给我："事情都过去了，该处理的都处理了，怎么又重新翻出来了？"

我说："不是把旧事重新翻出来了，而是新事来了。这不，污染的后遗症来了。对我们医生来说，后遗症更可怕，更难治。"

"你们要干什么呢？"

"上面要求我们摸清这里的铅中毒病人数量，所以，我们有个方案，要在全镇普查，每个人都抽一份血样，希望得到政府的支持。"

副镇长摊摊手，做出很为难的样子："哟，这样啊。这样大张旗鼓的，会引起大家的恐慌的。"

我说："没关系，我们暂且不说是铅中毒调查，就说是健康检查好了。实际上，这也是一种健康检查。"

"只要不出乱子就行。真不巧，我明天要出差，去省城招商引资。你看看，大兴公司一倒闭，镇里的开支就紧了许多，负了那么多债，快要不能正常运转了，我们再不出去招商，就只有等着喝西北风了。这样吧，我让小陈干事陪你们，哦，他叫陈冬至，能力还是很强的。另外，我还要向一把手汇报一下，看看他的意见，我说了不算。"

我站起身来："多谢你了，麻烦你安排一下，我们明天就要来人了。"

副镇长握了握我的手，一直送我到大门口，口中嘟哝了一句："听说你住在貂蝉居，那个貂蝉是个妖精，谁摊上她，谁就要倒霉，你可要注意一点哦。"

我说："我会注意的，明天的事——"

他拍拍我的肩："你放心，我走之前一定安排好。"

大兴公司是怎么倒闭的，这一直是我想知道的问题，虽然它不在我的职责范围内。我找到了小陈，说了副镇长的意思，小陈说："副镇长还没有和我说呢，一旦他交代我了，我一定会配合您的。"我想打听大兴是怎么倒闭的这件事，小陈却讳莫如深，不肯正面回答。我了解他的苦衷，作为公职人员，他必须谨小慎微，不能乱说话。

但是，很意外，在我走的时候，他说了句："你怎么选择貂蝉居，在哪住宿不好，非得去那里住吗？那个女人名声很臭的。"

我没有理他，回到了貂蝉居。小小的民宿里没有一个客人，张妈闲得慌，经常坐在不远的小摊子上打麻将。貂蝉看见我，就打招呼："你回来啦，今天回来得早。"我说："你要是有空的话，我有事问问你。"小旅馆里没有客人，见我喊她，貂蝉就放下手中的事，坐到我身边来。

我说："你这个貂蝉居真的不错，不知道是一开始就是往民宿方向设计的，还是改装时歪打正着？"

"这个嘛，"貂蝉顿了顿，"对你说也不要紧。这三层小楼是董周刚董事长的，以前他就住在这里。出事以后，他对我说，你把楼改为民宿吧，以后你没有了经济来源，这个民宿还可以维持你的生活。"

"他还是个重情义的男人。"

貂蝉说："你是这样理解的？"

"我是就事论事。人是有多面性的，也许在一方面他臭名昭著，而在另一方面，他却是令人称道的。即使是一件事，从不同的角度看，也会有不同的结论。"

"我听不懂。董周刚和吕凤生，他俩对我都非常好，但却是我害了他们。我是一个不祥的女人，用镇子上的人的话来说，就是祸水。"

"你害了他们？"我想，这不是很正常吗，王允派你去大兴的目的，不就是让你害他们的吗？"我已经知道了一点儿，但这不是你的错。"我跟着她的话说，"能对我说说事情的经过吗？"她迟疑了一下，看我很真诚的样子，就点了点头。

8. 安全事件

　　董周刚和吕凤生对貂蝉都非常好，貂蝉认为，在这个世上，从来就没有人这样对她好过。董周刚对貂蝉的体贴是细致入微的，比方说貂蝉的一句话、一个眼神，董周刚都能体会到她的意思。更重要的是董周刚常带貂蝉去体验她没有经历过的东西，像高尔夫球呀，桑拿呀，宴会呀，等等，件件都让她新奇。在玩的同时，董周刚也没有忘记给貂蝉买礼物，如衣服呀，包呀，化妆品之类的，这让貂蝉满心欢喜。

　　吕凤生没有董周刚的花样多，但貂蝉能感觉得到他是真诚的。他的拥抱是那样紧，紧得让貂蝉喘不过气来。貂蝉从吕凤生那里得到了一种说不出的感受，这种感受让她兴奋、渴望、浑身瘫软。

　　但貂蝉清楚吕凤生的嫉妒快要到爆炸的边缘了。有一次，吕凤生近乎哀求貂蝉："貂蝉，你不要再和那老东西来往了，求求你。"

　　"我有什么办法。我也很讨厌他，但他总是纠缠我，我是办公室主任，是他的手下，怎么能不搭理他？"说着，貂蝉的眼睛红了。

　　吕凤生拥貂蝉入怀，抚摸着貂蝉的头发，一缕清香顺着他的鼻孔，冲进他的大脑。是呀，这怎么能怪貂蝉呢？她只是个弱女子，被人心疼保护都来不及，哪里能逃得脱董某人的手掌呢？自己是个大男人，不也不敢对董某人哼上一声吗？不怪别人，只怪董周刚没有羞耻心，夺妻之恨，岂能轻易饶过。

　　对于貂蝉来说，她原本是顺着王允的连环计行事的，但到了如今，她已经是身不由己了。她像是掉进了董周刚和吕凤生两人搅动的旋涡中,只有挣扎的份了。

令貂蝉想不到的是,第二天一早,吕凤生就去税务部门把大兴举报了,董周刚偷税漏税的事实确凿无疑。下午的时候,税务和公安就迅速进驻了大兴公司,他们撇开董周刚,很快拿到了另一套账本,就是那个假账本。

董周刚在税务人员的严厉逼问下,脸红一阵白一阵。这真的无需辩解了,证据齐全,人证物证俱在,还有什么话好说。董周刚用非常阴森的眼光看着吕凤生。从这个阴森的目光中,吕凤生隐约看出了董周刚藏在暗处的怒火。整个洮镇很快全都知道了这个消息,警车带走了董周刚,同时也带走了吕凤生。貂蝉觉得身子轻飘飘的,一点也不踏实。她很清楚是她害了董周刚和吕凤生。大兴公司似乎一下子空了。

为了维持大兴的正常生产经营,洮镇镇政府派人接管了大兴公司。黄小坚自然不肯放弃这个机会,他宣布,由于大兴公司是利税大户,关系到洮镇的经济大局,所以他要亲自去大兴上班,不能让大兴垮了。

可王允并不会让黄小坚这个镇长这样舒服,他这一连串的用心不是要把董周刚和吕凤生弄进拘留所,而是要解决洮镇的空气和水的污染问题,绕了这一个大圈子,污染问题并没有得到解决。他去找黄小坚,黄小坚一直在敷衍他:"现在大兴公司出了这么大的问题,你提出的污染问题恐怕要晚一步解决了。你看,大兴是股份制企业,大事还是股东们做主呀,政府干预,是怕其他股东为了争夺公司的控制权,发生内斗,毕竟他们的持股比例不相上下。"

王允说:"那你们是不打算管啰?"

"能有什么办法,除非等到董事会改选,由新的公司决策层研究,我只是一个暂时代理的。"黄小坚说,"我说王允啊,大兴到了这个局面，全是拜你所赐，你心里没有数吗？只恨董周刚不听我言，中了你的美人计。"

"不要扯那些没有用的，我问你，环境污染的事你们怎么办？"

"我不是回答你过了吗？怎么办，我们每年都会接受环保部门的检查，每一次都是绿色通过的。"

"你糊弄鬼呢？我们会向大兴讨个说法的。"

黄小坚黄镇长也一个字、一个字地说了句："你去讨说法吧，我等着。"

王允气冲冲地回到家里，倒在床上。他想，以前大家不去管什么环境污染的事，是他们对大兴信任。现在不同了，大兴公司偷税漏税，也就是说都敢在税上面动手了，还有他们不敢做的事？洮镇的居民不知道污染的厉害，要是知道了，谁会因为拿一份工资，而把命送掉？不治理污染，胡乱排污，那是比偷税漏税更严重的事。不行，得一家家地做工作，大家一起来，才能向大兴公司讨说法。

恰恰在这时候，大兴发生了一起严重的安全事故。一个农民工被吊梁上的一捆钢管砸中，当场死亡。钢管砸在农民工的头上，脑浆四溅，惨象不忍目睹。那个农民工正是洮镇人，顷刻之间，他家的七大姑八大姨都到了，哭声一片，诉求就是一条：要求赔钱。厂办一直和他们接洽，谈的就是赔偿的事。由于条件相差太大，一直谈不拢，最后，家属们的情绪失控了，堵住了公司的大门，在厂子里烧纸钱。他们说除了和黄小坚谈，他们再也不和任何人接触了。尸体放在公司的大厅里，时间长了，也不是个事。

人越聚越多，群情激奋。一夜之间，大兴公司的墙上，门前的树上全挂上了横幅，白底黑字，"官商勾结，草菅人命""欠我一条命,我要讨说法"等等,还有几条是"吸的是有毒的空气,喝的是有毒的水,饱的是奸商的口袋,污染的是洮镇的河山"等,这几条是王允写的。他还特地联系了省里的电视台,再次以"堂·吉诃德"的网名在论坛里发帖。黄小坚黄镇长还没有经历过这个架势,气得鼻子和脸都歪了。他迅速从后门溜到政府大院,紧急召集会议。

黄镇长说:"我是临危受命去大兴兼职的,大家知道,现在是稳定压倒一切。他拍着桌子说,这次骚乱是有高人在背后指点,什么高人?我看就是那个王允。他就是想借这次安全事故,把事情搞大,把大兴搞倒,把政府的财政来源堵住。打蛇要打七寸,首先要把挑头的王允镇住。他要耗就耗,谁怕谁?举全洮镇之力,我们无论是从武力、物力、人力、财力,还是精力上,都耗得起他。"

正说着,忽然听到楼下一阵大动静,掀开窗帘一看,原来是省电视台《百姓无小事》栏目组的记者来了,一共三个记者,扛着摄像机,到了政府大院里。黄镇长赶紧让陈冬至把记者请上楼来,千万不要让他们接触到那些闹事者。小陈去请,可人家一脸的责任担当和正义感,死活要见群众。黄镇长只好亲自下来,对记者们说:"你们大老远的,还是导航来的,打个电话给我们,让我们接你们,多好呀。辛苦了,先喝杯茶,了解一下事情经过也好嘛。"镇里的班子成员热情地和他们握手,简单地说了事情的经过。

为头的一个记者说:"我们也理解政府部门的苦衷,现在工作不容易呀,但是事情的真相我们还是要报道的。放心吧,我们是有分寸的,不会给政府添麻烦的。"

这时候门外又轰动了起来,原来在大兴那边聚集的人听说省里的记者来了,就一窝蜂拥到政府这边来了。记者们随便拉了一个人,在现场把话筒对准他。那人却嗯嗯哼哼地说不好。王允急了,一把抢过话筒,慷慨激昂地说:"大兴公司就是洮镇的一大毒瘤,这么多年的污染,得不到治理,置老百姓的健康于何处?"那个死亡的农民工家属不愿意了,我们是要还死者一个公道才来的,你怎么扯到污染不污染上面去了?又把王允手中的话筒抢过来:"一个好端端的工人死在大兴,大兴要给个说法。我们不是闹事,是要一个公道!"

看到这个架势,记者不敢继续下去了,就草草结束了采访,上车关上车门,一溜烟走了。围观的人们有点失望,你问我,我问你:"这么一下子就没有啦,不采访了?"

王允大声地说:"这些记者肯定被他们收买了,哪里有我们老百姓说话的地方!不行,我们要靠自己。"这一声喊,又把众人的情绪激了起来,大家提出两个条件:一是答应死者的赔偿金额,二是大兴公司要先治理好污染,在环保达标之前,不能开工。

镇干部和闹事的居民发生了对峙。陈冬至说:"去去去,这里是你们说了算吗?大兴公司停产,你们知道有多大的损失吗?还当真以为我们怕你们,从大兴来政府大院,一茬接一茬地闹,还嫌没闹够呀!"副镇长拉了拉小陈,示意他别说话,可是已经晚了,死者家属们蜂拥而上,抓住小陈的衣领子:"你算个毛!看老子不捏死你这个小崽子。"使了个腿绊,一下子把陈冬至绊倒在地。"打架了!"人群骚动起来,场面大乱。

"把车掀了!"有人在喊。于是许多人跑过来掀车子,一二三,车子立刻被掀了个底朝天。又有人喊:"有人晕倒了!"继而有人尖叫,"有血,有血!"大家回头看时,王允倒在地上,衣服上已经染红了鲜血。

"王校长,王校长!"周围的人慌了神,大家更亢奋了。有人冲过来，抓住黄镇长的衣领子，吼道："你这是要我们的命啊，反正已死过人了，不在乎多死一个！"

"你们统统给我停下！"黄小坚突然大吼一声，握住抓他衣领的那人的手腕，反身一扭。那人痛得"哎哟"一声，蹲了下去。奇怪的是，大家在这时反而安静下来了，镇长黄小坚自然而然地成了现场的指挥官。黄镇长说，当务之急是把王允送到医院，他叫来了一个副镇长，对他说："你去叫120，要快。"又转身对呆若木鸡的陈冬至说："你去把貂蝉叫来，要快。"

王允是被人推了一把，头碰到石块上了。血流了很多，人快成了血人了。王允说："我不走，就是死在这里，我也不走。我要让大家看看，你们是怎样对待老百姓的。"黄镇长也不接腔，让人把他的伤口包扎好，等救护车来。

不一会儿，救护车来了，王允死也不上车。就在这时候，貂蝉来了。貂蝉问："你上不上车？"

"不上。"

"那好，你们别管他。他就是人来疯，你越顺着他，他越往竿子上爬。"貂蝉回过头来说，"王允，你听着，这次你要是不听我的，你就当没有我这个女儿了，反正在你的心里，我只是你的一枚棋子。"

也是怪事，貂蝉这么一说，那王允就乖顺了许多，半推半就地上了车。王允一走，那些刚才还气汹汹的人，一下子就像泄了气的皮球，全都觉得有些无趣，也就散了。

9. 貂蝉出走

我对貂蝉说："看来，处理这场纠纷，你还是有功的。"

貂蝉说："事情没有完哩。出了这么大的安全事故，发生了这么大的群体事件，还死了人，连省电视台都关注了，更糟的是，网上论坛里，舆情汹涌。为平息这些事情，上面把黄镇长的职务撤了。"

撤职之前，黄小坚在政府会议上的录音，已经在网上疯传。"他要耗就耗，谁怕谁？举全洮镇之力，我们无论是从武力、物力、人力、财力还是精力上都耗得起他。"这些话，听起来十分的刺耳。这个录音的事，后来连市里领导都知道了，再后来省里也知道了，现在嘛，全国人民都知道了。铺天盖地的声讨、谴责，无休无止。黄小坚的心理崩溃了，他见到人，都会不自觉地抖动起来。他不知道是谁这样缺德，暗中录下了他的讲话，并传到网上。他不止一遍地想，要早知有人录音，打死他也不会说的。

区政府旋即将黄小坚免职。被免职后，黄小坚就变得疯疯癫癫的，他实在想不通谁录的音。有了这个心结，他走到哪里，总会觉得有人在他背后指指点点。黄小坚拼命地对人解释，逢人便说，他一没贪污，二没有作风问题，三是一心一意地为洮镇好。他是个好干部，安全事故，谁能掌控得了？安全事故是多种因素相互作用的，不能因为这几件他无法掌控的事，免了他的职务。可没有人听他，听他的人，又管不着这件事。

貂蝉接着说："再后来，大兴就倒闭了，就是你昨天看到的那个样子。"

我叹了口气："一连串这么多的事，总要有所交代的。"说完，我进房睡觉了。睡觉之前，我关上手机，怕胡妍妍又来打扰。因为明天胡妍妍要来，今晚她一定会搅得我不得安宁的。

第二天上午，胡妍妍到了，带来了几个采血的医生。镇里看过介绍信后，准备把她们安置在洮镇大酒店里。可胡妍妍不干，非要到貂蝉居来住。负责接待的陈冬至，拦住胡妍妍说："住那儿不合适,整个洮镇都知道,那里有个貂蝉,是个不正经的女人,许多麻烦的事情皆由她而起。"

我劝胡妍妍:"你还是去酒店住吧,貂蝉居只是个民宿,吃饭也不方便,我怕你们住不惯。况且,你们这么多人,也住不下呀。"胡妍妍对我说:"原来如此啊,怎么,不想让我们住啊?难怪昨晚发微信,你也不回了,是不是你那个貂蝉不让你回呀?我偏偏要看看她长得怎么样,怎么个不正经法。"

见同来的那十个采血员全是一脸的诧异,胡妍妍也觉得自己有点失态,于是笑笑说:"我就开个玩笑,开个玩笑!我们还是去洮镇大酒店住吧,谁住得惯貂蝉居那个地方。"

下午我们开始采血。镇上的居民大部分都能配合,也有人嘟哝着:"上回不是已经采过血了吗,说是查血铅的,可是到今天也没有什么结果。""是呀,不是那个什么防治院的院长老吴带镇医院的人采的吗,两年多了,竟然没有一点消息。""不会又是那样吧,要还是那样,采它个鬼。"

我问陈冬至:"我们院里的老吴来这里采过血,查过血铅?我怎么不知道?"陈冬至吞吞吐吐地说:"好像有这么回事。"他经历过上次那场风波,变得谨慎多了。我追问道:"他怎么来的,难道他做的一切都是秘密进行的?"

陈冬至说:"不是,是我们镇里邀请他来的。听说有人不舒服,镇里领导怕是和铅的污染有关,就通过市里领导和你们防治院商量,抽人采了一批血样。出了上次那档事,大家都变得谨小慎微起来。为了预防出现群体事件,那次采血是分散进行的,抽血的基本上都是本镇医院的医生,只是检验的人是你们防治院里的。"

一直被我看不起的老吴,竟然还有这般心机,真的是瞒得滴水不漏啊。这可是关系到全镇居民身体健康的大事啊,他老吴怎么有权利瞒着大家,不把体检结果公开呢？要知道,早诊断才能早治疗,早治疗才能早恢复健康啊。我问陈冬至："那后来检查结果公开了吗？"陈冬至摇摇头,一脸苦相："你别问我了,上级领导的事,我咋知道？听说查出有问题的人,我们镇里都送他们到省里免费治疗了,只是就病论病,没有说病是什么引起的。"

小陈补了句："现在不也是这样吗？这样做,还不是为了稳定,稳定压倒一切嘛。"我一想,是呀,这个陈冬至说得有道理,副镇长问我时,我不也是这样回答他的吗,这时候,我有点原谅老吴了。

晚上,我们在镇政府食堂吃过晚饭,胡妍妍说："我想到你的那个貂蝉居看看,顺便看看你那个貂蝉,可以吗？"

我说："拉倒吧,你别闹了。"

"那好,不去也行,你得陪我在镇上转转。"

"我也才来几天,还没有转过哩。"

胡妍妍说："那岂不正好？"我不得已,只得陪着她,从街东走到街西,一直走到洮河边。

一边走,胡妍妍一边说："前天市卫健委开会,传达了市里会议的精神,特地以洮镇的大兴公司为典型事例,要求我们防治院牵头,做好污染治理的善后工作。老吴让我对你说,这件事由你负责了。"

"你是代老吴来监督我的？"

"当然啰,再不监督你,说不定那个貂蝉会带你远走高飞的,到时候,任务完不成,咋办？"

一路说,我和胡妍妍又从街西走到街东。我回到貂蝉居时,已经是晚上九点多钟了。我上了三楼,掏出钥匙,准备开房间门时,猛然看见阳台上坐着一个人,正仰着头看天。

我问："是貂蝉啊,这么晚了,还没休息？"

貂蝉没有动,依然抬头望着天上,自言自语:"你说这天上的星星,每一颗都各安其位,多好。偏偏有那么一颗扫帚星,拖着长长的尾巴,这么搅动一下,把这安安静静的天空都搅乱了,何必呢?"

我笑了:"哟,大半夜的,跑到阳台上思考来了。"

"听说天上每一颗星,都对应着地上的每一个人。你能找到你是哪一颗吗?"

"我哪有那本事?"

"我能找到我自己。我就是那颗扫帚星。你看,董周刚还在牢里,吕凤生一点音信也没有,还有黄镇长被免职了,这些都是我连累的。你知道吗,整个洮镇的人都视我为祸水、妖女、不祥之人。这个地方,我是实在待不下去了。天空那么广阔,会有容得下我的地方吗?"

我顺着她的目光朝天上看去。星光璀璨,银河迢迢。偶尔有一朵云在悄悄地移动,遮住了月亮,不过很快便离开了。起风了,风吹乱了貂蝉的头发,给她轮廓鲜明的影子添了一丝动感。

"都过去了,不要再想那些事了。"我安慰她。

貂蝉说:"这里已经不是我的家了,我会走的。"

我说:"回去吧,起风了。"

第二天我照例去采血点工作,忙到中午,我简单地算了一下,已经完成了全镇三分之一的采血量。以这样的速度,再过两天,任务就会完成的。这时,我想起貂蝉来,她怎么没有来体检?吃过午饭后,我特意回貂蝉居看了一下,民宿里没有人,张妈在远处坐着,这次她没有打麻将。

我问张妈:"貂蝉去哪里了,她怎么没去体检呢?"

张妈从口袋里掏出一封信,递给我,说:"她走了。"

"走了?"我打开那封信。信是写给张妈的。

张妈：

　　我走了,也许我不再回来了。这里没有我留恋的东西。这个民宿,就暂时留给你经营吧。等它的主人回来后,你再交给他。你要是不愿意,等客人走后,你就把它锁上。

没有年月日,没有署名。
也没有面对面的告别。
我忽然有点伤感起来,摆摆手对张妈说:"我上楼收拾一下,下午我就搬走。"

后　记

　　《红蘑菇》是一本中短篇小说集，该小说集收录了我创作的部分中短篇小说，这些作品基本上都在文学刊物上发表过。它是我在一个时代中偶尔发现的某些鳞片的虚拟记载，是我对于人的心头欲望、不安灵魂的观察，是我人生的几个写作阶段中的精神走向。

　　余生，我还想虚构一部分东西。我做不成别的事了，只盼着这个虚构能有一点意义。